Über den Autor

VOLKER VOGEL, geboren 1959 im fränkischen Bamberg, lebt und arbeitet in der Nähe von Frankfurt am Main als Autor, Texter und PR-Berater. Gelernt hat er den Beruf des Redakteurs. Vogel war unter anderem PR-Leiter in einer Agentur und verfasste Sachbücher zum Thema PR und Marketing sowie einige Erzählungen. Seine Hobbys: Kochen, Musik hören und lesen.

Für Egon.
Ohne ihn gäbe es dieses Buch nicht.

VOLKER VOGEL

LIEBE UND DIE SICH DARAUS ERGEBENDEN KONSEQUENZEN

Roman

Dieses Buch ist auch als E-Book erhältlich

Bibliografische Information der Deutschen National-bibliothek:
Die Deutsche Nationalbibliothek verzeichnet diese Publikation in der Deutschen Nationalbibliografie; detaillierte bibliografische Daten sind im Internet über http://dnb.dnb.de abrufbar.

© *2016 Volker Vogel*

Umschlagfoto: Brigitte Sommer
www.journalistin.info
Umschlaggestaltung: www.vision-mediadesign.de

Herstellung und Verlag: BoD – Books on Demand, Norderstedt

ISBN: 978-3-7412-2369-3

Es war wie ein tosendes Erdbeben, das einem die Füße unter dem Boden wegzieht. Laura hatte sich von Leon getrennt, nach neun Jahren Ehe. Für Leon kam die Trennung, die seine Frau vollzog, überraschend. Sie hatte dieses Szenario wohl schon lange davor in Gedanken genau durchplant. Plötzlich war es da, das Finale. Das Ende von Leons Ehe. Für ihn vollzog es sich abrupt. Vorbei war diese Zeit des Harmonierens, diese Zeit des Zusammengehörens, des kontinuierlichen Pläneschmiedens, des gemeinsamen Wartens auf das Alter. Nichts anderes war es wohl, diese Ehe zwischen Laura und Leon, als ein Hoffen auf das gemeinsame Altern. Ein Verharren in Andacht mit einhergehender Fröhlichkeit und einigen Abschnitten etablierter Zufriedenheit. Sicher, zu Beginn war auch Glück dabei, hätten sie sonst geheiratet? Nie hatten sie dieses Glück geleugnet oder bereut. Sie waren verliebt, sie waren nicht einmal verlobt, sie hatten diese Episode der Entwicklung zum Ehelichen hin einfach übersprungen. Die Ringe wurden erst für die Trauung gekauft. Drei Jahre lebten sie schon zusammen, bevor sie sich entschlossen hatten zu heiraten.

Laura war mit einem Meter siebzig fast so groß wie Leon. Ihre langen, schwarzen Haare überdeckten knapp ihren Schulteransatz. Ihre blauen Augen strahlten faszinierend, ihre lange, spitz zugehende Nase passte zu ihrem schmalen Gesicht und ihre wunderschönen, kleinen Lippen waren für Leon immer wieder ein Augenfang und machten ihm Lust, sie mit seinen Lippen zu berühren. Leon konnte sich nicht vorstellen, jemals eine andere

Frau zu lieben. Für ihn war Laura seine Traumfrau. Warum hatten sie geheiratet? Aus Liebe natürlich, ganz ohne Zwang. Ohne dass sie schwanger gewesen wäre, ohne Angst vor dem Torschluss.
Laura, zehn Jahre jünger als er, Leon abgehärtet von flammenden Liebschaften und sehnsüchtig das Beharrende erwartend. Sie dachten, es sei Liebe. Leons Eventagentur lief hervorragend, es gab eigentlich keinen Grund, ihn zu verlassen.

War es denn wirklich Liebe? Welche Definition gab es für diesen Begriff? War das mit der Liebe nicht doch zu oberflächlich? Leon fing an, darüber nachzudenken. Für ihn war es Liebe. Warum hätten sie sonst geheiratet? Natürlich war es Liebe. Sicher war es auch für sie Liebe, anfänglich zumindest. Zwei Jahre nach ihrer Heirat zogen sie in ihr eigenes Haus, oberhalb der kleinen Stadt mit großem Garten und Wintergarten. Sie hatten keine Sorgen, alles war in bester Ordnung. Jetzt, nach der Trennung zu sagen, es sei nie dieses Gefühl der Liebe zwischen ihnen gewesen, wäre eine glatte Lüge. Jede Beziehung mit einer Frau, die sich über längere Zeit erstreckt, ist Liebe. Oder nicht? Leon war in dieser Hinsicht sehr konservativ. Er war nicht so erzogen, nein, er hatte sich selbst so erzogen. Es spielte keine Rolle, dass er katholisch und sie evangelisch war. Religiös waren sie beide nicht und glaubten doch, dass es da oben irgendeinen gibt, der auch auf sie ein Auge geworfen hatte. Allein das Gefühl war maßgeblich dafür, was sie taten. Sie liebten sich. Er war verrückt nach ihr. Neun Jahre Ehe hielt dieses Gefühl aus. Vielleicht waren es bei ihr auch nur fünf oder sechs Jahre, Leon konnte die Kontinuität dieses Gefühls im Nachhinein nur für sich zeitlich festlegen. Er verspürte kein Verlangen danach, sie nach der Trennung zu fragen, wie lange sie dieses Gefühl der Liebe empfunden hatte. Wozu auch? Aus Neugier? Vielleicht wäre er über ihre Antwort entsetzt gewesen. Vielleicht hätte sie geantwortet, sie sei nur noch aus Mitleid mit ihm zusammengeblieben. Wer weiß schon, wie Menschen denken. Leon hatte immer geglaubt, dass es die Männer sind, die in einer gewissen Phase ihres Lebens ihre Frauen verlassen, weil sie eine jüngere Frau kennenlernen und sich deswegen als ganz tollen Hecht empfinden. Erst jetzt wurde ihm bewusst, dass dieses Szenario auch andersherum genauso eintritt.

Leon hatte die Trennung nicht erwartet, noch weniger erhofft, am wenigsten erwünscht. Aber die Zeit war für ihn abgelaufen. Leon fühlte sich ausgezählt. Ausgezählt wie ein Boxer, der jahrelang eisern trainiert hatte und in seinem wichtigsten Kampf von seinem Gegner mit einem einzigen festen Schlag k.o. geschlagen wurde, ohne die Gelegenheit für eine Revanche zu erhalten.

Der Schlag ins Gesicht

Sie kam eines Tages in sein Büro gestürmt, aufgeregt, nervös und schwer atmend. Ob er Zeit habe, fragte sie ihn. Natürlich habe er Zeit, antwortete er.
Er schloss die Tür seines Büros und sie forderte ihn auf sich zu setzen, sie müsse ihm etwas Wichtiges mitteilen.
»Ist was passiert Laura? Bist zu krank?«
»Nein, Leon, ich verlasse dich.«
Da war dieser Satz, mit dem er nie gerechnet hatte. Fünf Worte, die etwas beendeten, das eigentlich bis zum Tode halten sollte.
»Bitte?« fragte Leon, der noch immer nicht auf seinem Stuhl Platz genommen hatte.
»Ich verlasse dich, ich kann nicht mehr, ich will nicht mehr, ich muss mich verändern.«
Leon glaubte an einen üblen Scherz, den sie sich mit ihm machen wollte. Verändern? Lauras Worte klangen wie die einer Frau, die plötzlich feststellt, als müsse sie sich als Feministin bekennen und zu neuen Ufern aufbrechen. Wie eine Frau, die jahrelang unter der Knechtschaft eines Mannes gelitten hatte, der es strikt ablehnte, seiner Frau Freiheiten zu ermöglichen.
»Du meinst das ernst? Du willst einfach so gehen? Du willst wirklich gehen Laura?«
»Ja, ich habe jemanden kennengelernt. Wir wollen zusammen ziehen. Ich weiß, du verstehst das nicht, aber es gibt kein Zurück Leon.«
Leon setzte sich, weil ihm die Beine zitterten. Just in diesem Moment schaltete sich der Bildschirm-

schoner des Computermonitors an. Dies sollte der Beginn eines gedanklichen Blackouts sein, dessen Auswirkungen erschreckend waren.

»Lass uns heute Abend zu Hause darüber reden«, sagte sie und war verschwunden. Er hörte noch die Tür zuknallen. Im Raum blieb nur ihr Duft nach Chanel Nr. 5, das er ihr kurz vorher zu ihrem Geburtstag geschenkt hatte.

Leon war dort angekommen, wo er nie hinwollte. Seine Körpertemperatur stieg merklich an, über seine Stirn rollten Schweißperlen, er war nicht in der Lage zu denken. Er saß da, knöpfte sich sein Hemd auf. Dann ging er zum Fenster und öffnete es. Die Januarluft war feucht, es roch nach Schnee. Er war unfähig zu reagieren. Es klopfte an die Tür. Leon hörte es erst beim vierten, fünften Mal.

»Herr Berger, sie haben um 17 Uhr einen Termin wegen des Event-Etats bei der Firma Docker«, sagte eine zögernde, weibliche Stimme im Hintergrund.

»Bitte? Ach ja, der Termin, ja ich gehe schon. Haben sie die Unterlagen zusammengestellt Frau Heller?«

»Alles in der Mappe, Herr Berger.«

Leon ließ das Fenster geöffnet, zog sich seinen Sakko an, wischte sich mit einem Taschentuch den Schweiß von der Stirn und dann mit blanker Hand über die restlichen Kopfhaare, nahm die Mappe und ging.

Mein Gott, dachte er, warum kam sie gerade jetzt zu ihm, um ihre Trennung zu verkünden, warum gerade jetzt, wo es doch an diesem Abend eigentlich etwas zu feiern gegeben hätte? Der Auftrag für das Unternehmen Docker war in der Tasche. Es galt nur noch den Vertrag zu unterschreiben. Ein riesengroßes Budget, der Auftrag, auf den er eineinhalb Jahr lang hingearbeitet hatte. Er hatte für den Abend schon Champagner gekauft und wollte Riesengarnelen in Knoblauch kochen. Aber jetzt? Wie lange halten sich frische Riesengarnelen im Kühlschrank?

Leon war bei Docker angekommen. Ein Unternehmen, das spezielle Gummiteile für Autos, Lkw und Motorräder herstellte. Docker war so etwas wie ein Diamant unter den Herstellern dieser Gummiteile. Kaum ein Autohersteller wollte auf die Qualitätsprodukte von Docker verzichten. Docker spielte im internationalen Geflecht dieser Zulieferer eine bedeutende Rolle. Qualität aus Deutschland, die sich selbst in diesem hohen Preissegment hervorragend verkaufte und keine Konkurrenz aus Asien zu fürchten hatte.

Leon stieg aus, nahm die Mappe und ging Gedanken versunken vorbei an dem Pförtner hinauf in den dritten Stock des Bürogebäudes. Den Weg zum Vorzimmer des Vorstands hatte er durch unzählige vorherige Besuche verinnerlicht. Er ging hinein, sagte höflich guten Tag und wurde von einer wie immer strahlenden Vorzimmerdame namens Isolde Schneider lächelnd per Handschlag begrüßt.

»Einen Tee wie immer, Herr Berger?«

»Ja, einen Tee wie immer, das ist nett Frau Schneider.«

Der Tee kam und schon öffnete sich die Tür zum Chefzimmer. Leon stand kurz davor, den größten

Auftrag an Land zu ziehen, den seine junge Eventagentur bislang erhalten hatte.

»Schön sie zu sehen, Herr Berger«, sagte ein älterer Herr, ebenfalls freudenstrahlend wie seine Sekretärin und auch er reichte Leon die Hand zum Gruß. Wie freundlich diese Menschen waren, dachte sich Leon. Er war irritiert. Wussten die denn nicht, was ihm soeben in seinem Büro widerfahren war? Nein, wie sollten sie es auch wissen. Er begriff es ja selbst noch nicht.

Leon setzte sich mit Herrn Kelter an den großen Konferenztisch, öffnete seine Mappe, nahm das gebundene Konzept und den vorgefertigten Vertrag heraus und legte beides auf den Tisch.

»So, dann wollen wir mal«, meinte Herr Kelter, griff in seine Brusttasche, zog seine Lesebrille heraus und durchblätterte die vor ihm liegenden Papierstapel. Leon begriff nicht, wo er war.

»Sie sehen blass aus, mein Lieber, Kreislaufprobleme?«

»Bitte? Ach so, ja, etwas. Ich vertrage dieses Wetter einfach nicht. Nicht Sonne, nicht Schnee, Sie verstehen?« versuchte Leon zu erklären.

»Ja, mein Lieber, ich kenne das. Da möchte man Antidepressiva nehmen, nicht wahr?« meinte Kelter und fing an zu lachen. Antidepressiva? Leon bekam Geschmack an dieser Idee.

»Ja, da mag was dran sein, Herr Kelter.«

Warum sagte dieser Kelter immer »mein Lieber« zu ihm? Leon fühlte sich weiß Gott nicht als »Lieber«. Marotten eines Unternehmenschefs, der Gefallen an Leon Berger gefunden hatte. Eine Art Liebkosung, die er sich von seiner Frau gewünscht hätte, aber das schien vorbei. Kelter als Ersatzfreund. Auch was Schönes. Leon konnte sich damit anfreunden.

Der Rest der Unterhaltung war schnell abgehakt. Leon musste nicht kreativ denken, alles war vorbereitet, es galt an diesem Nachmittag nur noch den Vertrag zu unterzeichnen. Eine reine Formsache. Nichts Spektakuläres. Eigentlich sollte das der Beginn einer interessanten Zusammenarbeit werden. Alles inklusive: Messeauftritte weltweit, Präsentationen bei Autoherstellern, interne und externe Kommunikation, Mitarbeiterschulungen und vieles mehr. Alles war ausgearbeitet. Vor Kelter lag ein 120 seitiges Konzept. Fein säuberlich zusammengestellt, Zeitpläne, Vorgehensweisen, Aktionsverläufe, Checklisten, Budgetpläne. Nichts war dem Zufall überlassen. Kein einziger Satz des Konzepts, der nicht inhaltsbezogen gewesen wäre. An alles war gedacht. Kelter unterschrieb den Vertrag mit seinem goldenen Füllfederhalter.

»So, jetzt stoßen wir noch auf unsere Zusammenarbeit an. Ich habe da einen tollen Champagner aus dem Jahr 1984. So etwas gibt es nur zu wichtigen Anlässen!« meinte Kelter, lachte erneut und Leon nickte. Seine Gedanken waren ganz wo anders. Frau Schneider betrat den Raum und schenkte die Gläser voll.

»Auf gute Zusammenarbeit, ich freue mich auf die Umsetzung ihres Konzepts, Herr Berger!«

»Ja, danke Herr Kelter. Ich danke für Ihr Vertrauen.«

Berger hatte es geschafft. Vier Konkurrenten hatte er aus dem Wettbewerb geschmissen mit seinem überzeugendem Konzept. Mit ihm sollte das Unternehmen Docker nicht nur bekannter werden, sondern auch als Beispiel für »Made in Germany« in der Öffentlichkeit für Furore sorgen. Herr Kelter wollte unbedingt noch ein Glas Champagner trinken. Er schien viel Zeit für diesen Termin eingeplant zu haben, was Leon sichtlich nervte. Leon war so gar nicht nach noch mehr Champagner zumute, er zog sich aus der Affäre, in dem er einen weiteren wichtigen Termin vorgab.

Fünf Minuten später saß Leon wieder in seinem Wagen und fuhr nach Hause. Erneut sammelten sich Schweißperlen auf seiner Stirn. Seine Hände zitterten zunehmend, je näher er sich seinem Haus, hoch oben auf dem Berg, näherte. Von weitem schon sah er, dass die Zimmer hell beleuchtet, die Vorhänge nicht zugezogen waren. Hatte sie vor auszuziehen, packte sie etwa schon ihre Koffer? Leon parkte das Auto vor der Garage, schloss die Haustür auf und ging zögernd zur Garderobe, um seinen Mantel aufzuhängen.

Aus dem Wohnzimmer heraus klang laute Musik. Er kannte die Band nicht, aber die Musik gefiel ihm. Als er ins Wohnzimmer trat, schrie sie. Sie hatte Leon nicht hereinkommen hören.

»Du bist es«, widerfuhr es ihr.

»Ja, ich bin`s, wen hattest du erwartet Liebl...«

Leon erschrak. Er ertappte sich in jahrelanger Routine. Es bedurfte der Neuprogrammierung von Worten und Begrifflichkeiten. Der Zeitpunkt war gekommen, an dem er bislang verwendete Worte und Formulierungen aus seinem Vokabular streichen musste. So war das Substantiv »Liebling« jetzt weiß Gott nicht das richtige Wort, um mit ihr Konversation zu betreiben. Hundert Tode hätte er jetzt sterben, aber keinen Gedanken an etwas Liebendes verschwenden können.

»Hast du Hunger, ich habe etwas zu essen gekocht. Lasagne, steht im Ofen, ich kann sie dir heiß machen, wenn du willst«, hörte er Laura sagen.

»Wie bitte? Heiß machen? Nein, ich habe keinen Hunger, ich habe schon gegessen.« Wie konnte diese Frau so tun, als sei alles beim Alten? Wie kam sie auf die Idee, das Essen für ihn heiß zu machen? War alles das, was sie noch vor ein paar Stunden vollzogen hatte, ganz normal? War dieses Abschied nehmen für sie bereits abgehakt, ähnlich einer Unterhaltung über Einkäufe, die für den nächsten Tag zu tätigen waren. War sie wirklich so eiskalt? Leon wechselte das Thema.

»Ich war bei Kelter, er hat den Vertrag unterschrieben.«

»Glückwunsch, Leon. Ich freue mich für dich. Endlich hast du den Erfolg, den du dir schon lange gewünscht hast.« Lauras Sätze klangen wie früher, als alles in Ordnung war. Als alles gedankenlos floss und Laura mit Leon in Sorglosigkeit das Leben genossen.

»Erzähl mir, dass das nicht stimmt, was du mir im Büro gesagt hast. Sag bitte, dass das nicht wahr ist, Laura!« flehte Leon seine Frau an. In seinem Innern fühlte er, dass dieses Flehen, wie immer es auch geartet war, keine Aussicht auf Erfolg haben konnte. Wenn Leon eins besaß, dann war es das Gefühl, einschätzen zu können, wenn eine Situation hoffnungslos war. Und diese Situation war es.

Lauras Blicke waren auf einmal verblasst. Sie schaute ihm tief in seine grünen Augen und meinte nur: »Es ist aus, Leon, ich kann nicht mehr, ich muss dich verlassen. Ich liebe dich nicht mehr, du musst das akzeptieren.« Dann verfiel sie in Schweigen.
Leon stand am Kamin, sah auf Laura und fühlte in diesem Moment eine völlige Leere in seinem Kopf. Die Gedanken, die er zuvor auf dem Weg nach Hause gesammelt und gespeichert hatte, waren weggelöscht. Er empfand nichts als Leere. Der Schweiß rann ihm erneut von der Stirn, er schnaufte tief und begann zu weinen. Langsam, fast bedächtig flossen die Tränen an seinen Wangen herunter. Leon war in seinem tiefsten Innern getroffen. Er fühlte Schmerz, er fühlte Angst und Aussichtslosigkeit. Er schlug mit seinen Händen gegen seine Stirn. Immer und immer wieder schlug er mit seinen Händen gegen seine Stirn. Erst mit der flachen Hand, dann mit den Fäusten. Bis sie kam und ihn in seine Arme nahm.

»Nein, tu das nicht. Tu das nicht. Es hat keinen Sinn, Leon. Tu das bitte nicht«, wiederholte sie und umfasste ihn fast zärtlich.

Sehen so Abschiede aus? Er konnte ihre Nähe nicht mehr spüren. Er wollte nicht von einer Frau umarmt werden, die ihn verlassen wollte. Rasch wies er sie ab und setzte sich auf die Couch. Sie blieb am Kamin stehen und schaute ins Leere. Leon ging in die Küche, holte den Champagner aus dem Kühlschrank und öffnete ihn. Er stellte zwei Gläser auf den Küchentisch und goss ein. Auch Trennungen lassen sich besser ertragen, wenn man sie mit Alkohol begießt.

»Nenne mir ein paar Gründe, warum du mich verlässt«, forderte er seine Frau auf.

»Ich kann nicht mehr, das habe ich dir schon gesagt. Ich liebe dich nicht mehr. Ich kann nicht mehr bei dir bleiben, weil ich dich nicht mehr liebe. Ich habe einen anderen Mann kennengelernt, den ich liebe.«

»Ist es, weil ich keine Kinder zeugen kann? Ist es das?«

»Nein Leon, das hat damit nichts zu tun, glaube mir. Wenn es so wäre, hätte ich nicht so lange gewartet, das musst du mir glauben.« Ihre Worte klangen überzeugend. Ihre Sätze waren überlegt, auch wenn sie etwas nervös klangen.

»Unendlichkeit kann man auch in der Liebe nicht erzwingen, Leon. Nichts ist für immer, ich habe das feststellen müssen.«

Leon hörte andächtig zu. »Unendlichkeit kann man nicht erzwingen.« Wo hatte sie diesen Satz her? Er konnte nicht von ihr stammen, nein, dazu war ihr Sprachgefühl nicht poetisch genug. Hätte er diesen Satz gesagt, gut, sie hätte sich nicht gewundert, aber so einen Satz von ihr zu hören, das klang so unrealistisch in seinen Ohren. Wie konnte jemand, der mit der Sprache ansonsten eher rustikal umging, plötzlich, in einer so entscheidenden Phase des Lebens so poetische Formulierungen kreieren?

»Wir hatten uns diese Unendlichkeit einmal geschworen, erinnerst du dich?«

»Ja, Leon, wir hatten. Aber ich kann nicht das spielen, was nicht mehr ist.«

»Wer ist der Andere? Kenn ich ihn?« Leon war erregt vor Neugierde.

»Nein, du kennst ihn nicht. Er kommt aus Freiburg und ist Chef eines IT-Unternehmens. Ich lernte ihn vor drei Monaten auf einer Fortbildungsveranstaltung kennen. Er ist eben anders als du, ich habe mich in ihn verliebt!« Lauras Stimme wurde betonter. Sie glaubte, die Trennung genug begründet zu haben. Für sie schien es zu genügen, dass sie Leon nicht mehr liebte. Alles andere, was diese Trennung vielleicht noch verursacht hatte, waren für sie Elemente, die im Gesamten keine große Bedeutung hatten. Für Leon indes waren diese Elemente sehr wichtig. Er, der Verlassene, wollte genau wissen, was die Gründe waren. Er wollte wissen, was er falsch gemacht hatte, er wollte wissen, warum er es war, der verlassen werden sollte.

»Wir könnten jetzt so richtig gut leben, Laura. Ich habe alles dafür getan.« Leon suchte einen Strohhalm, an den er sich klammern konnte. Doch Laura verstand es zu kontern.

»Es geht nicht um den Erfolg, den du jetzt hast, es geht um das, was du nicht getan hast. Du hast mich ständig mit irgendwelchen Dingen vertröstet, du kannst bis heute nicht einmal schwimmen, obwohl du es schon immer lernen wolltest.«

Leon erstarrte.

»Bitte? Du nennst mir als Grund für eine Trennung, dass ich noch immer nicht schwimmen kann? Habe ich das richtig gehört? Das darf doch nicht wahr sein, oder?«

»Nein, es ist nicht das Schwimmen allein. Es ist alles, es ist eben alles zusammen. Wir haben uns auseinandergelebt. Ich habe keine Kraft mehr, verstehst du?«

»Nein«, antwortete Leon. »Nein, ich verstehe gar nichts mehr.«

Schluck für Schluck tranken sie sich durch den Champagner und je weniger in der Flasche war, je mehr begannen sie, sich anzuschreien. Es folgten gegenseitige Vorwürfe, die wohl bei jeder Trennung eine Rolle spielen. Jeder setzte den Sätzen des anderen noch eins drauf. Vorsichtige Annäherungen an Beleidigungen arteten letztendlich darin aus, dass Leon aus Wut sein Champagnerglas gegen die Wand des Wohnzimmers warf und anschließend nach oben ins Schlafzimmer ging, um seine Bettwäsche zu holen und sich in das Gästezimmer zurück zu ziehen.

Als er sich ins Bett gelegt hatte, knallte unten die Haustür zu. Laura war gegangen. Leon lag wach, holte sich noch einen Whiskey aus dem Barfach und schlief irgendwann ein.

Nichts war übrig von dem, was er und seine Frau sich einst vor dem Standesamt geschworen hatten. Für Leon war es ein Meineid der Gefühle. Vor Gericht strafbar, im Bezug auf eine Ehe nur ein Schlussstrich unter eine Beziehung. Leon spürte, dass dies nur eine Bestätigung der allgemeinen Statistik war, die besagte, dass die Ehe an sich nur eine von vielen Durchgangsstationen der Menschen ist. So wie die Kindheit und die Jugend. Alles normal. Ein logischer Prozess. Nichts Bemerkenswertes für die, denen es egal ist, nur für die, die erschrockener Weise davon betroffen sind. Leon war also nur einer von vielen, die es getroffen hatte. Wie tröstlich. Leon kam bei der Interpretation der Ehestatistik, die er – welch ein Zufall – am Tag zuvor in der Zeitung gelesen hatte, zu der Schlussfolgerung, dass es so etwas wie Ehe im ursprünglichen Sinne gar nicht mehr gab. Er war bislang so naiv gewesen, an das Gegenteil zu glauben. Er versuchte nachzuvollziehen, wie es seine Eltern über sechzig Jahre miteinander aushalten konnten und die Jahre des Zusammenseins nur durch den Tod seiner Mutter plötzlich beendet wurden. Nie hatte er dies hinterfragen wollen, warum auch? Er hielt dies zwar durchaus für außergewöhnlich, jedoch keineswegs sonderbar. Welch ein Verbrechen an der Statistik! Wie war das nur möglich?

Am Morgen danach wusch sich Leon die Ereignisse des vergangenen Tages vom Leibe, kochte sich einen starken Tee mit Honig und Milch, schrieb einen Zettel, auf dem er Laura mitteilte, dass er gegen Abend vorbeischaue und ein paar Sachen abholen werde. Anstelle des sonst üblichen lieben Grußes und eines Kusses schrieb er nur ein »bis dann« darunter. Er spürte, wie sich Gewohnheiten ändern konnten.

Leon rief in seiner Agentur an und teilte mit, dass er erst gegen Mittag kommen werde. Alle Termine ließ er absagen. »Ich fühle mich nicht gut heute, sagen Sie ich sei krank.« Leon war krank. Er fuhr nach Frankfurt und bummelte durch die großen Straßen, setzte sich in ein Café und trank zwei Milchkaffees, beobachtete glückliche Menschen, die Hand in Hand und lächelnd vor Glück draußen auf der Straße an ihm vorbei schlenderten. Leon fühlte sich schmutzig trotz der ausführlichen Dusche am Morgen. Die Hose, das Hemd, die Jacke, alles, was er am Körper trug, erinnerte ihn an Laura. Die Hose und das Hemd hatte sie ihm zu seinem Geburtstag geschenkt, der erst einige Wochen her war. Leon fühlte sich eingeengt in dieser Kleidung, die irgendwie nach Laura roch, obwohl er sie am Tag zuvor erst aus der Reinigung geholt hatte. Er hatte das Gefühl, als ob ihm jemand um seinen Hals griff und ihn strangulierte. Schweiß schoss ihm aus den Poren seiner Haut, er schnappte nach Luft, sein Herz pochte wie eine Maschine, die immer schneller wurde. Er musste sich dieser Kleidung entledigen, er konnte sie nicht mehr ertragen. Leon fing an zu rennen, als ob er diesem Gefühl entrinnen musste, als helfe es ihm einfach davon zu laufen, um die Angstgefühle zu verlieren. Es half nichts. Er wechselte in das Schritttempo und schnaufte tief durch. Für ihn stand fest, dass er sich sofort neu einkleiden musste, um dieses Gefühl der Enge loszuwerden. In einem hübsch dekorierten Herrenbekleidungsgeschäft kaufte er sich einen grünen Anzug und ein azurblaues Hemd und verspürte ein langsam einsetzendes Wohlbefinden. Es gelang ihm wieder richtig durch zu atmen und für Augenblicke all das zu vergessen, was um ihn herum gerade geschah.

Leon erschrak, als plötzlich sein Handy klingelte. Es war Frau Janosch, die gute Seele seines Büros. Sie erinnerte Leon an den Termin beim Regierungspräsidenten wegen der Schulungsmaßnahmen für das anstehende Sommerfest.

»Ich sagte Ihnen doch, dass Sie alle Termin für heute absagen sollen, ich bin krank.« Leon fühlte sich nicht im Stande, irgendwelche Termine wahrzunehmen, egal bei wem. Was waren solche Termine im Vergleich zu dem, was er durchleben musste mit Laura? Was war überhaupt wichtig? Er schaltete sein Handy aus, streifte die Straßen entlang, kaufte sich Laugenbrezen, aß ein Fischbrötchen und ging ins Kino. Es war im egal, welchen Film er jetzt schaute, er musste sich nur ablenken, an etwas anderes denken. Tief gekränkt wie er war, hatte er sich ausgerechnet für einen Liebesfilm mit Julia Roberts entschieden. Als der Film zu Ende war, wurde er von einem der Angestellten höflich geweckt. Leon hatte das Ende des Film nicht mitbekommen, er war in Träume verfallen, die ihn schlafen ließen. Er fuhr zurück nach Hause, das bald keines mehr sein sollte. Als er ankam, war Laura gerade dabei wegzugehen.

»Ich gehe zu Sandra«, meinte sie zu ihm, als ginge es ihn noch etwas an, was sie tut.

»Du kannst ruhig hier übernachten, es macht mir nichts aus«, sagte sie noch als sie aus der Tür ging. Leon schwieg. Er fand keine Worte, die zu sagen gewesen wären. Er begann zusammenzusuchen, was er benötigte. Sachen zum Anziehen, Handtücher, Schuhe, einige Aktenordner, ein paar Bücher. Was man so braucht, wenn man wo anders kurzfristig seine Zelte aufschlagen muss. Er packte alles in seinen Wagen und fuhr in die Agentur. Er wusste nicht, wohin er sonst sollte. Was er auf keinen Fall wollte, das war um Asyl bitten bei irgendwelchen Menschen, die sich Freunde nannten. Er wollte allein sein mit sich. Was sonst, als jetzt nachzudenken über die Zeit, die da war und die, die ihn jetzt erwartete?

Als Frau Janosch und all die anderen am nächsten Morgen ins Büro kamen, waren sie erstaunt über das häusliche Ambiente, das sich ihnen bot. Leon hatte es sich in einem nicht benötigten Besprechungsraum der Agentur so gut es ging bequem gemacht. Die Couch war ausgezogen, das Bettzeug noch nicht verstaut, Bücher lagen auf dem Tisch, im WC roch es nach Eau de Toilette, der Rasierapparat lag auf der kleinen Anrichte und die Zahnbürste in einem der Limonadengläser neben der Seife.

»Sind Sie ausgezogen, Chef?« scherzte Frau Janosch und Leon, noch etwas schlaftrunken, bejahte es zaghaft.

Der Versuch, sich auf die Arbeit zu konzentrieren, misslang Leon völlig. Er saß vor seinem Computer, starrte mit Beharrlichkeit auf den Monitor, der ohne Tastendruck allerdings keinerlei Anstrengungen unternahm, irgendwelche Buchstaben, geschweige noch Sätze abzubilden. Auf dem Schreibtisch lag das Konzept für das Unternehmen Docker. Innerhalb der nächsten sechs Wochen mussten die Vorbereitungen für eine Messe in Leipzig fertig sein. Mit allen Planungen für den Aufbau des Messestandes, das Akquirieren der Messehostessen, dem Catering, den einzelnen Veranstaltungen und der Pressekonferenz sowie den Einladungen an Kunden und Medienvertreter. Zudem musste eine Pressemappe erstellt werden mit aktuellen Fotos, Texten und kleinen Präsenten.

Auch ein Video über die neue Struktur des Unternehmens unter dem Motto »Wir fertigen in Deutschland« musste bis dahin fertig gestellt sein. Niemand sonst als Leon war in der Lage, diese Dinge zu erledigen. Die Sache mit Docker war Chefsache. Er hatte sich entschlossen, niemanden zusätzlich dafür einzustellen. Der Auftrag war mit Frau Janosch, seiner Assistentin Sybille und seinen beiden Grafikern wochenlang genau durchgesprochen und geplant worden. Leons Manpower war ausreichend, um die erforderlichen Umsetzungen in zeitlich geordnetem Rahmen zu erledigen. Sybille sollte sich um das Neugeschäft und die kleineren Aufträge kümmern. Kein Problem im Normalfall. Alles schien überschaubar. Alles schien im Griff. Zeitpläne hingen an den Wänden, die genau abgestimmt waren. Jedes Detail war programmiert. Nichts dem Zufall überlassen. Die Medienadressen waren sorgfältig recherchiert, Anschreiben bereits vorformuliert. Der Spaß an der Arbeit hätte beginnen können. Doch Leon saß vor seinem PC und wusste kein einziges Wort, das er in die Tastatur seines Computers hätte eingeben können. Jeder Versuch einer Formulierung misslang wiederholt. Er ging im Zimmer auf und ab, rang nach Worten, setzte sich an den Schreibtisch, tippte ein paar Sätze, löschte sie wieder, begann von vorne. Die Worte hatten ihn verlassen. Die Stunden vergingen. Bei Anrufen ließ er sich verleugnen. Er war für niemanden zu sprechen. Alle Termine ließ er absagen. Er barrikadierte sich in seinem Büro ein, trank Liter weise Kaffee, suchte Luft am offenen Fenster, raufte sich unentwegt die Haare. Und immer wieder blickte er auf den Monitor, der ständig nur den Bildschirmschoner anzeigte. Leon zitterte. Er fröstelte am ganzen Körper. Seine Kreativität war wie weggeblasen. Sein Kopf war leer. Wie konnten all die kreativen Ideen, die ja schon im Ansatz in dem Konzept fixiert waren, so plötzlich, ohne jede Vorwarnung aus seinem Kopf gelöscht sein? Wie konnte sich ein Mensch wie Leon von bestimmten, wenn auch fundamentalen Ereignissen, so sehr aus der Bahn werfen lassen, wo er doch das Schreiben und das Planen so liebte? Wo er doch die Sprache als Mittel der Kommunikation so benötigte, wie die Luft zum atmen? Leon streichelte sanft über die Buchstaben der Tastatur. Er hatte keinerlei Wut in sich angestaut, er war innerlich zwar angespannt, versuchte aber immer wieder gegen diese Lethargie anzukämpfen. Er fühlte die Ausweglosigkeit seiner Bemühungen. Was sollte er tun? Was war geschehen? Wo ist Laura jetzt? Was macht sie? Woran denkt sie? Nie hätte er sich vorstellen können, eines Tages mit einer solchen Situation konfrontiert zu werden.

Leon war in Gedanken ganz wo anders, nur nicht da, wo er sein musste. Er war der Alltäglichkeit seiner Arbeit entwichen. Von einem Tag auf den anderen war nichts mehr so, wie es war. Seine Präsenz im Büro glich der eines Geistes, der über allem nur schwebte. Es fehlte ihm an jeglicher Inspiration. Die Kraft des Konstruktiven hatte ihn völlig verlassen. Er fand Gefallen daran, die schwimmenden Fische auf seinem Bildschirmschoner zu zählen und zu beobachten. Er notierte die Abstände, in denen sich die unterschiedlichen fließenden Sequenzen auf dem Bildschirm wiederholten. Den Glauben an die Zufälligkeit des Augenblicks hatte er aber noch nicht verloren. Morgen werde es alles wieder ganz normal funktionieren. Davon war Leon überzeugt. Wäre auch gelacht, dachte er sich und beendete das Nachdenken über das, was alles zu tun war. Er suchte das Weite. Leon streifte durch den Wald, hörte Vögel zwitschern und sah Rehe und Hasen durch Büsche rennen. Reine Luft, so dachte er, werde seine Gedanken wieder zum Fließen bewegen.

Die Tage vergingen. Nichts änderte sich. Leons Hände wurde immer behäbiger. Krämpfe stellten sich ein, die ihn nicht einmal befähigten, den Versuch zu unternehmen, die Tastatur des Computers zu betätigen. Der Versuch, sich loszulösen von den Gedanken an Laura artete in kopfloses Handeln aus. Es war ihm nicht möglich, zwischen dem, was mit Laura und ihm geschah und dem, was zu tun war, zu unterscheiden. Alles floss zusammen. Gedanken, die querbeet kreisten. Ein Wirrwarr an emotionalen Gefühlen. Keine Chance auf Besserung war in Sicht. Leon war dabei, seine Identität zu verlieren. Er lief neben sich her, ohne von sich Kenntnis zu nehmen. Selbst in den Nächten, in denen er immer wieder gute Ideen zu Papier gebracht hatte, war er nicht mehr im Stande, auch nur in Ansätzen an der Umsetzung des Konzeptes für das Unternehmen Docker zu arbeiten. Schlaflos lag er auf der Couch im Büro und quälte sich mit Gedanken über die Konsequenzen, die sich aus den

Begebenheiten ergaben. Wenn er träumte, dann gipfelte dies in Schweißausbrüchen aus. Auf Alkohol, der hie und da Linderung versprach, verspürte er kein Verlangen. Allerdings begann er nach kurzer Zeit zu rauchen. Seit seiner frühesten Jugend hatte er nicht mehr geraucht, ausgenommen einige gute Zigarren zu besonderen Anlässen. Spaß anstatt Sucht. Er hatte bis zu diesem Zeitpunkt nicht das Bedürfnis verspürt, sich an Glimmstängeln festhalten zu müssen. Allein schon der Gestank des Rauchs hatte ihn abgeschreckt. Doch Leon war nicht mehr Leon. Er dachte an Ablenkung. Er hatte das Bedürfnis, anders sein zu müssen als bislang. Er kaufte sich Zigarettentabak und drehte sich seine erste Zigarette. Ein Krüppel von Zigarette. Vorne schmal, hinten dick wie ein Joint. Unförmig, instabil, lächerlich. Damit hätte er sich nirgendwo sehen lassen können. Er hätte sich blamiert bis auf die Knochen.

Als Leon den zehnten Tag hintereinander noch immer nicht in der Lage war, einigermaßen konstruktive Sätze zu formulieren, fasste er den Entschluss, sein Leben zu ändern. Der formalen Änderung, die die Trennung von Laura mit sich brachte, sollte seine eigene Veränderung folgen. Die ganze Nacht hindurch hatte er sich überlegt, wohin sein Weg in die Zukunft führen könnte. Er hatte verschiedene Variablen in Betracht gezogen. Letztendlich hatte Leon sich dazu entschlossen, seine Agentur zu verkaufen. Er hatte festgestellt, dass alles andere nur der Versuch gewesen wäre, an starren Dingen festzuhalten, die er nicht mehr bewegen konnte, weil es ihm an Kraft fehlte. Seine Unfähigkeit, klare Gedanken zu fassen, die Unmöglichkeit, das Docker-Konzept wie vorgesehen umzusetzen und der Wunsch, endlich wieder frei denken zu können, machten ihm diesen Entschluss nicht schwer. So griff Leon an einem wunderschönen, sonnigen Wintertag zum Telefon und rief Albert Schlegel an. Schlegel hatte eine PR- und Werbeagentur und war schon mehrmals an Leon herangetreten mit der Frage, ob sie beide Agenturen nicht zusammenschließen könnten. Leon hatte dies stets abgelehnt, schließlich wollte er mit eigener Kraft etwas erreichen. Wie bei allen anderen Dingen, bei denen er von Ehrgeiz besessen war, wollte Leon auch mit seiner Agentur beweisen, was er kann. In nur zwei Jahren hatte er sich in der Branche einen Namen gemacht. Er hatte zahlreiche kleinere Aufträge und ein paar größere an Land gezogen. Schlegel wusste von Leons Können und seinen Kontakten. Es schien nicht schwer, Schlegel zu einem Verkaufsgespräch zu überreden, zumal der Vertrag mit Docker unter Dach und Fach war und Schlegel lediglich die Umsetzung des Konzepts vornehmen musste. Eine Eventagentur als zusätzliches Portfolio zu haben, wäre für Schlegel mit Sicherheit ein großer Gewinn.

Über den Preis hatte sich Leon noch keine Gedanken gemacht. Er hatte nur das innige Bedürfnis, sich loszukaufen von den Dingen, die er nicht mehr verrichten konnte. Wie sollte er Kelter klar machen, dass er das Kommunikationskonzept, das er auf über 120 Seiten fein säuberlich und klar nachvollziehbar skizziert hatte, nicht umsetzen könne?

Man hätte ihn für verrückt erklärt. Leon griff zum Telefonhörer und ließ sich mit Schlegel verbinden. Schon beim Wählen der Nummer verspürte Leon eine gewisse Erleichterung. Er fühlte sich innerlich aufgeräumt. Leon versuchte wieder an die Zukunft zu denken.

Schlegel war erfreut über Leons Anruf. Er war sofort bereit zu einem Abendessen mit Leon, obwohl Leon am Telefon noch gar nicht erwähnt hatte, dass er seine Agentur verkaufen wolle. Es wäre auch unvernünftig gewesen, dies zu tun. Schlegel hätte sich ausführlich auf dieses Gespräch vorbereiten und schon Zahlenspiele zusammenstellen können. Das wollte Leon vermeiden. Als Grund für das Abendessen gab Leon an, dass man sich schon lange nicht mehr gesehen habe und dass er ein paar Neuigkeiten auf Lager habe, die ihn interessieren könnten. Schlegel reagierte derart begeistert, dass ein Termin mit Leon schon am darauf folgenden Abend zustande kam.

Sie trafen sich im »Bonjour«, einem kleinen, aber feinen französischen Lokal, mitten in der Altstadt. Leon wusste, dass Schlegel die französische Küche liebte. Der ideale Ausgangspunkt, um über Leons Verkaufspläne zu sprechen.

Schlegel war ein Mann der Tat. Alles, was er in Bewegung bringen wollte, brachte er in Bewegung. Dabei war es völlig irrelevant, dass sich so viele seiner Pläne gar nicht umsetzen ließen. Als Fachmann im PR-Bereich war er aber sehr bekannt. Leon und Schlegel unterhielten sich prächtig. Schlegel gratulierte Leon zum gewonnenen Docker-Etat. Es hatte sich schnell herumgesprochen, dass Leon den Auftrag an Land gezogen hatte.

»Das haben sie gut hingekriegt, mein Lieber, meinen Glückwunsch.«

»Danke für die Blumen«, erwiderte Leon, der sich erneut an dieser Einfügung »mein Lieber« störte, die ihm schon bei Kelter aufgestoßen war. Es schien Mode zu sein, dass man bei vertraulichen Unterhaltungen dieses widerliche »mein Lieber« von sich gab, obwohl es von dem, der es aussprach, gewiss nicht so liebevoll gemeint war. Ein Ausspruch wie »mein Lieber« war für Leon viel mehr verknüpft mit Hintergedanken.

»Ja, Schlegel, hätten sie sich mehr angestrengt, würde der Etat jetzt vielleicht ihnen gehören.« Leon war in der Stimmung dazu, den Erfolgreichen zu mimen.

»Mag sein, Berger. Ich hätte mich selbst darum kümmern müssen. War mein Fehler. Man darf eben nicht immer nur die Jungen an solche Sachen ranlassen. Da fehlt es an Erfahrungen, vor allem im Eventmanagement.«

»Ja, die Jungen. Wie recht Sie da haben«, antwortete ihm Leon, der genau wusste, dass nicht die Jungen das Wettbewerbskonzept für Docker geschrieben hatten, sondern Schlegel selbst. Der Etat, um den es ging, war auch für eine größere Agentur wie die von Schlegel ein lukratives Geschäft. Und wenn es um große Brocken ging, ließ Schlegel keinen seiner Mitarbeiter gedanklich mitspielen. Das war hinreichend bekannt.

»Was würden sie davon halten Schlegel, wenn Sie den Docker-Etat doch noch bekämen?« Leon beobachtete, wie Schlegel nervös wurde und seine Augen einen starren Blick annahmen.

»Das verstehe ich nicht. Sie haben doch den Etat in der Tasche, oder?«

»Sicher, ganz fest in der Tasche sogar. Mit Brief und Siegel. Alles unter Dach und Fach.«

»Und was soll dann diese Frage?« Schlegel wirkte neugierig. Er schien zu ahnen, dass er wieder mitspielen kann.

»Ganz einfach, Schlegel, ich verkaufe meine Agentur. Auf zu neuen Ufern, Sie verstehen?«

»Wie bitte? Sie verkaufen ihre Agentur, gerade jetzt, wo sie einen so großen Fisch an Land gezogen haben? Sind Sie noch ganz bei Sinnen, Berger?«

»Das ist reine Interpretationssache, mein Lieber«, räumte Leon ein, der mit Vergnügen Schlegels Liebkosung in seine Rede mit einbezog.

»Warum wollen Sie verkaufen Berger? Knapp bei Kasse? Wollen Sie auswandern?«

»Weder noch Schlegel. Ich will mich nur zurückziehen. Ich übernehme andere Aufgaben, das Leben besteht nicht nur aus Events.«

»Eine andere Agentur? Wo denn?«

»Nein, keine andere Agentur. Ein anderes Leben Schlegel. Anderswo.«

»Wie viel?« fragte Schlegel ohne Zögern. Er entpuppte sich wieder einmal als Mann der Tat. Schlegel wusste, wann die richtigen Fragen zu stellen waren. Sein Gespür für gute Geschärfte war ausgeprägt, wenn auch nicht immer erfolgreich.

»Sie hätten Interesse?« fragte Leon.

»Das wissen sie doch. Sie ahnen es, würden wir beide sonst heute Abend hier zusammensitzen?

Das war doch der Grund für unser idyllisches Abendessen zu zweit, oder?«

»Schlegel, Sie sind ein Hellseher. Aber ob Sie es glauben oder nicht, noch vor zwei Stunden war ich mir gar nicht sicher, ob ich ihnen dieses Angebot offerieren sollte. Bernet & Bogner haben nämlich auch schon reagiert.« Leon pokerte, denn von seiner Entscheidung, die Agentur zu verkaufen, wusste niemand etwas. Aber er fühlte sich stark genug gegenüber Schlegel. Im Gegensatz zur Situation mit Laura war er hier derjenige, der den Ton angeben konnte, und dies tat Leon mit Genuss.

»Und warum dann ausgerechnet ich?«

»Weil sie für das Geschäft mit Docker besser geeignet sind. Kelter hält nach wie vor große Stücke von ihnen.«

Schlegels Augen fingen an zu glänzen.

»Nun, meinen sie, ich käme mit Kelter klar?«

»Da bin ich mir sicher. Sie müssen ja auch nur mein Konzept umsetzen. Eine leichte Aufgabe für Sie. Alles ist vorbereitet, Sie könnten sich bedienen. Aber ich lasse ihnen nicht lange Zeit zum Überlegen. Bernet & Bogner erwarten schon morgen Mittag meinen Anruf.«

»Wie viel also?« wiederholte Schlegel.

»Ich will nicht unfair sein. Wir kennen uns schon eine ganze Weile«. Leon nannte eine nicht unbeträchtliche Summe und forderte dazu die Übernahme seiner Mitarbeiterinnen und Mitarbeiter. »Frau Langer wollten sie mir übrigens vergangenes Jahr abwerben, Sie erinnern sich?«

»Das wissen Sie also auch.«

»Ja, Schlegel, auch das weiß ich.«

»Ein bisschen viel, was Sie da verlangen, Berger. Im PR-Bereich läuft es momentan nicht gerade berauschend, das wissen Sie doch auch!«

»Schlegel, Sie haben mit der Übernahme meiner Agentur Docker im Beutel und ein paar andere Kunden auch. Ich biete Ihnen quasi ein Schnäppchen an.«

»Schon, Berger, schon. Ich weiß, aber...«

»Gut, macht nichts, Schlegel. Ich wollte ihnen nur die Gelegenheit geben, als erster zuzuschlagen.«

Schlegel saß da und überlegte. Er nahm einen kräftigen Schluck Rotwein, stellte das Glas wieder auf den Tisch, schnaufte tief durch und meinte schließlich:

»Ok, Berger, wenn es Ihnen ernst ist, dann machen wir das.«

»Mir war selten etwas so ernst, Schlegel, glauben Sie mir.«

Leon und Schlegel vereinbarten, die Angelegenheit schnell zum Abschluss zu bringen. Die Formalitäten sollten in einer Woche abgeschlossen sein. Leon sagte zu, seinen Kunden einen entsprechenden Brief zu schreiben, in dem er die Übernahme der Agentur Berger durch die Agentur Schlegel & Co mitteilte mit allen Serviceleistungen, die die Kunden mit Berger abgeschlossen hatten. Diesen Brief, da war sich Leon sicher, war er durchaus noch im Stande zu verfassen.

Leon fühlte sich befreit. Zumindest befreit von den Zwängen, irgendwelche Aufträge bearbeiten zu müssen, deren Umsetzung an seinen nicht vorhandenen Einfällen scheiterte. Er hatte einen

Schritt gewagt, der ihm vor ein paar Tagen noch völlig absurd vorgekommen wäre. Niemand, schon gar nicht er, hätten eine solche Entscheidung für möglich gehalten. Aber die Entwicklung der Dinge hatte Leon keine andere Wahl gelassen. Er wunderte sich, dass er keinerlei Trauer über den Ausstieg empfand. Zu sehr war er in Gedanken mit Lauras programmiertem Abschied beschäftigt. Bei jedem Schritt, den er tat, dachte er nur an sie. Die Entscheidungen, die er zu treffen hatte, schienen völlig nebensächlich, als wären es Selbstverständlichkeiten, die man so nebenbei erledigt. Arbeitsabläufe, die schematisch ablaufen, die Routine sind. Aber es waren Entscheidungen, die sein künftiges Leben wesentlich prägen sollten. Und als er in einem Café saß und über all die Geschehnisse der vergangenen Tage nachdachte, da fragte er sich, warum man sich so viele Entscheidungen des Lebens immer so schwer machte. Warum hatte er oft so gezögert? Er hatte etwas getan, was ihn oberflächlich betrachtet mit Laura gleichstellte. Leon hatte etwas abgeschlossen, was niemand geglaubt hatte. Ja, sicher war da ein wesentlicher Unterschied zwischen der Entscheidung seiner Frau, ihn zu verlassen und seiner aus der Not heraus getroffenen Entscheidung, seine Agentur zu verkaufen. Doch im Grunde genommen waren beides sehr spontane, endgültige Entscheidungen. Oder könnte er seine Ehe noch kitten? Könnte er Laura doch noch überreden bei ihm zu bleiben? Warum sollte das nicht gehen? Er würde sich mit ihr eine schöne Zeit machen, jetzt, da er die Agentur verkauft und genügend Geld hatte, mit ihr einen Neuanfang zu wagen. Ja, einen Neuanfang. Sie würden das Haus verkaufen und wegziehen. Irgendwohin, wo sie keiner kennt. Berlin? Hamburg? Vielleicht aufs Land oder ins Ausland? Nach Schweden? Egal, er würde auch nach Frankreich mit ihr gehen. Ja, ein Haus in der Provence. Er hatte gehört, dass es dort durchaus noch preisgünstige Häuser zu kaufen gibt.

Leon setzte sich in sein Auto und fuhr zu Laura. Unterwegs übte er die Sätze, mit denen er versuchen wollte, sie zu überreden, ihre Entscheidung rückgängig zu machen. Er war nervös. Er überfuhr eine rote Ampel und übersah fast eine alte Frau, die einen Zebrastreifen überqueren wollte. Aufgeregt wie ein kleines Kind öffnete er die Haustür.

Als er sie aufgeschlossen hatte, erschrak er. Überall im Flur und im Wohnzimmer standen Umzugskisten herum. Im oberen Stock hörte er einen surrenden elektrischen Schraubenzieher. Paula, Lauras Freundin, lief ihm über den Weg und grüßte ihn mit einem durchaus freundlichen »Hallo Leon«. Was sollte das? Leon rannte die Treppe hinauf in den ersten Stock, suchte Laura und fand sie, wie sie in ihrem Zimmer eine Regalwand auseinanderlegte.

»Was machst du da?« fragte Leon entsetzt, als habe er von Lauras Absicht, ihn zu verlassen, noch nichts gehört.

»Das siehst du doch, ich baue meine Möbel ab.«

»Und warum so schnell? Wir haben doch noch gar nicht richtig miteinander geredet, wir müssen uns doch noch über so vieles unterhalten Laura!«

»Was meinst du damit, Leon?«

»Ich meine, ich habe dir ein Angebot zu machen, quatsch, ich will noch mal mit dir über alles reden. Ich muss dir etwas erzählen.«

Seine Worte klangen hilflos. Hilflos wie ein kleines Kind, das sich für irgendetwas entschuldigen muss.

»Lass mich erst alles zusammenräumen. Wir reden dann. Ich bin in Eile, Paula hat nur bis vier Uhr Zeit, sie muss Kelvin von ihrer Mutter abholen.«

»Ich muss aber jetzt mir dir reden Laura. Es geht um unsere Zukunft, es geht um unsere gemeinsame Chance für eine Zukunft!«

Leon klang flehentlich. Laura schaute mitleidend auf ihn herab.

»Es gibt keine gemeinsame Chance mehr Leon, begreif das endlich. Es ist aus. Vorbei. Ich habe es dir erklärt. Ich liebe dich nicht mehr. Kapier das endlich, es ist aus!« Laura fing an zu schreien. Ihre Stimme hallte durch das fast leere Zimmer. Der Lärm dröhnte in Leons Ohren. Filme spielten sich in seinem Kopf plötzlich ab. Filme, die in wilder Reihenfolge Jahre in rasanter Geschwindigkeit vorüberziehen ließen. Ihm wurde schwindelig. Leon drehte sich im Kreis. Er schlug die Hände über den Kopf zusammen, kniete sich auf den Boden und schrie unverständliche Sätze laut vor sich hin. Schon war Paula nach oben gekommen, um zu schauen, ob alles in Ordnung war.

»Zieh Leine«, schrie Leon sie an. »Ich muss mit Laura sprechen.«

Paula dachte nicht daran. Sie blieb an der Tür stehen, verschränkte ihre Arme und verharrte. Es war still. Der elektrische Schraubenzieher surrte nicht mehr vor sich hin, Laura schaute verharrend auf Leon, der am Boden kniete.

Leon begriff, dass alles Reden keine Aussicht auf Erfolg haben konnte. Er stand auf, schaute Laura noch einmal tief in die Augen und ging nach unten. Er setzte sich an den Couchtisch, dreht sich eine Zigarette und schaute durch den Wintergarten hinaus in den großen Garten. Er hatte begriffen, dass es keinen Sinn mehr hatte, Anstrengungen zu unternehmen, seine Ehe noch zu retten. Sein Blick fiel auf die Gemälde und Bilder, die an den Wänden hingen. Er spürte, dass alles Festhalten nichts nutzte. Später kam Laura ins Wohnzimmer und teilte ihm mit, dass sie vorübergehend zu Paula ziehe und er sie dort erreichen könne. Sie meinte, dass sie möglichst schnell die Scheidung über einen Anwalt regeln sollten. Leon nickte nur und schaute ins Leere.

Da war das Entfremden, das beide vollführten. Die plötzliche Unachtsamkeit der Gefühle, dieses hinweg wischen von dem, was einmal Liebe gewesen war. Träume zerplatzten plötzlich, die sich beide ausgemalt hatten, um sie gedeihen und leben zu lassen. Leon stellte fest, dass es so etwas wie Vollkommenheit nicht gibt. Das einzige, was er zu jener Zeit an sich zu kritisieren hatte, war, dass er jahrelang an diese Vollkommenheit geglaubt hatte. Eine Gedankenwelt, in die er sich voller Naivität zurückgezogen hatte. Aber warum hätte er sich das immer wieder ins Gedächtnis rufen sollen? Wenn Dinge ihren Gang gehen, geradeaus, schnörkellos und zielgenau, dann bedenkt man nun mal nicht die Risiken. Jetzt wusste Leon, dass auch Liebe ein großes Risiko ist. Vielleicht das größte Risiko, das überlebten Flugzeugabsturz, die Rettung von Schiffsbrüchigen auf hoher See, ohne Schwimmen zu können oder eine Schlägerei mitten in seiner Stammkneipe, als es um das Buhlen um eine Frau ging. All das kannte er nur aus dem Fernsehen oder der Zeitung. Er war kein mutiger Mensch, kein Held, eher einer, der sich schnell zurückzog, wenn es prekär wurde. Leon musste einsehen, wie sehr fest fundamentierte Lebensplanungen von einer Minute auf die andere einfach wie weggeblasen sein können. In dieser Zeit fragte er sich, ob es überhaupt Sinn macht, sein Leben auf Ziele hin zu orientieren.

Notiz auf einem Zettel:

»Planen verhindert leben. Die Tage dem Zufall zu überlassen, erfordert nur, dass man sich auf die Zukunft einlässt.«

»Liebe ist nicht in dem Maße existent, in dem sie von den meisten Menschen benutzt wird.«

»Mit einander leben ist der Beginn der Vorwegnahme der Trennung.«

Leon Berger hatte vieles, wovon seine Bekannten oftmals geradezu überschwänglich erzählten, nicht zu bieten. Auch seine Frauengeschichten waren eher langweilig im Gegensatz zu denen, über die seine Bekannten im Laufe der Jahre so berichteten, die aber mit großer Wahrscheinlichkeit sowieso nicht der Wahrheit entsprochen hatten. Leon hatte nie eine Geliebte, die Gedanken daran waren ihm völlig fremd. Er hatte noch nie einen One-Night-Stand, das hätten seine Gefühle nicht ertragen, er war noch nie in einem Bordell, er hätte nie einen hoch gekriegt, wenn er dafür hätte zahlen müssen.

Er war ein sonderbarer Kerl. Jemand, der bei all den Frauengeschichten seiner Bekannter nicht mitreden konnte, weil er dazu nichts zu sagen hatte. Selbst wenn er gewisse Affären erlebt hätte, wäre Leon nie auf den Gedanken gekommen, sie breit zu treten. Im Prinzip war er in seinem Innern noch immer ein Ministrant, Gott ergeben, immer nach dem Guten Ausschau haltend. Leon schien, trotz der Lebenserfahrung eines Ende Vierzigjährigen, für Situationen wie diese nicht geeignet, vor allem nicht vorbereitet.

Auf zu neuen Ufern

Die Räume der Agentur waren gekündigt. Schlegel hatte alle Forderungen Leons erfüllt. Der Abschied aus seiner gewohnten Arbeitsumgebung fiel ihm nicht schwer. Das erstaunte ihn. Was er lediglich vermisste, war der frisch gebrühte Kaffee von Frau Janosch, der ihn jeden Morgen erwartete, wenn er in die Agentur kam. Leon hatte sich in der großen Kreisstadt, wenige Kilometer von Frankfurt entfernt, eine große Altbauwohnung mit Balkon gemietet.

Den Verkauf des Hauses hatten Laura und er an einen Makler übergeben. Weder sie, noch er wollten das Haus weiter bewohnen. Zu stark wären die Erinnerungen an das gewesen, was sie in diesem großen Haus mit wunderschönem Garten so alles erlebt hatten.

Das Procedere dieser Trennung unterschied sich von anderen Trennungen dadurch, dass Laura und Leon sich bemühten, nicht zu streiten über das, was es zu verteilen gab. Er hatte ihr das Haus abgetreten, dafür musste er ihr nichts von seinem Agenturverkauf ausbezahlen.

Sie gingen betont sachlich miteinander um. Fast schon verständnisvoll. Trotz alledem empfand er dieses Gefühl, jemand zu sein, der leiden musste, weil er nicht mehr gelitten war. Laura zog zu ihrem neuen Freund nach Freiburg.

Alles ging seinen geregelten Gang. Zumindest nach außen hin. Irgendwie geht es schließlich immer weiter, hätte seine Mutter ihm gesagt und seine Mutter war eine durchaus weise Frau.

Der Umzug in die große Kreisstadt war für Leon kein großes Experiment. Er kannte noch viele Leute aus seiner Zeit, als er dort als Redakteur arbeitete. Allerdings verspürte er keine Lust, alte Kontakte wieder aufzufrischen. Dazu fühlte er sich nicht in der Lage. Er war froh, aus der ländlichen Kleinstadt weg zu sein, um den Fragen auf der Straße ausweichen zu können, die sich immer wieder darauf konzentrierten, wie es denn nur zur Trennung von seiner Frau kommen konnte. Leon hatte keine Lust auf Rechtfertigungen.
Diese Fragestellungen gipfelten darin, dass er einen honorigen Kommunalpolitiker traf, der ihn fragte, warum er eine Beziehung zu einer anderen Frau begonnen habe, wo er doch eine so nette, hübsche Frau »besitze.« Ja, dieser ehrenwerte Politiker sprach von »besitzen.« Leon hatte einige Momente überlegt, jenem Herrn einen Faustschlag ins Gesicht zu verpassen, in seine Hoden zu treten und ihn dann anzuspucken, besann sich dann aber und ging einfach weiter. Diese ländlichen Kommunalpolitiker waren burschikos, dümmlich und dreist zugleich.
Leon wunderte sich nicht sehr über diese Interpretationen der Trennung, die in der ländlichen Kleinstadt kursierten, er versuchte sich durch solche Äußerungen nicht in aggressive Stimmungen versetzen zu lassen, zumal jener Kommunalpolitiker, der ihm unterstellte, er habe die Trennung von seiner Frau quasi provoziert, trotz Eherings am Finger schon seit längerer Zeit eine Beziehung zur Sekretärin des Bürgermeisters gepflegt hatte.

Leons neue Heimat war eine Stadt, die keinerlei Faszination ausstrahlte. Er konnte sich nicht erklären, warum er nicht weiter weg gezogen war, nach Hamburg, München, Berlin. Trotz aller Zweifel, die er hegte, war diese Stadt für ihn ein Ort, der nach Zukunft roch. Er verspürte diese Hoffnung, hier sein Leben neu ordnen zu können, sich der Tatsache bewusst zu werden, dass er Neues erleben werde, das ihn ablenken und nach vorne blicken ließe. Denn wenn Menschen etwas bewege, so sagte sich Leon immer häufiger zu dieser Zeit, dann sei es schließlich die Hoffnung darauf, dass sich Sehnsüchte erfüllen mögen, wie immer sie auch geartet seien. Da war er nun, in einer Stadt mit 40 000 anderen Seelen, die miteinander auskommen mussten, ob sie wollten oder nicht. Eine Stadt, die nicht viel anders strukturiert war als andere Städte dieser Größe. Es gab die gleichen, vom Alkohol benebelten Redakteure, die täglich dafür sorgten, dass seitenweise unlesbarer Blödsinn für wissensbegierige Leser produziert wurde, die insgeheim nur notorische Buchstabenzähler waren. Es gab die gleichen irrsinnigen Politiker, die sich für die besten Propheten neuzeitlicher Stadtentwicklung und Finanzsanierungen hielten und es gab die gleichen Kneipen, die Menschen beheimateten, die darauf Wert legten, sich dem Alkohol sinnlos hinzugeben.

Als Leon seine Bücher in das Regal an der breiten Wand gestellt hatte, fragte er sich, worauf er sich wohl am meisten freue. Eine pauschale Antwort zu finden, war nicht einfach. Es brauchte seine Zeit. Zunächst musste er die Erfahrungen sammeln, die notwendig waren, um sich seine Meinung zu bilden. Und Leon tat dies, wie alles in seinem bisherigen Leben, voller Inbrunst und durchaus heiter in der Gesinnung.

Diese unheimliche Stadt, deren Schönheit darin bestand, dass sie ein altes Kurhaus mit Park und ein Schloss aufwies, war nicht geschaffen dazu, ihn aufzuheitern und positiv denken zu lassen. An allen Ecken, entlang der Bürgersteige und an Straßenkreuzungen waren Gärtner damit beschäftigt, Blumenbeete anzulegen, weil diese Stadt, in der es nichts Bemerkenswertes gab, Monate später eine Landesgartenschau abhalten durfte. Eine dieser Veranstaltungen, für die das Land eine Menge Zuschüsse gewährte, das aber trotzdem bei weitem nicht ausreichte, um die hohen Kosten zu decken, die notwendig waren, um die grüne Pracht zu finanzieren. So entstanden immer mehr Naturflächen, selbst dort, wo man es eigentlich nicht für möglich hielt.

Seine Streifzüge begann Leon mit der Suche nach Lokalitäten, in die man sich am Abend auf ein Guinness zurückziehen konnte, um sich der Dunkelheit auf den Straßen zu entziehen. Es gab deren zwei, eine Kneipe mitten in der Stadt, die andere etwas außerhalb auf einem ehemaligen Industriegelände. Und weil ihm der Weg in die Stadt angenehmer war, beschloss er, für seine gelegentlichen Aufenthalte zu abendlicher Stunde das Parkers auszuwählen. Ein Pub, das ein wenig den Charme einer alten Bahnhofsvorhalle aufwies. Alte, billige Ölgemälde an den Wänden, verdreckte Kerzenständer, an denen Wachsklumpen herunter hingen und eine wunderschöne alte Theke, die ihn an

Pups in Schottland erinnerte, sich später aber als ausgediente Verkaufstheke einer alten Apotheke herausstellte. Wie in allen Kneipen dieser Art gab es auch hier nur schummriges Licht, das von großen, auf alt gemachten Kronleuchtern ganz sanft auf die Tische und Bänke strahlte. Schummrig deshalb, weil die Gäste somit die Schlieren auf den schlecht gespülten Gläser nicht so genau erkennen konnten. Diese schummrige Atmosphäre hatte aber auch ihr Gutes, denn so konnte man ohne schamlos zu wirken relativ unbeobachtet in die Gesichter anderer schauen, weil sie einen wegen der Dunkelheit selbst nicht fokussieren konnten.

Das wichtigste Kriterium hatte dieses Parkers jedenfalls erfüllt: Es gab Guinness vom Fass. Das schmuddelige Ambiente war da eher nebensächlich. Und so sah man Leon regelmäßig in dieser Kneipe seine Abende verbringen. Sein bevorzugter Platz war am Tresen. Zum einen deshalb, weil er von hier aus schneller sein Bier erhielt, zum anderen, weil man einen guten Überblick auf die ganze Kneipe hatte. Obwohl Leon es nicht darauf anlegte, mit anderen Gästen in Kontakt zu treten, ließ sich das auf Grund seiner regelmäßigen Wiederkehr nicht vermeiden. Doch die Unterhaltungen, die er in dieser Anfangszeit führte, waren weder erheiternd noch lustig oder besonders lehrreich und im Prinzip auch nicht unterhaltsam. Das sollte sich später ändern.

Leons Tagesabläufe glichen denen eines umher vagabundierenden Wesens, das nicht weiß, wohin es gehen und was es tun soll. Schon beim Versuch, sich Gedanken darüber zu machen, wie er seine Zukunft gestalten könnte, überkam ihn eine gewisse Furcht, er könne sich aus seiner vorhandenen Lethargie nicht befreien. Die alleinige Sicherheit, die er verspürte, war, dass er durch seinen Agenturverkauf für die kommende Zeit genügend Geld zum Leben besaß. Er wäre nicht im Stande gewesen, mit dem Schreiben irgendwelcher Texte oder der Planung von Events sein Geld zu verdienen. Das Einzige, wozu er sich mühselig aufraffte, war das Notieren mancher Gedankengänge auf diesen kleinen, weißen Zetteln, die er auf Vorrat zu Hunderten angefertigt hatte und die an jeder Stelle seiner Wohnung bereit lagen, um beschrieben zu werden. Die einzelnen kleinen Zettel legte er fein säuberlich und mit fortlaufenden Ziffern beschrieben in einem alten Schuhkarton ab. Geordnet nach Wochen klammerte er diese Gedankenfetzen mit Heftklammern zusammen. Mit dieser Art Archivierung hoffte er später nachvollziehen zu können, welche Gedanken ihn in diesen Zeiten der Leere beschäftigt hatten. Es gelang Leon jedoch nicht, jeden Tag Notizen auf Papier zu bringen. Sein Gemütszustand wankte. Je schlechter das Wetter war, desto weniger war er dazu fähig, sich Notizen zu machen über das, was ihn bewegte. Es gab Tage, an denen er seine Wohnung nicht verließ. Das waren diese Tage, an denen er sogar die Rollos in seiner Wohnung nicht öffnete. An solchen Tagen lag er bis nachmittags in seinem Bett, kochte sich mühsam einen Tee, legte sich wieder hin und ertrank im Fluss seiner Gedankenflut. Besuche hatte er nicht zu erwarten, denn er hatte niemandem seine neue

Adresse mitgeteilt. Leon fühlte sich wie in einem unterirdischen Bunker, zu dem keiner Zutritt hatte. Selbst sein Telefon klingelte nicht, weil so gut wie niemand seine Nummer wusste. Indes fühlte sich Leon nicht krank oder schutzlos ausgeliefert und von aller Lebensfreude verlassen. Er durchlebte diese Zeit der innerlichen Stille durchaus bewusst. Die Trägheit seines Handelns verstand er als Versuch, seine depressiven Zustände zu durchleben, ihnen Raum zu geben, sie ausleben zu lassen. Er verspürte keinerlei Bedürfnis, an diesem Zustand etwas zu ändern. Für Leon war diese Zeit des Nichtstuns und der Trägheit ein durchaus gewolltes Empfinden. Es tat ihm gut, abgeschottet zu sein von dem hektischen Leben. Derweil wäre es für ihn ein Leichtes gewesen, sich unter Menschen zu begeben, Kontakt zu suchen und sich unterhalten zu lassen.

Nur abends, wenn die Hektik auf den Straßen gewichen war, begab er sich hinaus und spazierte vorbei an den neu gepflanzten Bäumen entlang der Bürgersteige ins Parkers. Mit zunehmender Präsenz in dieser Kneipe war es unvermeidbar, dass er sich auf Konversationen mit einigen Gästen einlassen musste, schon allein deshalb, um nicht unhöflich zu erscheinen. Es waren versuchte Annäherungen von Kneipengästen, die sich, wie Leon es interpretierte, in einer ähnlichen Situation zu befinden schienen wie er. Da war George, der Schotte, der stationierten amerikanischen Soldaten Deutsch beibrachte und sich ständig darüber beklagte, dass es diesen amerikanischen Soldaten lediglich darauf ankam, einen möglichst einfachen Wortschatz zu erlernen, der dazu geeignet ist, mit deutschen Fräuleins ins Gespräch zu kommen. Jonathan, der Softwareentwickler, relativ klein gewachsen und mit wenigen Haaren auf dem Kopf, zog es vor, sich über Musik und Sport zu unterhalten. Henriette, ein dunkelhaariges Geschöpf, deren tiefe Ränder unter ihren Augen darauf schließen ließen, dass sie mit wenig Schlaf und reichlich Alkohol die Tage und Nächte überstand, versuchte mit wenig Erfolg Leon über ihre Probleme beim Unterrichten ihrer Realschulklasse zu informieren. Paul, dessen Markenzeichen seine in allen Farben schillernden Rollkragenpullover waren, belaberte Leon wann immer er Laune danach verspürte mit seinen Bemerkungen über das langweilige Erstellen der Kataloge eines Versandhauses, für das er arbeitete. Paul war Ende Fünfzig, seine Stimme war rauchig von den unzählig stinkenden Zigaretten, die er zu seinen ebenso unzähligen Guinness rauchte. Diese Gleichmäßigkeit, in der Paul seine Zigaretten rauchte und Bier trank, faszinierte Leon. Zwei Zigaretten, ein Guinness. Zwei Zigaretten, ein Guinness. Paul war programmiert auf diese Reihenfolge. Dieser Rollkragenpullovermensch rauchte so mindestens eine Schachtel Zigaretten am Abend.

Als es nicht mehr zu übersehen war, dass Leon immer öfters am Tresen im Parkers Platz nahm, suchte auch die Wirtin das Gespräch mit ihm. Sie war eine Frau Mitte Dreißig, die außer ihrem etwas üppigen Busen und ihren stets blitzsauber glänzenden weißen Blusen nicht weiter auffällig war. Die Sätze, die er mit dieser Frau, die sich ihm als Rosana vorstellte, sprach, beschränkten sich in dieser Zeit auf nebensächliche Dinge, wie Name, Herkunft, Beruf, Guinness und das Leben in der Stadt. Gespräche, die jeder Kneipenwirt, der Gäste als Stammgäste in diese Kneipenkultur integrieren möchte, führen musste.

Für diese Menschen, die hier im Parkers eine zweite Heimat gefunden hatten, war Leon ein selbstbewusster Mann, der des Redens kundig war und nicht den Anschein verbreitete, als sei er trivialen Gesprächen gegenüber abgeneigt. So dauerte es nicht lange, bis Leon in den Kreis der Stammgäste aufgenommen war, auch wenn die Menge an Alkohol, die er im Parkers konsumierte, bei weitem nicht an die der meisten anderen Gäste heranreichte.

Auf diese Weise waren Leons Besuche im Parkers auch als Wiederbelebung seiner kommunikativen Bedürfnisse zu verstehen, die tief in seinem Innern für längere Zeit geschlummert hatten. Zugleich tat es ihm gut zu erfahren, dass es Menschen gab, die mehr als er in irgendwelchen Vergangenheiten lebten, die verworren, unheilvoll und voller obskurer Erlebnisse waren, so dass er das, was ihm widerfahren war, als, wenn auch sehr einprägsame und nach wie vor nicht richtig nachvollziehbare Erfahrung, für völlig normal und den Gegebenheiten der Zeit angepasste Situation empfand. Er spürte, dass es gar viele Menschen in dieser Kneipe gab, die nicht nur mit der Bewältigung ihrer Vergangenheit Schwierigkeiten hatten, sondern auch in der gelebten Gegenwart umgeben waren von tristen Gedanken.

Die Geschichten, die Leon sich anhören musste, waren allesamt geprägt von Enttäuschungen, Trennungen und Träumen. Träume, von Menschen wie Anna, die im Alter von fünfzig Jahren immer noch die Hoffnung verband, nach Amerika auswandern zu können und am Strand einer kleinen Stadt in Kalifornien glücklich zu werden. Leon bewunderte diese Freizügigkeit der Gefühle, mit der ihn die Gäste im Parkers konfrontierten. Sah er so vertrauensvoll aus? Hatten diese Menschen niemanden sonst, dem sie ihre Probleme schildern konnten? Warum erzählten sie ausgerechnet ihm, einem Fremden, traurige Einzelheiten aus ihrem Leben? Leon war dabei, die Rolle eines Beichtvaters zu übernehmen, der den Menschen allein durch sein Zuhören ein nicht zu erklärendes Gefühl der Geborgenheit vermittelte. Er selbst verdrängte dadurch immer öfters seine eigenen Probleme, geriet aber dabei nicht von seinem Weg ab, pauschal an das Schlechte der Welt zu glauben. Diese Rolle des Zuhörers hatte sogar auch seine gute Seiten, denn sie war ständig begleitet mit der Bezahlung von Guinness und Whisky. Das führte dazu, dass Leon fast schon frustriert reagierte, wenn er an gewissen Abenden von keinem der Gäste angesprochen oder mit Problemschilderungen bedacht wurde. Diese heimelige Atmosphäre, die sich im Parkers abspielte, war nicht geprägt von plumpen Annäherungsversuchen verlassen geglaubter Frauen, sie hatte auch keine Spur von vulgär ausartenden Situationen. Diese Momente im Parkers spiegelten lediglich die unterschiedlich gestaltenden Lebenssituationen von Menschen wider, die angesammelt waren von individuellen Erlebnissen. Keiner hätte es Leon übel genommen, wenn auch er seine Probleme offenbart hätte. Wie leicht hätte er sich einreihen können in diese Ansammlung von Mitmenschen, die ihre Verzweiflung zum Ausdruck brachten. Er hatte aber nicht die Absicht, sich ihnen mit seiner Geschichte zu offenbaren, obwohl ihm die Bezahlung von Getränken auf unbestimmte Zeit sicher gewesen wäre. Diese Menschen hier schienen nämlich begierig nach Geschichten über Katastrophen.

Die abendlichen Aufenthalte im Parkers mit den sich wiederkehrenden Gesprächen und der sich daraus ergebenden Gewissheit, dass er von Menschen umgeben war, die von viel ernsthafteren Lebenskrisen betroffen waren als er, hatten eine heilende Wirkung auf Leons Verhalten. Er fühlte sich trotz seines derzeitigen Seelenzustands gestärkt und damit inspiriert, sein Eremitendasein nach und nach aufzugeben und sich einzulassen auf die Stimmungen, die ihn außerhalb seiner Wohnung erwarteten. Dabei genoss Leon bei seinen Spaziergängen durch die Stadt die Anonymität, mit der er durch Fußgängerzonen und kleine Parkanlagen schlenderte.

Draußen war es kalt. Regenwolken hingen am Himmel. Und doch gab es noch immer Liebespaare, die eng umschlungen die frisch angelegten Parkwege verunsicherten. Diese Liebespaare weckten dann wieder Erinnerungen in Leon, die ihn um Wochen zurück warfen. Das Ergebnis solcher Beobachtungen in frischer Luft war das Betränken der Gedanken an Laura mit üppigem Genuss von Guinness.

Leon hatte zusammen mit Kunze, einem Freund, der medizinische Geräte vertrieb, in der Stadt noch einen Milchkaffee getrunken und sich dann entschlossen, mit dem Bus nach Hause zu fahren. Einer jener Nachmittage, die nichts mehr verhießen, weil schon der Morgen mit diesem zermürbenden Gefühl begonnen hatte, im Bett liegen bleiben zu wollen und abzuwarten, bis Linderung eintritt. Solche Tage waren zum Vergessen verdammt, weil man wusste, dass sich nichts ereignet, was einen beflügeln könnte. Regentage, denen Leon am liebsten mit Dauerschlaf getrotzt hätte. Es war kurz vor vier Uhr nachmittags. Leon verspürte keinerlei Lust etwas zu tun. Er kannte dieses Gefühl, nach einer guten Tasse Milchkaffee von der Unfähigkeit ergriffen zu werden, sich nochmals zu motivieren und geistreich zu werden, um Niveauvolles niederzuschreiben. Gewiss wollte er noch einiges niederschreiben, was der Bewältigung seiner Vergangenheit dienen sollte, doch dazu fehlte es ihm an dem Gespür für Sprache. Als er seine Wohnung betrat, erwartete ihn wie immer eine gewisse Lehre. Kein Wunder, er wohnte jetzt ja alleine. Es gab Tage, an denen ihm dieses Gefühl der Leere besonders niederschmetternd begegnete. Da gab es diese Momente, in denen er mit sich selbst Gespräche führte, um das Alleinsein zu vergessen. Auch an diesem Nachmittag ertappte er sich dabei, wie er zu sich sagte »grüß dich Gott, du heile Welt hier.« Welch banaler Spruch, den er da unreflektiert in den langgezogenen Wohnungsgang sprach, denn zum einen war kein Gott hier und zum anderen war die Welt alles andere als heil. Gerade in banalen Augenblicken wie diesen gerieten die Versuche, sich zu artikulieren, völlig daneben. Als er sich fragte, was er jetzt tun solle, überschlugen sich die Vorschläge, die er sich in seinem Kopf zusammenreimte .In dem Buch weiterlesen, das er gestern Abend begonnen hatte? Einen Brief schreiben an jemanden, der sich über einen Brief von ihm freuen würde, um das Gefühl zu haben, wenigstens noch etwas Nützliches an diesem Tag angestellt zu haben? Sich einfach ins Bett zu legen und sich dabei eine Zukunft voller Zufriedenheit auszumalen? Beim Ansehen von Bioleks tausendster Boulevardsendung sanft auf der Couch einschlafen? Vielleicht endlich mal ein paar dänische Vokabeln lernen, um diese Sprache irgendwann wenigstens etwas zu verstehen? Oder sollte er sich nur einfach ins Bett legen und so tun, als gehe es seinem Kreislauf schlecht? Damit hätte er zwangsläufig einen Grund, alle Viere von sich zu strecken und er müsste sich für nichts entschuldigen.

Nach kurzer Überlegung der sich möglicherweise ergebenden Momente zog er zunächst seine Lederjacke aus, ging in die Küche und setzte sich Wasser auf, um einen Tee zu kochen. Dies, so Leon zu sich, könne schließlich auf keinen Fall schaden, ja es könnte sogar dazu führen, dass er nach dem Genuss eines Earl Grey mit Honig und Milch unerwartet und spontan wieder die Kraft verspürt, doch noch etwas Geistvolles zu vollbringen. Der Gedanke daran machte ihm Mut.

Leon begab sich ins Wohnzimmer in seinen schwarzen Ledersessel, machte es sich bequem und legte eine Live-CD mit Garry Moore auf. Blues, der tief in die Seele geht. Die Zeit verrann, ohne dass sich etwas Wichtiges ereignete. Leon wurde immer unruhiger. Irgendetwas musste heute doch noch geschehen, oder? Er hatte sich immer noch nicht von dem Zwang gelöst, etwas Produktives tun zu müssen. Geputzt hatte er erst, zum Wäsche waschen hatte er keinerlei Lust, weil er dazu vom ersten Stock in die Waschküche im Keller gehen müsste. Zwar hatte er vehement das Gefühl, sein Waschmittel, das auf einer Ablage im Badezimmer stand, blicke ihn ständig fragend an, warum er nicht endlich seine dreckige Unterwäsche wasche, aber Leon hatte keine Lust und er fragte sich tatsächlich, warum er das Gefühl hatte, sich dafür auch noch rechtfertigen zu müssen. Doch etwas lesen? Leon schaute stattdessen zum Fenster hinaus. Welch ein Zufall: es regnete wieder einmal. Die Tropfen zu zählen, die von weit oben auf die Straße fielen war zwecklos, zu groß war die Menge an Wasser, die sich da ergoss. Jetzt einen Joint rauchen und sich den Ereignissen einfach hingeben, dachte sich Leon, der noch nie vorher einen Joint geraucht, aber in den vergangenen Monaten öfters sehnsüchtig diesen Gedanken gesponnen hatte und sei es auch nur aus dem Grund, endlich mal etwas zu tun, was er noch nie getan hatte. Da klingelte das Telefon. Paul war am Apparat. Einer von denen, die meistens anriefen, wenn sie melancholisch waren, dann getröstet werden wollten und sich wünschten, dass sie in die Arme genommen werden, um behütet zu sein vor den Widrigkeiten des Lebens.

»Nein Paul, ich habe absolut keine Zeit heute, ich muss noch arbeiten, du weißt ja, ich muss an meiner Zukunft basteln. Ich bin schließlich so etwas wie arbeitslos«. Leon ertappte sich mit regelrechtem Genuss in dieser Notlüge, denn er war keineswegs damit beschäftigt, an seiner Zukunft zu basteln. Er war gar nicht in der Lage dazu. Leon war viel zu hin- und her gerissen in seinen Gedanken, aufgewühlt noch immer, wenngleich der Abstand zu dem, was geschehen war, sich Tag für Tag vergrößerte. Es hätte aber durchaus auch sein können, dass er sich tatsächlich noch an seinen Computer setzen und einfach damit beginnen würde, drauf los schreiben. Leon hatte seit Tagen schon keinen Satz mehr geschrieben, obwohl er sich das fest vorgenommen hatte. Zum wiederholten Male war er in ein Loch gefallen, das ihm den Zugang zu sich selbst versperrt hatte.

Leon sollte an diesem Tag diesen Drang zu schreiben nicht mehr verspüren. Nach Pauls Anruf war ihm auch die Lust auf Garry Moore vergangen. Ein Zustand, der in stutzig machte, denn Garry Moore konnte er zu allen Gelegenheit hören. Es war, als habe er sich durch das kurze Telefonat mit Paul von dessen Melancholie oder Depression anstecken lassen. Leon spürte, wie ihm langsam die Decke auf den Kopf fiel. Höchste Zeit, sich abzulenken. Wieder marschierte er ins Bad, schaltete das Licht ein und schaute beim zweiten Versuch innerhalb von einer Stunde, sich die Haare zu kämmen, erneut in den großen Spiegel über dem Waschbecken. Seine Bemerkung »Mensch Berger, eigentlich siehst du für dein Alter verdammt gut aus«, die er leise von sich gab, irritierte ihn ein wenig, bestärkte ihn jedoch in seinem Vorhaben, noch auf ein Getränk in die Kneipe zu gehen und den Abend dort ausklingen zu lassen. Er goss sich noch ein wenig Parfüm hinter die Ohren, um den Geruch der Salbe abzutöten, die er sich wegen eines Schnakenstichs unter dem linken Ohr eingerieben hatte und machte sich auf den Weg ins Parkers.

Dort angekommen, überlegte er für zwei Sekunden, ob er gleich wieder gehen sollte, weil – und das war im Prinzip auch nicht anders zu erwarten – schon wieder die gleichen Gestalten an Theke und Stehtischen saßen und herum standen. Keine Frau, die er aus der Entfernung mit Blicken bewerfen konnte, keine Nische, die frei war, um alleine für sich den Tag im Innern geistig zu verarbeiten. Aber immerhin war da der Wunsch, ein Guinness zu trinken und obwohl es nicht seine Art war in Fortsetzungen zu denken, liebäugelte er bei der Bestellung des ersten schon mit dem zweiten Bier. Der Abend war ja noch jung und vom Regen war im Parkers nicht zu spüren.

Die Szenerie im Parkers glich der in einem Wohnzimmer. Zumeist sah man die gleichen Gestalten mit den gleichen Gesichtern, die sich mehr oder weniger abgefüllt am Tresen oder an einem der Stehtische drängten. Sabine, Sybille, Bernd, Jonathan und George, der Schotte. Leon nannte sie, wenn sie so einträchtig beieinander saßen, immer Familie Parker. Fast eine Idylle, wenn nicht der

Alkohol die dominierende Rolle in der Kommunikation gespielt hätte.

Bernd, der Designer, Stammgast im Parkers und ein Mann von Welt, der längst Golf spielte und den übrigen Lastern abgeschworen hatte, was nichts anderes besagte, als dass er zumindest in Gegenwart von Freunden das Wort Sex nicht mehr in den Mund nahm, kam immer öfters abends in das Parkers und zelebrierte den Spruch »kolossaler Abend heute, beinahe Frau geküsst.« Ein Satz, der sich allen einprägte und gleichzeitig vor Augen führte, dass ihnen dasselbe passiert war. Und dann befiel alle, die dort versammelt waren, meistens eine Art von Melancholie, die unstrittig zum Schlimmsten gehörte, was im Parkers passieren konnte.

Bernd, schlank gewachsen und durchaus gut aussehend, war ein Verfechter des Kölsch. Jenes Bieres, das man in kleinen Gläsern serviert bekommt und am Ende eines Kneipenabends überrascht ist über die Anzahl der Gläser, die man in sich hineingeschüttet hatte. Er war einer der wenigen Gäste im Parkers, der dieses Kölsch trank und er tat dies wohl mehr aus Reminiszenz an seine Kölner Heimat als aus purer Lust am Geschmack dieses Bieres.

Es schien fast so, als schenke man hier im Parkers dieses Kölsch nur wegen ihm aus. Und hätte man sich die Mühe gemacht, über seinen Kölsch-Konsum Buch zu führen, so wäre man wahrscheinlich zu dem Ergebnis gekommen, dass sein Umsatz den größten Anteil am Ausschank dieses Bieres ausgemachte.

Aber so ist das nun mal in Kneipen. Wozu sind sie schließlich da, wenn nicht dazu, Alkohol in Mengen in sich hinein zuschütten und die Gedanken des Tages einfach zu vergessen. Leon kannte die Probleme, die bei solchen Kneipenabenden immer wieder zur Sprache kamen. Es waren die Frauen, die sich mal wieder nicht ins Parkers verirrt hatten und es war die Unzufriedenheit mit der Situation, in der sich jeder befand. Jeder wohlgemerkt. Alle, die Leon hier kennengelernt hatte, beherrschten es hervorragend, gemeinsam zu klagen, wie schlecht es der Welt - und damit meinten sie sich - eigentlich ginge. Ja, schlecht. Als er kam, so gegen zehn Uhr abends, hatten alle, die hier versammelt waren, ihm gegenüber schon wieder mindestens zwei, drei Bier Vorsprung heraus getrunken. Freundlich streckte er die Hand in alle möglichen Richtungen aus, in denen Bekannte beieinander saßen und entschloss sich, an den Tresen zu setzen.

Rosana, die Pächterin des Parkers, schwarzhaarig, mittelgroß und nicht auf den Mund gefallen, verstand es hervorragend, mit ihren Kunden umzugehen. Unaufgefordert stellte sie Leon ein weiteres Guinness auf die Theke. Sie war so etwas wie die perfekte Wirtin. Jeder Situation angepasst, hatte sie einen Witz auf Lager, sie hörte sich die Sorgen von Jonathan, dem Dauer-Whiskey-Trinker an und wenn es wieder mal gar nichts nutzte und keiner so richtig in Stimmung war und damit Lust auf Alkohol verspürte, dann zeigte sie auch mal etwas mehr von ihrem recht üppigen Busen, der ansonsten wohl versteckt unter der weißen Bluse gut aufgehoben war. Diese Blicke auf Rosanas Brüste wurden immer intensiver, je mehr Alkohol die Gäste im Parkers genossen hatten.

Sicher hatte sich der eine oder andere in seinen aufkommenden Alkoholträumen des Öfteren gewünscht, mit Rosana mehr als nur einen auf das Getränk bezogenen Kontakt aufzunehmen, doch der Verstand, mit dem Rosana ihr Geschäft betrieb, war dahingehend ausgereift, dass sie genau wusste, wie weit sie ihre Reize in die Kommunikation mit einbinden konnte. Ihre Worte, die sie benutzte, waren keineswegs unbedacht, sondern mit Sorgfalt gewählt. Sie verstand etwas von der Psychologie, wie man die Gäste einer Kneipe in seinen Bann ziehen kann, ohne dabei vulgär zu wirken. Ihre Rolle spielte sie keineswegs ordinär, sondern mit einem gewissen Charme, den die meisten Gäste im Parkers zu schätzen wussten.

Leon konnte ihr eine gewisse Intellektualität in ihrem Handeln nicht absprechen. So müssen große Geschäftsverhandlungen ablaufen, bei denen Frauen in kurzen Röcken und tiefen Einblicken als Gesprächsverstärker eingesetzt werden, um zum gewünschten Verhandlungsergebnis zu kommen. Er dachte da an Sabine, auch so ein Stammgast im Parkers, die als Geschäftsassistentin in einem großen Softwareunternehmen arbeitete und Leon bei ihren gelegentlichen Treffs am Tresen wiederholt stolz erzählte, dass ihr Chef sie zu allen relevanten Geschäftsverhandlungen mitnehme, obwohl sie ja eigentlich nur für das Büro zuständig sei und von den technischen Details, die auszuhandeln seien, keine blasse Ahnung habe. Als Höhepunkt der Unterhaltung führte sie dann immer an, dass sie noch nie, aber wirklich noch nie, den Zwang oder die Begierde verspürt habe, mit einem der Geschäftspartner mehr als nur ein banales Gespräch zu führen.

Leon selbst hatte sich mit Rosana noch nicht intensiver unterhalten. Er verspürte nicht das Verlangen danach, vielleicht auch deshalb, weil er allzu große Brüste nicht mochte. Vielleicht auch, weil sich sein ab und zu aufkommendes Bedürfnis nach Kommunikation auf das Austauschen von Fußball- oder Basketballergebnissen beschränkte.

Als guter Zuhörer indes war Leon öfters gezwungen, sich Problemfälle anderer anzuhören. Und das ergab sich nun mal besonders oft im Parkers, weil dort der Alkohol floss und so manch Einer, der ansonsten eher ruhig am Tresen hing, plötzlich sprudelnd von irgendwelchen Frauengeschichten zu erzählen begann, die längst beendet, aber in den Gedanken derer, die sie erlebt hatten, noch immer gegenwärtig waren. So auch die Geschichte, die ihm der mit etwa einem Meter sechzig relativ klein gewachsene Programmierer Jonathan an einem dieser dunklen Kneipenabende erzählte. Man muss vorausschicken, dass Jonathan in der Runde derer, die sich hier regelmäßig einfanden, am meisten Geld von allen verdiente. Sein gelber Porsche, der stets demonstrativ direkt neben dem Eingang zum Parkers im Parkverbot stand, war Symbol seines Charakters. Er hatte zwar Geld zum Wegwerfen, war aber ansonsten ein einsamer Mensch. Wenn Leon die Einsamkeit Jonathans mit der seinen verglich, kam er immer zu dem Ergebnis, dass er so einsam wie Jonathan niemals sein könnte.

Mit Frauen sah man Jonathan nur ganz selten im Parkers und wenn, dann waren es herausgeputzte Gestalten, deren Herkunft wohl einige Querstraßen weiter im Rotlichtmilieu gewesen sein musste. Keine Dirnen, die billig zu haben waren. Es waren Damen, die in Häusern arbeiteten, in denen nur wohl situierte Herren verkehrten, darunter auch Politiker unterschiedlicher Parteien.

Die Geschichte, die Jonathan an diesem Abend Leon erzählte, war nicht trauriger als alle anderen Geschichten, die zumeist mit Frauen zusammenhingen, aber sie war trotzdem ein besondere. Jonathan erzählte Leon, dass er sich unsterblich verliebt habe. Das war im Grunde genommen eine höchst erfreuliche Tatsache und Leon freute sich aufrichtig darüber, dass auch Jonathan dem Anschein nach endlich die Frau seines Herzens gefunden hatte, doch die Frau, in der er sich verliebt hatte, war ausgerechnet Rosana. Damit hatte Leon nun wirklich nicht gerechnet.

»Oh nein«, widerfuhr es Leon spontan, als er ihren Namen hörte. Und dieses »Oh nein« war durchaus bemitleidenswert, aber auch mitfühlend im Sinne von freudig überrascht gemeint. Leon empfand plötzlich ein noch nie empfundenes Bedürfnis, Jonathan in dieser Situation des sich allein Fühlens nicht im Stich lassen zu können. Er bestellte Jonathan noch einen Malt-Whisky, denn nur so glaubte er den armen Mann an seiner Seite über die Klippen seiner Gefühle hinwegtrösten zu können. Leon ahnte in Anbetracht des Zustandes, in dem sich Jonathan befand, dass diese Offenbarung kein positives Signal war.

»Hast du es ihr gesagt?« fragte Leon neugierig und zugleich in Sorge.

»Nein, wo denkst du hin?«, antwortet Jonathan entsetzt.

»Aber dann weißt du ja noch gar nicht, ob sie dich vielleicht auch gern hat?«, reagierte Leon und fragte sich, wo sich nun die Traurigkeit hinter dieser Geschichte verbergen konnte.

»Ich habe mir ihr geschlafen gestern. Sie war die ganze Nacht bei mir.«

»Und du hast ihr nicht gesagt, dass du sie liebst?«

»Nein«, entgegnete ihm Jonathan, das hat sich einfach nicht ergeben. Ich wollte ja, aber sie ist eingeschlafen und früh, als ich aufwachte, da war sie weg.«

»Toll«, meinte Leon, »wie im schlechten Film. Dann sag es ihr doch heute Abend, sie ist doch hier, falls du es noch nicht gesehen hast.«

»Ich kann es nicht. Ich kann nicht, versteh das doch!«

»Und was ist so schlimm daran? Soll ich es ihr sagen?«

»Nein, bloß nicht. Sie wird es nicht verstehen, Leon.«

»Ah ja, sie wird es nicht verstehen. Dann brauchst du auch nicht so herum zu jammern. Dann ist ja alles, wie es sein soll. Und ich dachte, die Welt geht unter!«

»Sie geht auch unter. Ja, sie geht unter. Ich habe ihr nämlich auch noch Geld gegeben.«

»Wie, du hast sie bezahlt dafür, dass sie mit dir geschlafen hat?«

»Nein, so würde ich das nicht sagen, sie hatte mir erzählt, dass Verwandte von ihr in Kroatien dringend Geld bräuchten und sie nicht wüsste, wie sie es beschaffen könnte. Da habe ich ihr 2500 Euro gegeben. Einfach so. Das ist sie mir auch wert, glaube ich.«

»Super, Jonathan. Das ist sie auch wert! Ein toller Preis. Das verdient so manch Einer im Monat nicht. Langt wohl nicht, dass du dir deine nächtlichen Beschäftigungen aus dem Rotlichtmilieu holst, jetzt glaubst du auch noch, Frauen hier für ihre Liebesdienste bezahlen zu müssen. Tolles Ding! In welchen Lokalen treibst du es auf die gleiche Weise?«
Leon war entsetzt. Für ihn waren solche Geschichten nicht nachvollziehbar. Er hatte kein Gespür für diesen Umgang mit Frauen und er war stolz darauf.

»Ich habe sie nicht für die Übernachtung bei mir bezahlt, ich habe ihr Geld gegeben, damit sie ihren Verwandten helfen kann«, betonte Jonathan.
Leon beruhigte sich.

»Und jetzt denkst du, sie glaubt, dass du ihr das Geld nur gegeben hast, weil sie mit dir geschlafen hat? «

»Ich weiß es eben nicht, Leon. Mir gehen so viele Sachen durch den Kopf, ich dachte nur, ich tue ihr etwas Gutes damit. Ich liebe sie, verstehst du?«

»Und jetzt? Willst du sie wieder mit Geld locken?«

»Nein«, entgegnete ihm Jonathan und nahm einen kräftigen Schluck aus seinem Whiskyglas.

»Ich werde von hier verschwinden. Ein für allemal. Hat keinen Zweck mehr. Ich geh nach Hamburg. Logic fun hat mir ein Angebot gemacht, das man nicht ablehnen sollte.«

»Noch mehr Geld?« fragte Leon.

»Es ist nicht wegen des Geldes, glaub mir Leo. Es ist, um zu vergessen.«

»Tolle Idee. Einfach abhauen. Vergessen. Grandiose Idee, Jonathan. Du hattest wohl kaum eine bessere Idee.«

Leon fühlte sich inmitten eines dieser schnulzigen Hollywoodfilme, die dann plötzlich doch immer ein Happyend aufweisen. Doch bei diesem Film erschien ihm ein Happyend ausgeschlossen. Einerseits war Leon erfreut darüber, dass ausgerechnet Jonathan, mit dem er bisher nur oberflächlich Kontakt hatte, ihn über seine persönlichsten Angelegenheiten auf dem Laufenden hielt, andererseits war es ihm eigentlich egal, ob und mit wem Porschefahrer Jonathan die vergangene Nacht verbracht hatte.

»Ich würde es ihr auf jeden Fall sagen, auch wenn du nach Hamburg abhauen willst. Dann hast du wenigstens die Gewissheit, dass sie dich nicht liebt. Stell dir doch mal vor, du bist da oben in Hamburg und grübelst ständig darüber nach, ob sie dich vielleicht doch geliebt hat. Da musst du ja schon morgens mit dem Whiskytrinken anfangen. Wie entsetzlich!«

Jonathan sagte nichts dazu. Er stierte auf die gläserne Wand hinter dem Tresen, blickte in sein betrunkenes Gesicht und bestellte sich bei Rosana einen weiteren Whiskey. Ihre Worte, er habe schon genug getrunken und sollte langsam mal nach Hause gehen, ignorierte er. Er bezahle schließlich und lasse nicht anschreiben wie viele andere, gab er ihr zur Antwort. Rosana brachte den Whiskey und stellte ihn mit einem »bitte sehr, du willst es ja nicht anders«, auf den schmalen Thekenrand.

Leon hatte genug von der abendlichen Unterhaltung. Er zahlte und ging. Es war das letzte Mal, dass Leon den Porschefahrer Jonathan sah. Für Jonathan war Leon auch einer der letzten Menschen, den er sah.

Am nächsten Morgen erfuhr Leon, dass der kleinwüchsige Jonathan tot war. Er war mit seinem Sportwagen ohne äußerliche Gewalteinwirkung in den Main gefahren. Sein Porsche hatte sich mit großem Tempo im Main vergraben. Zwei Clochards, die unterhalb der großen Mainbrücke die Nacht verbrachten, hatten den Aufprall des gelben Autos im Main bemerkt und die Polizei benachrichtigt. Alle Rettungsmaßnahmen waren vergeblich. Jonathan konnte nicht schwimmen. Er hatte seinen Tod geplant. Als die Rettungsschwimmer ihn aus dem Auto bergen wollten, war der Wagen von innen verriegelt. Die Untersuchungen ergaben später, dass am Auto keine technischen Defekte vorlagen. Die Bremsen mussten erst vor kurzem erneuert worden sein. Versagt hatte nicht das Auto, versagt hatte der Mensch Jonathan. Es war die große Menge Alkohol, die Jonathan an diesem Abend, als er sich mit Leon am Tresen im Parkers unterhalten hatte, in sich hinein geschüttet hatte. Jonathan hatte sich den Umzug nach Hamburg erspart. Leon war sich in dem Moment, als er von Jonathans Tod erfuhr auch gar nicht mehr sicher, ob sich Jonathan wirklich für einen neuen Job in Hamburg entschieden hatte. Vielleicht, so dachte sich Leon, war alles nur Gerede, nur Schau und Jonathan hatte schon vorher gewusst, wie er diesen Abend zu Ende bringen würde. Aber Jonathan hatte an diesem Abend keine Andeutung über das gemacht, was er vorhatte. Kein Wort über Selbstmordgedanken, kein Wort davon, dem Leben einfach ein Ende zu machen, aus welchen Gründen auch immer. Die Rede war nur von der Liebe zu Rosana, nicht vom Tod. Leon erschien die Ankündigung seines Wegzugs nach Hamburg vor allem als Flucht.

Die Polizei stellte bei der Obduktion der Leiche einen Alkoholgehalt von 2,8 Promille fest. Eine Menge Whisky, die ausreicht, um das Gaspedal kräftig durch zu drücken und ohne sich viel Gedanken zu machen in den Main zu rasen. Der Unfall war Stadtgespräch, noch eher die Zeitungen am nächsten Tag darüber berichten konnten. Weder bei Jonathan zu Hause, noch im Wagen oder bei einem seiner wenigen Verwandten fand die Polizei einen Abschiedsbrief.

Damit lag kein Hinweis auf Selbsttötung vor. Es war, so stand es am nächsten Tag in der Zeitung, ein Unfall aufgrund zu hoher Geschwindigkeit unter Alkoholeinfluss.

Kaum jemand kannte diesen Jonathan Kippke näher. Freundschaftliche Kontakte hatte er mit niemandem gepflegt. Er war keiner der reichen Leute, die sich in dieser Stadt wohlfühlten und schon gar keiner, der den Umgang mit der Schickeria suchte. Jonathan war einer der Reichen, die sich einfach nur am Reichsein erfreuen. Seine ständigen Besuche im Parkers waren der Versuch, die Normalität des Alltags zu suchen mit Menschen, die nicht gleich wegen seines Geldes mit ihm nächtelang Alkohol verzehrten. Der eigentliche Grund aber, warum Jonathan fast täglich im Parkers verkehrte, war wohl Rosana. Doch das wusste Leon erst seit dieser Nacht, als Jonathan sich mit seinem Porsche das Leben genommen hatte. Ein verliebter Mensch, reich an Geld, reich an Möglichkeiten, alles zu haben, was er wollte, der aber im Prinzip wohl nur eines gewollt hatte: richtig geliebt zu werden. War es die Liebe zu Rosana, die ihn zu seinem Selbstmord bewog? Was sonst, dachte sich Leon. Die Erschütterung über diese Nachricht, die ihm Henriette auf den Anrufbeantworter gesprochen hatte, war ihm anzumerken.

Es war keine Freundschaft, die Leon mit Jonathan verbunden hatte. Nur selten hatten sie im Parkers ein Gespräch gesucht, das über die Flüchtigkeit des alltäglichen Palaverns hinausging. Zumeist war es die Sorge um die Eintracht aus Frankfurt, die sie bei einem Guinness oder Whisky vereinte. Ab und zu sprachen sie auch über den Job, selten über das Wetter und noch seltener über Frauen. Das wiederum machte ihn für Leon sympathisch. So hob sich die Konversation der beiden im Nachhinein betrachtet merklich von der mit den übrigen Gäste im Parkers ab. Jonathan war, das stellte Leon bei einem Milchkaffee an diesem Morgen fest, ein angenehmer Zeitgenosse. Einer von diesen Menschen, um die man sich wohl hätte mehr kümmern müssen. Aber wie und außerdem: Warum?

Leon sah Jonathan vor sich, wie er leichtfüßig aus seinem gelben Porsche stieg. Er mochte diese Autos nicht, mit denen man mit Tempo 270 über die Autobahn donnern konnte. Aber für Jonathan war es der Inbegriff seiner Freiheit. Für ihn hatte es nur Porsches gegeben. Alle zwei Jahre einen neuen. Auch eine Kontinuität. Je mehr Leon zu begreifen versuchte, dass dieser Jonathan nun nie wieder am Tresen des Parkers Platz nehmen würde, je mehr er sich vorstellte, dass er nie wieder den gelben Porsche im Parkverbot vor dem Eingang zum Parkers sehen würde, je mehr er sich vorzustellen wagte, dass er der letzte Mensch gewesen sein musste, mit dem er gesprochen hatte, je mehr schlotterten plötzliche seine Gelenke. Er konnte nicht mehr beurteilen, wie dieses Gefühl einer solchen Nachricht wohl gewesen wäre, wenn Jonathan kein oberflächlich Bekannter, sondern ein guter Freund gewesen wäre. Leon empfand zumindest Trauer. Eine Trauer, die allerdings mehr in einem »schade« gipfelte als in Weinkrämpfen oder innerlicher Wut gegen eine obere Macht, die so etwas zugelassen hatte. Eine weitere Trennung von einem Menschen. Viel weniger schmerzlich als die von Laura, aber ebenfalls nicht einfach wegzuwischen aus den Gedanken. Aus Liebe in den Tod. Eine grausame Vorstellung. Eine solche Lösung hatte Leon sich trotz aller Tragik, die er bei der Trennung von Laura empfand, nicht vorstellen können. Nein, ein solcher Ausweg stand für ihn nicht zur Debatte. War dies ein Indiz dafür, dass er sie nicht genügend liebte? Nein, auf keinen Fall. Er erschrak über diese absurden Gedanken, die ihn überfallen hatten. Oder war Jonathan etwa doch nicht aus Liebe in den Tod gebraust? Gab es doch einen anderen Grund? Nein, ausgeschlossen. Dieser Mensch hatte alles, was er wollte: Ein großes Haus, einen Porsche, Frauen so viel er wollte, er war sportlich, er lachte gerne, er hatte ganz einfach Erfolg. Ein Mensch mit Erfolg. Wer hatte das in dieser Zeit schon? Und vor allem das alles zusammen?

An jenem Tag, als die Kunde von Jonathan Tod die Runde gemachte hatte, zog es Leon wie viele andere auch, die Jonathan gekannt hatten, abends ins Parkers. Nicht alle waren betroffen vom Tod des Tresensitzers. Viele machten sogar ihre Witze, meinten, den Porsche hätte er nicht unbedingt mit in den Main nehmen müssen. Menschen eben.
Hinter der Theke war Rosana. Sie trug eine schwarze Rüschenbluse und einen schwarzen Rock. Ihre Augen waren Tränen verquollen, ihre Blicke müde. Wusste sie davon, dass Jonathan in sie verliebt war? Hatte er es ihr noch gesagt und fuhr er deswegen aus nicht verstandener Liebe in den Main? Oder trauerte Rosana nur über einen guten Kunden, der fast täglich hier war und mit dem sie eine Nacht verbrachte und von ihm 2500 Euro bekam?

Leon vermochte es nicht zu wissen, aber er hatte den Vorsatz, Rosana von seinem Gespräch mit Jonathan vergangene Nacht zu erzählen. Er dachte, sie müsse erfahren, dass Jonathan in sie verliebt war. Leon wollte und konnte es nicht für sich behalten. Dies war nicht einer dieser Geheimnisse, die man mit sich ins Grab nehmen musste. Nein, er war sich sicher, dass es richtig sei, Rosana davon zu unterrichten. Sie musste es wissen, wenn sie es nicht schon wusste.

Leon hatte Angst davor. Er wusste nicht, wie er es ihr sagen sollte. Als Rosana auf ihn zukam und ihm wieder einmal unaufgefordert ein Glas Guinness auf den Tisch stellte, sah sie Leon in die Augen.

»Du hast es auch schon gehört?« fragte sie.

»Ja, ich habe es schon heute Morgen erfahren. Ich begreife es nicht. Irgendwie nicht zu begreifen. Wir haben gestern Abend noch zusammen gesessen. Er hatte kein Wort von Selbstmord gefaselt. Er hatte nur viel getrunken, aber das tat er ja öfters.«

»Ja, das tat er öfters«, wiederholte Rosana und fing an zu weinen.

Leon nahm Rosana in den Arm.

»Weißt Du, warum er das getan haben könnte?« fragte er und hoffte damit vielleicht die Antwort zu erhalten, dass er in Rosana verliebt war, sie aber nicht in ihn.

»Nein, Leon, ich weiß es nicht. Ich würde es gerne wissen, aber ich habe keine Ahnung.«

»Wirklich nicht?«

»Nein, woher?« Rosana wirkte gereizt, so als glaube ihr Leon nicht.

»Er hat es wohl aus Liebe getan, Rosana.«

»Aus Liebe? Zu wem?« Rosana schaute Leon überrascht an.

Das war nun der Moment, auf den Leon nicht unbedingt erpicht war. Er war nicht geübt im Überbringen solcher Nachrichten. Ihm war nicht wohl, er wünschte sich weit weg, er wünschte sich, diese Unterhaltung erst gar nicht in diese Richtung gelenkt zu haben. Leon hielt inne und schnaufte tief durch. Ja, er musste es ihr sagen. Irgendwie war er das Jonathan schuldig. Sie musste es erfahren, egal wie sie darauf reagieren würde. Leon war überzeugt davon, dass sie wahrscheinlich wirklich keine Ahnung davon hatte.

»Er war in dich verliebt Rosana.«
»Was? In mich verliebt? In mich? Quatsch, das kann nicht sein, das kann nicht sein, er hat mir nie gesagt, dass er in mich verliebt ist. Nein, du redest Blödsinn, du spinnst, ja du spinnst!«
Rosana war außer sich. Sie verstand nichts mehr. Sie brüllte, sie war wütend. Die Gäste drehten sich um und wunderten sich über Rosanas Gefühlsausbruch. So etwas waren sie nicht gewohnt im Parkers.

»Reg dich wieder ab. Du kannst schreien so viel du willst, er war in dich verliebt, ich weiß es, er hat es mir gestern Abend hier erzählt. Er war sogar so sehr in dich verliebt, dass er die Stadt verlassen und nach Hamburg verschwinden wollte. Er hatte sich einen neuen Job dort besorgt.«

»Das gibt es nicht, das ist nicht wahr«, schrie Rosana und Leon konnte in Ansätzen nachempfinden, wie ihr jetzt wohl zu Mute war. Er wusste viel mehr, als er Rosana in diesem Augenblick zu erzählen wagte. Er wusste, dass zwischen ihr und Jonathan mehr war als diese Flüchtigkeit der Augenblicke am Tresen. Leon war sich sicher, dass auch Rosana in diesem Moment an das dachte, was mehr war. Doch nie und nimmer könnte er ihr davon erzählen, was ihm Jonathan alles erzählt hatte.

Er würde Jonathan verraten, sein Vertrauen missbrauchen. Dieses Geheimnis durfte nicht ausgesprochen werden, selbst jetzt nicht, da es denjenigen, der es einem anvertraut hatte, nicht mehr berührte, weil er schon tot war. Außerdem wäre es durchaus möglich gewesen, dass Rosana diese eine Nacht mit Jonathan leugnen würde, schon allein deshalb, weil sie von Jonathan Geld bekommen hatte. Doch selbst das stellte Leon von einem Moment auf den anderen in Frage. Hatte ihm Jonathan wirklich die Wahrheit erzählt? Oder waren es nur wilde Fantasien eines Menschen, dem sowieso alles egal war und der insgeheim nur für Gesprächsstoff über seinen Tod hinaus sorgen wollte? Hätte Jonathan sich vorstellen können, dass Leon Rosana oder sonst jemanden im Parkers davon erzählt?

Nein, das konnte nicht sein. Jonathan war keiner, der so etwas überlegt und absichtlich verbreitet hätte. Es hätte auch keinen Sinn ergeben. Nein, Leon war fest davon überzeugt, dass ihm Jonathan die Wahrheit gesagt hatte.

»Es ist so furchtbar, es ist grausam, Leon. Das Leben ist nicht schön. Es ist voller Lügen, ja es ist voller Lügen das Leben.« Rosana rannen Tränen die Wangen herunter und verschmierten ihr aufgetragenes Make-up. Leon fehlte es am psychologischen Einfühlungsvermögen, um Rosana beistehen zu können. Er hatte mit sich selbst genug zu tun. Er hatte selbst eine Trennung zu verarbeiten. Das war genug Arbeit. Leon konnte und wollte nicht auch noch anderen helfen, über Trennungen hinweg zu kommen. Aber was sollte er sagen? Wie sollte er reagieren? Er hatte nie gelernt, mit dem Zustand der Trauer zurecht zu kommen. Wie sollte er das dann anderen Menschen gegenüber können?

»Wir können gerne später noch mit einander reden, wenn du willst«, versuchte Leon Rosana zu beruhigen. Ich erzähle dir gerne mehr über mein letztes Gespräch mit Jonathan.

»Ja, mal sehen«, schluchzte Rosana und ging hinter den Tresen zurück um Getränke einzuschenken.

Leon trank noch ein Guinness. Versunken in Gedanken nahm Leon die Geräuschkulisse um ihn herum nicht mehr wahr. Er grübelte darüber nach, welche Worte er in den Mund nehmen sollte, wenn er mit Rosana über Jonathan sprechen wird.

»Hallo Leon, komm, lass uns einen Whiskey auf unseren Freund Jonathan trinken, er würde es sich bestimmt wünschen«, meinte George, der von seinem Tisch aufgestanden war und Leon mit einem Schulterschlag aus dessen Gedanken riss.

»Ja, George, trinken wir einen Whisky«. Leon hatte sich längst damit abgefunden, an diesem Abend einen über den Durst zu trinken. Und wie George, der Schotte, ihm dann erzählte, sei das so Brauch in seiner schottischen Heimat. Dort, so George, spüle man mit jedem Schluck Whisky, den man auf den Toten trinke, die Trauer hinunter und vermittle dem Verstorbenen das Gefühl, dass man ihn gemocht habe und bei ihm sei.

»Wir haben ihn doch gemocht, Leon, oder?«

»Ja, George, wir haben ihn gemocht«, antwortete Leon, prostete George zu und ließ den Malt langsam die Kehle hinabfließen.

Es blieb nicht bei diesem einen Whiskey. George und Leon tranken noch einige mehr auf das Wohl von Jonathan. Und je mehr sie davon tranken, je mehr musste Leon wieder an Laura denken. Wie froh wäre er gewesen, hätte er sich auf ein Zuhause mit Laura freuen können, anstatt später in seine neue Wohnung zu kommen, in der niemand war, der ihn erwartete. Leon spürte von Minute zu Minute, dass er, obwohl in Gesellschaft, immer stiller wurde. Ein Zeichen dafür, dass er betrunken war. Einzig George, der Schotte, schien noch relativ frisch. Doch man bemerkte an den vermehrten sprachlichen Einschüben schottischer Dialektik, dass auch er nicht mehr klar denken konnte.

Als Leon am nächsten Tag in seinem Bett aufwachte, erschrak er. Nicht wegen seiner immensen Kopfschmerzen, die er verspürte, sondern weil eine Frau neben ihm im Bett lag. Es war Rosana. Leon glaubte sich in einem schlechten Film. Was hatte er getan? Um Himmels Willen! Rosana war doch gar nicht der Typ Frau, der seinem Geschmack entsprach! Niemals hätte er sich vorstellen können, mit dieser Frau eines Tages in einem gemeinsamen Bett aufzuwachen, geschweige noch in seinem eigenen! Was hatte er nur getan? Schnell stieg er aus dem Bett, obwohl jede Bewegung ein entsetzliches Stechen in seinem Kopf verursachte, ging ins Bad, löste gleich zwei Aspirin in einem Glas Wasser auf und trank hastig davon. Erst einmal die Kopfschmerzen loswerden, das würde helfen, wieder einigermaßen klar denken zu können, hoffte er.

Mit leisen Schritten ging er zurück ins Bett. Vorsichtig schlich er sich unter seine Bettdecke. Rosana jetzt bloß nicht wecken, dachte er sich. Er hatte einfach noch keine Kraft mit ihr über das zu sprechen, was sich wohl in dieser Nacht hier bei ihm zu Hause ereignet hatte. Leon schlief wieder ein.

»Hallo Leon, guten Morgen, wach auf!« klang es leise in seinen Ohren.

Leon öffnete ganz langsam die Augen und sah in das verschlafene Gesicht von Rosana. Er musste nicht mehr so tun, als sei er völlig überrascht, denn er wusste ja bereits, wer da neben ihm lag.

»Guten Morgen«, entfuhr es Leon, dessen Kopfschmerzen schon etwas nachgelassen hatten.

»Was machst du denn da bei mir im Bett?« versuchte er zögernd die Ereignisse der vergangenen Nacht zu hinterfragen.

»Kein Angst, Leon. Es war nichts zwischen uns. Du hast mir auch keine 2500 Euro dafür gegeben. Du brauchst kein schlechtes Gewissen zu haben«, antwortete ihm Rosana noch immer schläfrig.

Leon erschrak. Sie wusste also, dass Jonathan ihm gesagt hatte, dass er ihr in jener Nacht 2500 Euro gezahlt hatte. Oh nein! Dieser verfluchte Alkohol hatte ihm also mehr sagen lassen als er wollte. Er hatte das Bedürfnis, sich eine Ohrfeige zu verpassen für so viel Blödheit.

»Welche 2500 Euro? Von was redest du da?« versuchte er Rosana abzulenken.

»Ich habe dir gestern Nacht davon erzählt Leon, erinnerst du dich nicht mehr daran?«
Leon erinnerte sich an gar nichts mehr.

»Wie bin ich nach Hause gekommen? Wer hat mich ausgezogen und ins Bett gelegt? Warst du das?«

»Ja, wer sonst? Eine Fee vielleicht? Entschuldige, Herr Berger, dass ich Sie heimgefahren habe. Du konntest ja nicht mehr gerade laufen. Du hast nur noch so Sätze gequasselt wie "Laura, liebe Laura, bring mich doch bitte ins Bettchen". Es war aber keine Laura da, da hab ich es eben gemacht. So, das war auch schon alles. War das so schlimm? Habe ich was Falsches gemacht?«

Rosana wirkte zornig.

»Nein, entschuldige Rosana. Ich wollte dich nicht so anfahren oder beleidigen, es ist nur so, dass ich mich an nichts mehr erinnern kann, was nach meinem vierten oder fünften Whisky mit George geschehen ist. So schlimm war ich schon lange nicht mehr betrunken. Ich habe einen völligen Blackout. Und dann hast du einfach bei mir hier im Bett geschlafen, stimmt`s?« wollte Leon zu seiner Beruhigung wissen.

»Genau so war`s. Das mit dem Blackout kann ich gut verstehen. Du hattest übrigens sieben Whiskys und vier Guinness. Glückwunsch, das war ein Rekord von dir. Bislang hattest du höchstens mal vier Guinness ohne Whisky getrunken. Aber danke dafür, das half gestern beträchtlich den Umsatz zu steigern.«

»Was meintest du mit den 2500 Euro?«

»Das, was du auch weißt, Leon. Jonathan musste es dir erzählt haben, das habe ich sofort gespürt, als du mir gestern sagtest, er sei in mich verliebt gewesen. Ich bin aber keine Hure, falls du das jetzt meinst. Das denkst du doch, oder?« Rosana schaute Leon sehr ernst in die Augen.

»Nein, habe ich nie behauptet. Habe ich nicht. Wie kommst du darauf?«

»Du hast mich gestern sehr lange gemustert. Eine Frau spürt, wenn man sie genau mustert.«

Leon versuchte nachzuvollziehen, wie er Frauen in bestimmten Situationen mustert. Doch irgendwie konnte er sich die Unterschiedlichkeit seiner Blicke, gemünzt auf seine jeweiligen Gedankengänge, nicht vorstellen.

»Erzähl mir, wie das war mit Jonathan«, forderte er Rosana auf. »Er hat dich wirklich geliebt.«

»Ja, es war ein Fehler, mit ihm zu schlafen. Es war ein Fehler, weil ich ähnlich empfunden habe wie er. Aber ich habe mich dagegen gewehrt. Das Letzte, was ich wollte, war eine Beziehung mit einem Gast im Parkers. Das wäre nicht gut gegangen Leon. Ich bin keine Frau, die plötzlich im gelben Porsche vorbeifährt, nur weil sie mit dem Mann, dem dieser Porsche gehört, einige Nächte verbracht hatte. Verstehst du das?«

»Einige Nächte?« frage Leon, der bis dahin nur von einer gewusst hatte.

»Ich habe das Geld, das er mir anbot, einfach genommen, aber nicht, weil jemand aus meiner Verwandtschaft dringend Geld benötigt, sondern aus einem anderen Grund.«

»Und welcher ist das?« fragte Leon neugierig.

»Ich bin schwanger von ihm.«

»Du bist was? Schwanger? Sag das noch mal!«

»Ja, ich bin schwanger von Jonathan. Er war glücklich darüber, als ich es ihm vorgestern Nacht gesagt habe. Er wollte, dass ich das Kind austrage. Er freute sich auf das Kind, aber ich sagte ihm, dass ich mir ein Kind nicht vorstellen kann. Ich wäre keine gute Mutter Leon, ich wäre doch nie eine gute Mutter!«

Rosana vergoss immer mehr Tränen. Leon nahm sie in die Arme. Er war geschockt, beide waren sie sprachlos. Leon begriff jetzt, dass Jonathan ihm das Wichtigste verschwiegen hatte.

»Und als du es nicht wolltest, da hat er dir Geld gegeben, um es abzutreiben?«

»Ja, 2500 Euro. Ich habe es einfach genommen, ich hatte das Geld dazu nicht. Ich wollte die Abtreibung nicht hier machen lassen, sondern in Kroatien, wo meine Familie wohnt. Hier kennen mich ja so viele Leute.«

»Und, treibst du es jetzt ab?« Leon schaute tief in Rosanas verweinte Augen.

»Ich weiß nicht Leon, ich weiß nicht. Ich bin kaputt. Jonathan ist tot. Vielleicht bin ich schuld daran. Scheiß Leben!«

Leon versuchte sich wieder zu fangen. Natürlich musste er Rosana jetzt irgendwie trösten, ihr Mut zusprechen. Warum nur? Warum hatte er diese Aufgabe, wo waren die, die ihm Mut zusprachen? Doch Leon war sich seiner Verantwortung durchaus bewusst. Ja, er hatte sich entschlossen, Rosana wieder Lebensmut zu geben. Hoffnung einzuhauchen. Das, so dachte er, könnte auch ihm nichts schaden, vielleicht helfe es ihm auch, selbst wieder Mut zu schöpfen. Jawohl.

Zunächst erzählte er Rosana von der Trennung, die seine Frau ihm angetan hatte, denn davon wusste sie noch nichts. Dann erzählte er ihr, dass er selbst gerne Kinder gehabt hätte, aber nicht zeugungsfähig sei, weil er früher Mumps hatte und dieses Krankheit in seiner Jugend nicht rechtzeitig erkannt worden war. Und dann meinte er, dass es immer Möglichkeiten gäbe, Kinder groß zu ziehen, wenn man es nur wolle. Oh je, welch großer Meister des Beistands in Leon da aufkeimte! Er selbst mitten in der Melancholie des Lebens und dann noch als Tröster und psychologischer Berater für Menschen, die in einer noch schlechteren Lage waren als er. Wie konnte das nur gut gehen?

Sie frühstückten. Es war still. Nur die frischen Brötchen, die Leon besorgt hatte, knirschten zwischen ihren Zähnen. Rosana meinte, sie werde sich alles überlegen.

»Aber ohne Vater? Ein Kind ohne Vater aufziehen?« fragte Rosana.

»Ich könnte Taufpate werden«, schlug er Rosana vor. Sie mussten beide lachen. Sie lachten befreit auf. Ihr Lachen befreite sie beide von den Widrigkeiten ihres momentanen Zustands. Ein Zeichen dafür, dass sich die Lage etwas entspannt hatte. Diese Nacht hatte Leon und Rosana so etwas wie Freunde werden lassen. Leon hätte es nie für möglich gehalten, dass er eine solche Freundschaft mit einer Frau eingehen könnte, ohne mit ihr ein Verhältnis eingegangen zu sein. Er war auf dem Weg, dazu zu lernen. Eine Erfahrung, die neu war für ihn. Eine Erfahrung, die er nicht missen wollte.

Vier Tage später wurde Jonathan auf dem großen Hauptfriedhof der Stadt zu Grabe getragen. Überall verstreut lagen Blätter und die Pfützen des Regens der Nacht glänzten andachtsvoll. Ein Tag für Beerdigungen. Diese Stimmung Anfang März schien Leon die geeignetste Zeit, um zu sterben. Wie könnte im Sommer nur dieses Gespür für Trauer entstehen? Er fragte sich, wie Tristesse bei 30 Grad in der Sonne überhaupt möglich sei. Leon war fasziniert von dieser Stimmung, die ihn auf diesem Friedhof umgab. Die Luft roch nach Morbidem. Es duftete nach Weihrauch, was ihn an seine Zeit als Ministrant erinnerte und von ganz hinten hörte er die Glocken der Friedhofskapelle in hellen Tönen läuten. Abschiedstöne für einen, der mit seiner Liebe nicht umgehen konnte. Ein katholischer Pfarrer, groß gewachsen, schlank und kaum älter als dreißig Jahre, sprach vom Wert des Lebens, den jeder selbst einschätzen müsse und von der Hilfe, die manche Menschen im Stillen flehentlich wünschten, von Hilferufen, die aber von den meisten Menschen in seiner Umgebung nicht erkannt würden. Und er sprach von Gott, der allen verzeihe und auch die in sein Reich aufnehme, die sich aus Verzweiflung den Tod als Lösung ihrer Probleme aussuchten. Weiße Worte eines Menschen, der so viel Erfahrungen mit dem Leben noch gar nicht gemacht haben konnte. Doch die Worte waren dialektisch sicher vorgetragen. Aussagekräftige Sätze. Jedes Wort unterschiedlich betont. Sätze ohne einen Versprecher sicher vom Blatt abgelesen, das der Pfarrer zwischen zwei Seiten seines Gebetbuchs eingelegt hatte.

Rosana, Leon, George, Henriette, Bernd, Sabine, Sybille und weitere Stammgäste aus dem Parkers, die Leon aber nicht näher kannte, waren zur Beerdigung gekommen, um Jonathan auf seinem letzten Weg zu begleiten. Er vermochte nicht einzuschätzen, ob sie aus Trauer oder nur aus Neugier gekommen waren. Doch das war nebensächlich. Leon hatte seine Arme um Rosana gelegt, als seien sie schon lange Freunde. Sie weinte, als sie die Worte des Pfarrers hörte. Leon hatte schon lange nicht mehr einen Menschen so weinen hören. Sie weinte so sehr, dass sich der Pfarrer während seiner Grabrede einige Male zu ihr umdrehte, als wolle er sagen, sie solle doch bitte etwas leiser weinen. So als habe er Angst, dass die Toten dabei erwachen.

Jonathan hatte so gut wie keine Angehörigen. Eine Großtante war zur Beerdigung gekommen, die nicht den Eindruck machte, als berühre sie der Tod Jonathans besonders. Vielleicht war sie auch nur gekommen, weil es etwas zu erben gab. Leon dachte zu schlecht. Aber jene Großtante war ihm nicht sonderlich sympathisch. Warum sollte er einen Hehl daraus machen? Danach gingen sie ins Parkers. Sie tranken Kaffee. Sybille hatte Kuchen mitgebracht, George seine Gitarre. Vom Kuchen wurde nicht viel gegessen, der Kaffee wärmte sie etwas auf und der Whisky, den Rosana dann spendierte, sorgte für Gedanken über den Tod hinaus. George spielte alte schottische Weisen. Tragische Lieder von Moor und Stürmen in den Highlands. Texte, deren Inhalte sie zumeist nur an der Mimik von George erahnen konnten. Da half nur noch mehr Whisky. Und später, als sie von der schottischen Musik und dem Alkohol benebelt waren, tanzten sie. Sie tanzten bis in die Nacht. Und sie wünschten sich noch lange zu leben.

Die Probleme, die Leon mit sich trug, ohne sie zu verarbeiten, hatten sich immer mehr zu einem großen Ballen aufgehäuft, in dessen luftigem Innern sich alles zusammenfand, was ihn beschäftigte. Indem er diese unterschiedlichen Ereignisse hinunter schluckte, vermehrten sich die Anzeichen, Kurzschlussreaktionen nicht mehr ausweichen zu können. Wo war er plötzlich gestrandet? Was war geschehen, dass er mutlos in den Tag hineinlebte? Seine Situation trieb ihn zu Unternehmungen, die er sich bis dahin nie vorstellen konnte.

Leon hatte sich spontan dazu entschlossen, psychologischen Rat einzuholen. Er hatte bis dahin nie daran gedacht, dies einmal zu tun, doch wie er meinte, sollte er diese Gelegenheit nutzen, zumal seine Krankenkasse auf ärztlichen Rat dieses Ansinnen mehr als unterstützte. Mag der Grund für die Bezahlung dieser Therapie auch daran gelegen haben, zumindest den Versuch zu unterstützen, einen Menschen davor zu bewahren, von heute auf morgen das Weite zu suchen oder gar Schlimmeres zu begehen.

Am Wetter änderte sich nichts. Der Himmel war wolkenverhangen, Regen prasselte auf die viel befahrenen Straßen, Autos hasteten unerschrocken durch die sich aufhäufenden Pfützen. Von Sonne keine Spur an diesem Nachmittag. Die Häuser entlang der Straße hatten sich der allgemeinen Lage angepasst, sie wirkten blass, traurig, abgestanden. Tristesse, wo immer er seine Augen auch hin bewegte. Ein Tag, geschaffen zum Betrinken, sich mit Alkohol in Träume zu versetzen, die zwar irreal, aber doch irgendwie nützlich erschienen, düstere Gedanken zu verdrängen. Leon, Ende vierzig, relativ durchtrainiert, aber keineswegs sportlich, weil er hastige Bewegungen an sich hasste, verkroch sich in sein Badezimmer, das kein Fenster hatte, schaltete das Licht ein, das greller war als jeder Sonnenschein zu dieser Zeit. Er streifte sich mit einem Kamm durch seine dezidierte Haarpracht und stellte sich in den Spiegel schauend die Frage: »Willst du das wirklich?« Er wollte, also ging er. Er machte sich auf den Weg, ein wenig Ordnung in seine Gedanken zu bringen. Es war an der Zeit dazu nach siebenundvierzig Jahren. Niemals zuvor hätte er dies für möglich gehalten. Leon selbst hatte die Menschen, die diesen Schritt gingen, den er nun beschreiten wollte, immer bewundert. Er fand es faszinierend, wenn sich psychisch ins Ungleichgewicht geratene Mitmenschen mit Hilfe eines anderen Menschen, der diese Hinterfragungen studiert hatte, wieder ins psychische Gleichgewicht bringen ließen. Dennoch wusste Leon genau, dass diese Art Therapie bei vielen oft gar nichts nutzte, weil der Therapeut selbst mit sich und seiner Umwelt so gar nicht im Klaren ist. Er kannte einige, die Psychologie nur deshalb studiert hatten, weil sie selbst - aus welchen Gründen auch immer - jenes als subjektiv empfundene Gleichgewicht gar nicht besaßen.

Vor einem halben Jahr noch, da schien alles relativ normal zu sein. Doch schon bei dem Gedanken, was eigentlich normal bedeutet, geriet er schon damals ständig ins Grübeln und wenn Leon ins Grübeln verfiel, war dies bisher immer gleichbedeutend mit Unzufriedenheit. Nein, jetzt gab es für ihn einfach kein Zurück mehr. Schließlich würde er sich lächerlich machen, wenn er jetzt zum Telefon greifen und den Termin absagen würde. Nein, nein und nochmals nein. Leon sprach sich Mut zu: Da geh ich jetzt einfach hin, mal sehen, wie es wird. Und so ging er. Er schloss die Wohnungstür hinter sich, begab sich vor die Haustür, spannte sich den Regenschirm auf, um sich vor der Düsternis und der Nässe von oben zu schützen und wartete auf den Bus. Zum Berberplatz waren es drei Stationen. Er hätte auch laufen können, doch dieser Anstrengung wollte er sich nicht gleich beim ersten Mal unterziehen. Er nutzte die Zeit einfach noch aus, um seine Gedanken etwas zu ordnen, aufgeregt wie er war. Aufgeregt wie er immer mehr, wenn er etwas zum ersten Mal tat.

Das Emaille-Schild an der Tür war dezent angebracht: »Psychologische Praxis Dr. Ralf König, zugelassen für alle Krankenkassen, Privatdozent«. Leon fühlte sich keineswegs krank, um einen Doktor aufsuchen zu müssen, aber das war ja ein Doktor, der sich nur mit Dingen beschäftigte, die im Kopf abgehen. Nichts Physisches, keine Krampfadern, Herzflimmern oder Rückenprobleme. Nichts Wesentliches also, wie er meinte, keinesfalls körperlich Bedrohliches. Und das beruhigte Leon dann doch wieder. Er wusch sich noch einmal die Hände trocken und schritt dann zur Tat. Er klingelte zweimal hintereinander. Erschrocken über das schnelle Öffnen der Tür zuckte er etwas zusammen und begab sich dann schnellen Schrittes mit nassem Schirm in die zweite Etage des Altbaus. Vor der Praxistür noch ein zaghaftes Klopfen und schon öffnete sich der Zugang zur Ungewissheit. »Sie sind Herr Leon Berger?«, meinte die freundliche Frau Mitte dreißig, die ihn anlächelte.

»Ja«, entgegnete Leon, »ich habe einen Termin mit Herrn Dr. Ralf König.« Und da kam er dann auch schon aus seinem Zimmer gestürmt, der Dr. König. Ein Mann, so um die fünfzig, vielleicht auch etwas jünger. Diesen Dr. König prägte vieles: Seine längeren, bis über den Nacken reichenden, hellgrauen Haare und seine Nase, die Leon sofort an Gérard Depardieu erinnerte: Fest, dick, lang, etwas mit Narben durchsetzt.

»König, guten Tag, Herr Berger, darf ich bitten?« Ja, er durfte bitten. Leon fühlte sich so gar nicht wohl bei dem Gedanken, sich jetzt auf irgendeine Couch zu legen und loszureden über sich, dabei womöglich einzuschlafen oder ständig das Gefühl zu haben, die Flucht ergreifen zu müssen. Aber in diesem Moment, als er das Zimmer des Herrn Dr. König betrat, schien durch das große Zimmer hinter dem Schreibtisch des Doktors plötzlich die Sonne. Ein wunderbarer Moment! Leon Berger begriff, dass es die Welt so ab und an mit ihm auch gut meinte. Also, sagte er sich, packen wir´s an.

»Wie fühlen Sie sich«, fragte ihn der Doktor.

»Nun, etwas nervös bin ich schon«, meinte Leon und schaute sich Dr. König genauer an. Er war mit einem knallroten Hemd bekleidet. Doktor König war keineswegs zugeknöpft, sein oberster Hemdsknopf stand offen. Darunter schaute ein weißes T-Shirt heraus und erst jetzt roch Leon das penetrante Parfüm, mit dem sich dieser Dr. König eingesprüht hatte.

Weniger die Nase und das sonderliche, Hemd befremdete Leon, als vielmehr dieser penetrante Geruch des Parfüms, das sich wie eine schwere Wolke durch den Raum zog.

Leon hatte in einem bequemen Ledersessel Platz genommen, der leicht nach hinten gebogen war. Ein Sessel, der ihm Wohlbehagen bereitete, sah er doch einem Sessel von Le Corbusier ähnlich, und dessen Kreationen liebte Leon über alles.

Der Doktor nahm sich einen Block und einen Stift und setzte sich ihm gegenüber in den zweiten Sessel. Die berühmte Couch, an die Leon vor diesem Besuch ständig denken musste, stand etwas abseits, quer im Raum. Er verspürte keinerlei Lust, es sich darauf bequem zu machen und der Doktor drängte ihn auch nicht, dort Platz zu nehmen. Das war auch besser so, denn Leon beschlich eine Art von Müdigkeit, die allzu schnell dazu führen konnte, dass er einschlief, ganz einfach einschlief, egal in welcher Situation er sich auch befand.

»Alles, was Sie mir sagen, bleibt unter uns, nur damit Sie es wissen, und nun erzählen Sie etwas über sich, damit ich Sie besser kennenlernen kann«, forderte ihn der Doktor auf. Nachdem alle Regularien abgeschlossen waren, forderte ihn Dr. König auf, einfach das zu sagen, was ihn bewog, zu ihm zu kommen.

»Mit was soll ich beginnen?« fragte Leon unbeholfen.

»Fangen Sie dort an, wo Sie möchten«, beruhigte ihn König. Leon ging kurz in sich, überlegte kurz, sammelte sich und begann zu erzählen.

Je mehr er erzählte, je mehr musste Leon feststellen, dass es in seinem Leben bislang keine außergewöhnlichen Momente gegeben hatte, die einen Besuch in einer psychologischen Praxis gerechtfertigt hätten. Oberflächlich betrachtet. Allgemein gesehen wusste Leon nur zu gut, dass es dem Großteil der deutschen Bevölkerung wohl gut täte, sich das Leben von der Seele zu reden.

Warum aber sollte er es tun, wenn all die anderen es nicht für nötig empfinden? Hätte Leon diese Frage von jemandem gestellt bekommen, er hätte wohl mit »weil eben weil« geantwortet. Die Sitzung bei Dr. König verlief unspektakulär. Leon hatte sich das Ganze anders vorgestellt, ohne eine konkrete Ahnung davon zu haben, wie sich der Standard einer solchen Sitzung vollziehen würde.

Nach dem ersten Abtasten zwischen beiden stellte Dr. König die Frage, was ihn am meisten beschäftige. Leon war versucht zu antworten, ich bin hier, weil es mir die Krankenkasse bezahlt, aber er interpretierte in dieser Frage des Psychologen durchaus eine gewisse Ernsthaftigkeit.

»Nun, das ist schnell erzählt, ich fühle mich einfach lethargisch in letzter Zeit, einfach unfähig, Dinge in die Hand zu nehmen, Dinge zu entscheiden, voranzukommen, meine Zukunft zu planen und klar zu denken. Ich habe verloren, was man nur verlieren kann: Meine Frau, meine Firma, mein Glück, mein Haus.«

»Haben sie Kinder?« fragte Dr. König und hob dabei seinen Kopf aus der Mulde des Lehnsessels und schaute Leon tief in die Augen.

»Nein, zum Glück nicht. Wäre auch nicht möglich gewesen. Ich bin nicht in der Lage, Kinder zu zeugen.

»Und warum hat Sie ihre Frau verlassen?«

»Es war eine ihrer spontanen Ideen. Sie handelte immer spontan müssen Sie wissen. Ich handle mehr überlegt.«

»Hatten Sie eine Liebhaberin?«

Leon erschrak. Nie hätte er so etwas in Erwägung gezogen. Er versuchte ruhig zu bleiben. König ahnte, dass Leon von dieser Frage nicht nur überrascht, sondern auch irritiert war.

»Ich will sie hier nicht beleidigen, ich will nur eine Antwort auf meine Frage, schließlich sehen wir uns hier das erste Mal, ich kenne sie gar nicht. Ich will nur wissen, was der Ausgangspunkt dieser Trennung war, an der sie offensichtlich sehr leiden.«

»Also, ganz ernsthaft. Ich hatte keine Freundin. Ich hatte meine Frau. Ich liebte sie. Ich wollte keine andere Frau, auch wenn...«

»..auch wenn was?«

»...auch wenn ich mir im Nachhinein eine Ehe gewiss anders vorgestellt hätte.«

»Und wie, Herr Berger?«

»Tja, das ist die Frage. Es gibt da verschiedene Ansätze.«

»Fangen wir beim ersten Ansatz an, wie wär`s?«

»Ich fühlte mich als der, der das Geld verdient und meiner Frau ein angenehmes Leben ermöglicht. Mit allem, was man sich so denkt: Haus und Hof, Reisen, Schmuck, gutes Essen.«

»Und das genügte ihrer Frau nicht?«

»Oh doch. Wir lebten nicht schlecht. Das Haus, das wir bauten, hatte 240 Quadratmeter Wohnfläche und lag auf einem kleinen Berg mit Blick über die Mainebene. Es war alles im grünen Bereich. Nur...«

»Was nur?« Dr. König schaute auf.

»Sex hatten wir selten. Es mag an den Gelegenheiten gemangelt haben, ich war oft unterwegs, ich hatte gut zu arbeiten. Wenn ich zuhause war, fehlte es an der Zeit, sich auch noch mit Sex zu beschäftigen. Sie verstehen?«

»Nein«, antwortete Dr. König trocken. »Sex ist doch ebenso wichtig wie gut zu essen oder zu verreisen, oder?«

»Das sagen Sie, Dr. König. Meine Frau dachte da gewiss etwas anders darüber. Für sie schien es nicht wichtig zu sein. Wenn ich Lust verspürte, dann hatte sie meistens Kopfschmerzen oder sie war schon eingeschlafen, als ich aus dem Bad ins Schlafzimmer gekommen war. Klingt wie ein Klischee aus einem schlechten Roman oder einer Pilcher-Verfilmung, wie?«

»Sprachen Sie nie über ihre sexuellen Wünsche?«

»Wir sprachen übers Wetter und die Einkäufe, die zu erledigen waren. Wir sprachen über die Party, auf der wir am Wochenende waren und die Geschäfte, die kurz vor dem Abschluss standen. Über

Sex zu reden, dazu fehlte es uns wohl beiden an der Wichtigkeit.«

»Und jetzt wünschen Sie, Sie hätten es getan?«

»Über Sex zu reden?«

»Ja, über Sex zwischen ihnen beiden zu reden.«

»Wenn ich nachdenke, ja, ich glaube wir hätten es tun sollen. Vielleicht hätte ich es tun sollen. Sie hätte nie damit angefangen. Sie schien glücklich mit dem, was war.«

»Hatte ihre Frau schon vor ihrer Trennung einmal einen Liebhaber?«

»Ich weiß es nicht, ich wollte mich mit diesem Thema auch nie beschäftigen, das war mir nicht wichtig. Ich dachte nur wir gehören zusammen, alles wird gut gehen.«

»Nun, aber Dinge geschehen nie ohne Grund, Trennungen schon mal gar nicht. Und es gehören immer zwei dazu, die zu einer solchen Trennung beitragen. Auch Sie sind also Teil des Ganzen, Herr Berger.«

»Gut. Akzeptiert. Ja, das habe ich akzeptiert. Auch ich bin maßgeblich daran schuld, dass alles so weit gekommen ist. Das ist auch nicht mein Problem, warum ich zu ihnen gekommen bin, Dr. König. Mein Problem ist, dass ich seit dieser Trennung nicht mehr schreiben und auch nicht mehr richtig geplant denken kann. Verstehen Sie das? Ist Ihnen das bewusst, was das für mich bedeutet? Nicht mehr schreiben zu können? Ich, der ich auf das Schreiben angewiesen bin?«

»Gewiss. Das ist schlimm für Sie. Aber es verschwindet nicht dadurch, dass Sie den Grund nicht hinterfragen und es damit abtun, dass es nun mal so ist, oder?«

»Kann sein. Ich weiß gar nichts mehr.«

»Wie gingen Sie bisher mit Trennungen um, Herr Berger?« wollte Dr. König wissen und drehte dabei etwas gelangweilt an seinem Bleistift.

»Es gab viele Trennungen, natürlich auch von Frauen, wenn Sie das meinen.«

»Ich meine das allgemein. Wie gingen Sie bisher allgemein mit Trennungen um? Haben Sie schon viele Trennungen erlebt?«

»Die meisten Trennungen, die mich berührten, wurden mir erst im Nachhinein mitgeteilt. Viele Trennungen habe ich nicht dann erfahren, wenn sie von statten gingen, sondern erst, als es zu spät war, noch irgendwie reagieren zu können. Verstehen Sie das?«

»Sie meinen, wenn jemand gestorben war zum Beispiel?«

»Ja genau, ich kümmerte mich wenig um meine Freundschaften von früher. Und als zwei meiner wichtigsten Freunde schwer erkrankt waren, erfuhr ich erst davon als sie tot waren. Das habe ich bis heute noch nicht richtig verarbeitet. Ich hätte sie gerne noch einmal gesehen, mit ihnen geredet, vielleicht über früher, was wir zusammen getan hatten. Ich hätte gerne Abschied genommen von ihnen. Aber dazu kam es nicht. Ich erfuhr am Telefon davon, dass sie an Krebs gestorben sind.«

»Das hat sie sehr berührt, nehme ich an.«

»Es berührt mich heute manchmal noch. Ich glaube, ich bin nicht im Stande, Trennungen ganz normal zu erleben.«

»Vielleicht wollen Sie das nicht. Haben Sie schon einmal darüber nachgedacht, Herr Berger?«
Leon musste nicht lange überlegen, um diese Vermutung zu bestätigen.

»Ja, da ist wohl in mir diese Angst vor Trennungen, egal welcher Art. Und diese Angst macht mich jetzt zu jemandem, der nicht mehr in der Lage ist, Texte zu formulieren.«

»Ihnen bleibt nichts anderes übrig, als loszulassen von dem, was war. So verrückt das auch klingt.«

»Das sagen Sie so einfach daher, Dr. König. Einfach los lassen. Als ob das so einfach wäre. Für Sie wäre das natürlich überhaupt kein Problem, wie?«
Leon war gereizt über Königs Worte. Als sei es das einfachste der Welt, seine geliebte Frau einfach gehen zu lassen und die ganze Sache abzuhaken als eines von vielen Kapiteln im Leben.

»Einen geliebten Menschen zu verlieren, egal ob er nun tot ist oder einen einfach so verlässt, ist immer schwer. Es macht einen traurig, man wird verzweifelt, das geht mir wie Ihnen, Herr Berger. Ich bin schließlich kein Gefühlsroboter. Wichtig ist aber, sich mit Trennungen abzufinden, sie zuzulassen, zu akzeptieren. Nur so kann man wieder nach vorne schauen.«

»Was bleibt mir auch anders übrig, als diese Trennung zu akzeptieren. Ich habe ja wohl keine andere Wahl.«
»Nein, haben Sie nicht. Aber Sie können aus jeder Trennung, die Sie erleben, lernen. Erinnern Sie sich doch einmal an die Trennungen, die Sie geschmerzt haben. Fragen Sie sich doch einmal, warum das

alles so geschehen ist, was sie vielleicht auch falsch gemacht haben, dass sich Trennungen so vollzogen haben.«

Leon versuchte sich vorzustellen, wie er aus solchen Trennungen, die ihm auf unterschiedliche Weise zu Teil geworden waren, lernen und was er an seinem Verhalten ändern könnte. Ihm fiel nichts ein. Er zuckte nur mit den Schultern.

»Warum haben Sie die Beziehungen zu Ihren Freunden damals nicht gepflegt? Hatten Sie kein Interesse daran?«

»Doch, Interesse schon, aber ich habe mich einfach nicht gekümmert, Briefe nicht beantwortet, Geburtstage vergessen. Alles schlief ein, obwohl ich es nicht einschlafen lassen wollte.«

»Dann lernen Sie doch daraus, aktiver zu sein mit Menschen, die Ihnen wichtig sind. Wie hätten diese Freunde, die Sie so tragisch verloren haben, wissen können, dass Ihnen etwas an ihnen liegt? Sie haben sich doch nicht gemeldet.«

»Da haben Sie recht. Das macht mich auch so wütend, heute noch.«

»Dann ändern Sie sich. Jede Veränderung vollzieht sich aus Erfahrungen. Sie haben diese Erfahrungen gemacht, ziehen Sie die Konsequenzen daraus.«

»Und was schlagen Sie vor soll ich tun?«

»Haben Sie Zeit?«

»Ja, ich habe momentan sehr viel Zeit.«

»Dann nehmen Sie sich eine Auszeit, fahren Sie für ein paar Wochen irgendwo hin, wo Sie gerne sind und notieren Sie Ihre Gedanken in Stichpunkten oder in Sätzen. Egal. Versuchen Sie Ihr Verhalten zu hinterfragen, schreiben Sie Ihre Erinnerungen auf. Ziehen Sie Konsequenzen aus dem, was Ihnen an Ihrem bisherigen Handeln nicht gefallen hat. Wenn Sie Ruhe finden, finden Sie auch wieder zu sich selbst. Es ist immer eine Frage der Zeit, wie lange jemand dazu braucht.«

Leon fand diese Idee gut. Warum war er nicht selbst darauf gekommen? Musste ihm das erst ein Psychologe vor Augen führen? Er fand Gefallen an dieser Vorstellung, einfach für ein paar Wochen zu verschwinden aus dieser Enge der Gedanken. Ja, es war Zeit, dieser Gegenwart vorerst zu entfliehen. Als er wieder zu Hause war, buchte er sich in Dänemark ein Ferienhaus an der Ostsee. Klare Luft schafft klare Gedanken, dachte sich Leon und freute sich auf den Norden.

Dänische Luft

Nach außen hin schien Leon gelangweilt. Doch dem war nicht so. Innerlich hatte er sich mit seiner Situation arrangiert. Er wirkte entspannt. Sein Zustand glich dem eines meditierenden Mönches, der sich abseits jeder Hektik allem Störenden abgewandt hatte und sich nur auf den Moment konzentrierte. Wenn sich diese Momente einstellten, dann kostete er sie genüsslich aus.

Der Löffel in seiner rechten Hand rührte langsam, aber mit stetem Tempo auf dem Grund der Tasse. Sein Blick verweilte mit archaischer Ruhe auf dem Schaum des Milchkaffes, der gehorsam dem Rotieren des kleinen Löffels folgte. Leon saß an einem kleinen Tisch, direkt am Fenster im ersten Stock des Cafés »Kloster Torvet« inmitten von Aalborg. Die viereckigen, kleinen, mit gläsernen Stellflächen abgedeckten Tische um ihn herum waren bevölkert von jungen Menschen, die sich über ihr Studium unterhielten, den neuesten Klatsch verbreiteten und sich einfach nur des Lebens freuten. Das zumindest vermutete Leon, denn er verstand so gut wie kein Wort von dem, was an den Tischen gesprochen wurde. Leon interpretierte nur, denn er sah ringsherum in lächelnde Gesichter. Er liebte dieses Land und diese Sprache ohne Dänisch zu verstehen. Bis auf vier, fünf Sätze konnte er diese Sprache, die für ihn so faszinierend klang, nicht sprechen. Und immer wieder dann, wenn er dieses Land im Norden besuchte, erinnerte er sich an den ersten und bislang einzigen zusammengehörigen Satz, den er gelernt hatte. Ein Satz, der die Wichtigkeit des gesamten Lebens ausdrückte: »Jeg elsker dig«, »ich liebe Dich«. Was mehr als dieser herrlicher Satz war noch notwendig, um das Wichtigste auszudrücken, das es im Leben gibt? Was mehr als dieser Ausdruck des Weltumspannenden, in allen Sprachen Wiederkehrenden? Brauchte es mehr, als diese eindeutige, unverwechselbare Bekundung einer Zuneigung gegenüber einer Anderen oder einem Anderen? Leon lehnte sich in seinen Stuhl zurück, schloss für Sekunden die Augen und sprach ganz leise vor sich hin: »Jeg elsker dig.« Er war indes nie in die Versuchung gelangt, diesen Satz einer dänischen Frau gegenüber auszusprechen. Doch schon die Gewissheit, es aussprechen zu können, wenn denn die Gelegenheit sich ergäbe, stimmte ihn zufrieden.

Leon öffnete seine Augen wieder und sah sich sofort inmitten der Realität. Er beobachtete, wie der stürmische Wind die gelb schillernden Blätter der Ahornbäume auf den gepflasterten Boden des Vorplatzes schleuderte. Für einen Beobachter wie Leon war das Treiben des Windes ein beeindruckendes Szenario. Er dachte an Deutschland. Er dachte an Jonathan, der unter der Erde lag, George, Bernd, Henriette, Jonathan, Isabella, Malte, Siegfried, Rosana und all die anderen. Was würden sie ohne ihn nur tun? Trinken. Jeden Abend trinken gehen. Sprüche klopfen, Sehnsüchte austauschen, Träumen hinterher hinken. Tausend Kilometer südlich. In dem Land, in dem er wohnte. Das Land, in dem er geboren wurde, in dem er aufwuchs, in dem er das wurde, was er war. Ein Mann Ende vierzig. Irgendwie ein kaltes Land. Kalt nicht nur im Sinne von fehlender Sonne, kalt vor allem, weil es gar vielen Menschen an Herzlichkeit fehlte. Diese Wärme als Ausdruck der Zufriedenheit, Lächeln als Zeichen der Freundlichkeit. Was war geblieben? Ein Land in tiefer Krise. Rezension, Wirtschaftsflaute, Arbeitslosigkeit, Regierende, die nicht mehr aus und ein wussten, Oppositionelle, die Phasen droschen, weil es auch ihnen an hilfreichen Konzepten fehlte. Journalisten, die damit beschäftigt waren, jeden Tag neue Katastrophenmeldungen zu verbreiten. Hatte Leon zu hohe Ansprüche? Waren seine Visionen lediglich Wunschvorstellungen, die nur in Träumen existierten?

Er erinnerte sich an ein Interview, das er in einem Buch über Heinrich Böll gelesen hatte. Auf die Frage eines Journalisten, ob er deprimiert sei, hatte Böll geantwortet: »Nein, aber höchst verwirrt.« Es war eines der vielen Interviews, das Böll 1972 geben musste, weil er in der Öffentlichkeit freies Geleit für die Baader-Meinhof-Gruppe gefordert hatte. Die Zeiten waren jetzt andere, aber Leon fühlte sich auch verwirrt und Böll, wäre er noch am Leben gewesen, hätte sich in diesen Zeiten wohl wieder verwirrt gefühlt.

Leon war überrascht, dass er sich Gedanken über das tausend Kilometer entfernte Deutschland machte. Seit Tagen hatte er bewusst keine Nachrichten mehr gesehen, geschweige noch gehört, er hatte in keiner Zeitung geblättert, sich mit niemandem am Telefon über irgendwelche Schreckensszenarios unterhalten. Er war autark geworden gegen alle schlechten Nachrichten. Selbst von den guten konnte er nicht partizipieren, weil er nicht wusste ob es sie gab. Leon hatte sich ausgeklinkt aus dem täglichen Wahnsinn, der die Menschen aller Orten umgab.

Dieser Entzug der Normalität des Geschehens hatte ihm gut getan. Mit zunehmendem Abstand bemerkte er, dass ihm diese Ruhe und Abgeschiedenheit gut tat. Leon lebte seine eigene Zeit. Sein Bedürfnis nach Kommunikation war auf einen relativen Nullpunkt gesunken. Es beschränkte sich auf die täglichen Einkäufe im Supermarkt, beim Bäcker und genüsslichen Café-Aufenthalten.

Wenn er sich all das, was er in den vergangenen Monaten erlebt hatte, vor Augen führte, hegte er bisweilen Sehnsucht, diesem Deutschland, seiner Heimat, einfach zu entfliehen und sich loszulösen von der ihn störenden Bitternis, die ihn dort umgab. Nur: Wo gab es die Sonne der Herzen? Genau, im Märchen, erinnerte sich Leon. Schwierige Voraussetzungen also. Noch vor kurzem war es für Leon undenkbar, einfach weg zu gehen. Fliehen vor all dem Gewohnten? Solche Gedanken hatte er nie gehegt, sie waren ihm völlig fremd. Er fand es erstaunlich, wie man sich aufgrund bestimmter Umstände auch noch in seinem Alter gedanklich wandeln konnte. Leon hatte sich eigentlich schon abgefunden mit dem, was war, mit der Trägheit, der Mutlosigkeit und der Bequemlichkeit. Fast schien es, als sei er sittsam geworden, entgegen seinem Bestreben, es nie sein zu wollen. Doch gerade jetzt, wo nicht nur das stürmische Wetter seinen Gemütszustand beeinflusste, da musste er eingestehen, sich verändert zu haben. Nie hatte er daran geglaubt, dies im fortschreitenden Alter noch zu tun, vor allem nicht auf diese Weise. Sollte diese Trennung wenigstens etwas Positives bewirken?

Viele seiner ehemaligen Kollegen und Bekannten waren fest etabliert im bürgerlichen Leben und genossen diese Starrheit der Situation, dieses tägliche Wiederholen von eingeübten Mechanismen, die nur eins zum Ziel hatten: Das Leben so zu nehmen, wie es einem aufgedrückt wird. Leon konnte sich das jetzt nicht mehr vorstellen. Wie schnell das ging. Erstaunlich, dass so viele seiner Bekannten noch immer verheiratet waren. Er dachte an den Ausspruch seiner Mutter, die immer sagte, »wenn Kinder da sind, reißt man sich zusammen« Jawohl! Diese Gedanken mochten bei vielen seiner Bekannten noch fest verwurzelt sein, dachte sich Leon und versuchte zu begreifen, wie sich dieses Zusammenreißen vollzieht. Augen zu und durch? Wie sonst? Peter und Manuela, Leons Freunde in Köln, waren schon seit zehn Jahren verheiratet, hatten zwei Kinder und ein Haus. Wie im Bilderbuch! Labrador Jack vervollständigte noch das Glück dieser Familie. Keiner ahnte etwas davon, dass Jörg und Manuela von Zeit zu Zeit fremd gingen, schon gar nicht Jörg und erst recht nicht Manuela. Einer wusste es aber doch: Leon. So etwas nennt man dann Vertrauen, wenn die besten Freunde einem unabhängig voneinander davon erzählen, dass sie fremd gehen und die jeweiligen Ehepartner eine solche Konstellation nicht in ihren kühnsten Träumen ahnen. Hätte Manuela davon erfahren, sie wäre ausgerastet, obwohl sie nichts anderes tat als Jörg. Jörg wiederum wäre vor Wut wahrscheinlich mindestens vier Tage zu Leon gezogen, um die erste Wut zu verarbeiten. Diese Verarbeitung hätte letztendlich nur darin bestanden, nächtelang in irgendwelchen Kneipen Guinness zu trinken und allgemein über die Verlässlichkeit der Frauen zu sprechen. Ja, so ist das, wenn man fest etabliert ist, man weiß zu wenig von dem anderen. Für Leon war es jedenfalls kein erstrebenswertes Ziel mehr, etabliert zu sein. Hätte man ihn aber vor einigen Monaten noch gefragt, ob er sich ein etabliertes Leben vorstellen könne, Leon hätte geantwortet, dass er mit Genuss etabliert lebe und dies als durchaus entspannende Lebensweise für sich und seine Frau empfinde.

Leon hatte sich kein endgültiges Ziel für einen möglichen Ausbruch aus dem Jetzt gesetzt. Wozu auch? Er war im Wartestand. Eine Zeit des Abtastens, des in sich Kehrens. Er wollte seine Auszeit in Dänemark erst einmal genießen. Entspannen von der Wirklichkeit, wie er es nannte. Tausend Kilometer Abstand von all dem, was ihm zu turbulent war.

Nordjütland war der glatte Gegensatz zu all dem anderen. Kattegat, blaues Meer. Sonne mit bizarren Wolkenformen, Regen, Sturm. Der Strand mal sanft, mal volltrunken vom Wasser, wenn es stürmisch war, Muscheln, ab und zu ein paar Bernsteine, heran gespült vom Ostwind der Nacht. Er fühlte sich inmitten einer spät pubertären, meditativen Phase. Ein Gefühl, als befinde er sich in einer großen Abfahrtshalle, wo auf digitalen Großleinwänden unterschiedlichste Ziele und Abfahrtszeiten angegeben waren. Er genoss es, noch nicht entscheiden zu müssen, wohin seine Reise zu gehen hat. Diese freie Selbstbestimmung erfüllte ihn mit Stolz und Zufriedenheit. In seinen mitunter heftigen Träumen flimmerten indes ständig Filme ab, die ihm dieses Szenario eines Abschieds aus Deutschland vorspielten.

Leon nannte diesen Zustand »die Dinge langsam ins Rollen bringen.« Er fühlte sich aufgewühlt, zerrissen, unschlüssig und spürte mehr als zuvor sentimentale Stimmungen, die ihn gar davon abhielten, seine Versuche des kreativen Schreibens fortzusetzen. Je mehr er diese eigenartige Melancholie zuließ, desto weniger Papierzettel beschrieb er mit seinen Gedanken.

Die Tage im Norden wurden langsam länger. Die Dunkelheit überfiel die Landschaft erst gegen sechs Uhr nachmittags. Er konnte es den Menschen weiter oben im Norden gut nachempfinden, wenn sie bei Einbruch der Dunkelheit schon das eine oder andere Glas Bier und Schnaps in sich hinein kippten, um vor allem in den Wintermonaten gegen die Dunkelheit anzutrinken.

Leon fuhr am späten Nachmittag zurück aufs Land. Das blaue Sommerhaus, das er gemietet hatte, lag direkt an der Ostsee. Und dann tat er das, was die Menschen hoch im Norden zu dieser Tageszeit tun: Er goss sich ein Bier ein und verharrte am großen Fenster der Veranda, monoton hinausblickend in Richtung Meer.

Die Frage, wie man es in einem Land längere Zeit aushalten könne, obwohl man niemanden kennt und schon gar nicht die Sprache des Landes beherrscht, stellte er sich nicht. Leons Grundsatz: wenn du etwas schön findest, brauchst du nicht zu hinterfragen, warum du es schön findest. Dieser Grundsatz galt auch dann, wenn ihn einer seiner Freundinnen früher in regelmäßigen Abständen immer wieder gefragt hatte, warum er sie liebe. Begründungen dieser Art vermochte Leon nicht zu artikulieren.

Anstatt zu erklären, warum, anstatt zu betonen, es seien ihre wunderschönen Augen, ihr Kussmund, ihre Gabe zuzuhören oder weil sie so gut kochen könne, anstatt zu antworten, es sei der Sex, der ihn so sehr an die Vollkommenheit aller jemals von Menschen definierten fleischigen Wollust erinnere, antwortete er auf solche Fragen stets mit einem monotonen »weil eben weil.« Eine gewiss nicht allzu sehr ins Tiefe gehende Begründung, der es auch an aller intellektueller Festigung mangelte, die aber den Zustand des Glücks am eindeutigsten wiedergab. Glück, so dachte Leon, Glück muss man einfach genießen. »Weil eben weil« war die Relativierung von allem. Diese kurze Begründung war bestens geeignet für alles, was gefragt werden konnte.

Leon blickte hinaus aufs Meer, das nur einen Steinwurf entfernt vor ihm aufbrauste und fühlte sich völlig losgelöst. Er hatte sich frei gemacht von all den Entscheidungen, die angegangen werden mussten, frei von den Gedanken an Hensbach und all das, was gerade dort geschah. Eine Auszeit, ohne zu bedenken, was danach passiert. Er schenkte sein Glas nach, setzte sich in den bequemen Lehnsessel und überlegte ganz langsam, wie er den Tag beschließen sollte. Von der Hektik der Großstadt war er so weit entfernt wie ein Eisbär vom Mond.

Sein Handy schrillte. Ein entsetzliches Geräusch, dass ihn erschreckte, ohrenbetäubend, ein krasser Gegensatz zu der nordischen Stille, die ihn umgab. Leon ging zu dem kleinen Tisch im Wohnzimmer, wo sein Handy lag.

»Hallo?« sprach er etwas müde hinein.

»Hallo Leon, hier ist Adam. Na altes Haus, mit welcher hübschen Dänin hast du heute diniert?«
Leon war plötzlich wach. Adam war ein Kollege, der mit ihm als Redakteur bei der Zeitung gearbeitet hatte. Einer von der Sorte, die schon immer Karriere machen wollte und es auch geschafft hatte. Adam war Chefredakteur des Plakativ geworden, einer Wochenzeitschrift mit einer Auflage von knapp zwei Millionen.

»Adam, ich grüße dich, ich kann mich nicht entscheiden, es gibt so viele hübsche Frauen hier.«
»Keine Angst Leon, ich komme dich nicht besuchen, aber ich habe einen Job für dich. Du musst wieder mal etwas schreiben.«

»Ich kann noch nicht«, antwortete ihm Leon zielsicher und entschlossen. »Du hast sicher erfahren, dass ich hier bin, um mich erst einmal auszuruhen. Es dauert noch. Ich muss erst einmal mit mir selbst klar kommen.«

»Ich habe dir doch noch gar nicht gesagt, um was es geht, mein Lieber. Du wirst staunen, ich habe die Geschichte deines Lebens für dich. Irgendwie für dich gemacht, Leon.«

»Soll ich sagen, du machst mich neugierig? Mich kann erst einmal nichts mehr neugierig machen. Ich bin momentan auch gar nicht in der Lage, irgendetwas zu schreiben, geschweige eine Geschichte für euer Magazin.«

»Soll ich dir trotzdem sagen, um was es geht Leon?«

»Du lässt mir sowieso keine Ruhe Adam, also sag, um was geht`s?«

»Liest du da oben denn keine deutschen Zeitungen?«

»Nein Adam, ich habe keine Lust dazu. Da stehen nur schlechte Nachrichten drin. Die will ich mir einfach nicht antun.«

»Verstehe«, antwortete Adam, »Ja, das kann ich gut verstehen, aber so ein bisschen unterrichtet solltest du schon sein. Leon.« Adam verzichtete darauf, mit Leon über die Wichtigkeit des täglichen Zeitungslesens zu diskutieren. Das hätte in diesem Moment nur zu dem Ergebnis geführt, dass einer von beiden wutentbrannt den Hörer aufgelegt hätte.

»Übrigens Adam, hatten wir nicht vereinbart, dass du mich höchstens dann anrufen solltest, wenn es um etwas Privates geht?«

»Entschuldige vielmals, aber diese Geschichte ist so etwas wie privat. Sie hat sich in deiner Heimat zugetragen.«

»Was verstehst du unter meiner Heimat, Adam?« wollte Leon wissen.

»Heimat ist immer dort, wo man geboren oder aufgewachsen ist, muss ich dir das jetzt auch noch erklären? Also, um es kurz zu machen, wir brauchen unbedingt eine Geschichte aus deiner Heimatstadt. Da wurde ein ehemaliger Kommunalpolitiker unter mysteriösen Umständen umgebracht. Soll ich dir sagen wer?«

»Ja, sag schon, Adam«, sprach Leon aufgeregt, »wen hat man umgebracht?«

»Einen ehemaligen Bürgermeister.«

»Welchen meinst du? Mir fällt da nur der Meier ein«

»Ja, der hieß Meier, mein Lieber, der hieß so. Jetzt ist er tot. Ermordet. Genauer gesagt vergast. Stell dir vor, den hat jemand vergast, nicht einfach nur erschossen oder so.«
Schon wieder »mein Lieber«. Leon ging diese lapidar daher gesprochene Bekundung merklich auf die Nerven.

»Er wurde vergast? Wie denn das?« Leons Neugierde erwachte.

»Man hat ihn in einem kleinen Vorratsraum im Keller seines Hauses gefesselt und dann das Gas aufgedreht, ganz einfach, und zwar kein ganz so normales Gas, sondern Ammoniak. Und man hat noch keine klaren Hinweise auf den oder die Täter gefunden. Angeblich soll es sich um irgendwelche extrem Linke handeln, aber das ist nur eine Vermutung. Der oder die Täter haben überall Zettel herumliegen lassen auf denen steht, dass Meier im Dritten Reich den Nazis das Holz für den Bau von Baracken in Konzentrationslagern geliefert haben soll. Auch die Kopie eines Lieferscheins und einer Rechnung über 105 000 Reichsmark über gelieferte Holzbohlen lag dabei, das sind immerhin umgerechnet über 700 000 Euro.«

»Und es gibt sonst noch keinerlei Spuren?«

»Keine, die öffentlich sind. Die Polizei tappt im Dunkeln. Keiner weiß was, keiner will was sagen.«

»Soll ich für euch jetzt den Mörder finden oder was?« fragte Leon provozierend.

»Wäre auch nicht schlecht Leon, aber wir wollen vor allem die Hintergründe, Stories über die Familie, das Umfeld und so. Du weißt ja was. Dir muss ich das ja nicht erklären. Es gibt natürlich gewisse Anzeichen für eine politisch motivierte Tat. So sauber, wie der Meier tat, soll er im Nazi-Deutschland nicht gewesen sein.«

»Und das soll nach über sechzig Jahren jemanden bewogen haben, ihn umzubringen? Da schert sich doch heute keiner mehr darum, was damals war. Da müssten ja laufend Leute auf diese Weise ermordet werden, Adam.«

»Jetzt hat es jemanden anscheinend ganz schön gestört, wie es aussieht.«

»Ja, könnte eine gute Story werden Adam, aber ich habe jahrelang nicht mehr journalistisch gearbeitet, das weißt du ganz genau. Wahrscheinlich würde ich ein Feuilleton darüber schreiben, aber keine Story, die eure Leser interessiert.«

»Leon, stapel nicht zu tief. Wenn ich nicht wüsste, dass du schreiben kannst, dann hätte ich dich in deinem Eremitendasein bestimmt nicht gestört. Junge, du brauchst Ablenkung nach all dem, was du erlebt hast. Wir brauchen alles, was du herausfinden kannst. Du kennst die Leute dort, du weißt, wie die ticken. Du hast völlig freie Hand und das Honorar ist auch nicht übel. Lass deinem Spürsinn einfach wieder mal freien Lauf. Frag die Leute in deiner Stadt, du weißt doch, wie man recherchiert, ich muss dir doch nichts erzählen!«

»Ich mache keinen Urlaub, mein Lieber, ich brauche eine Auszeit nach all dem, was passiert ist. Ganz einfach eine Auszeit, kapierst du das noch immer nicht? Außerdem kenne ich da nicht mehr viele Leute, ich bin ja nur selten in Zellberg und als Kriminalist eigne ich mich schon gar nicht.«

»Klar Leon, ich verstehe. Ok, dann nimmst du da oben eben gerade eine Auszeit. Wie du meinst, ich verstehe ja«, versuchte Adam zu relativieren, um Leon nicht zu sehr negativ zu stimmen. »Überleg es dir einfach in aller Ruhe mal. Ich möchte keinen anderen auf dieses Thema ansetzen, du kennst schließlich diese fränkische Frohnaturen besser als einer von uns. Du hast in dieser schönen Stadt ja deine wundersame Jugend verbracht. Also, ich rufe dich morgen wieder an. So gegen 18 Uhr, ok?«

»Anrufen kannst du ja, Adam.«

»Werde ich tun, Leon, bis morgen dann«, antwortete Adam mit lächelnder Stimme und legte den Hörer auf. Adam konnte zu diesem Zeitpunkt noch nicht erahnen, ob er die journalistischen Instinkte von Leon wieder geweckt hatte. Leon war da schon einen erheblichen Schritt weiter. Er spürte, dass Adam ihn bereits überredet hatte. Der Gedanke daran, endlich wieder journalistisch zu arbeiten, reizte Leon.

Sein ehemaliger Kollege Adam war seit vielen Jahren schon Chefredakteur der Wochenzeitschrift Plakativ, deren Inhalt sich vor allem aus politischen und kulturellen Themen zusammensetzte.

Leon stand auf, holte sich ein gekühltes Bier aus dem Eisschrank und ging in das kleine Zimmer neben dem Esszimmer. Er setzte sich an den kleinen Schreibtisch und öffnete seinen Laptop. Leon konnte es sich noch immer nicht vorstellen, auch nur eine Zeile zu schreiben, aber er hatte es sich eingeredet, zumindest den Versuch zu unternehmen.

Den Laptop hatte er mitgenommen, um seine Erlebnisse der vergangenen Monate aufzuschreiben und die Zettel einzutippen, die er schon mit Gedanken gefüllt hatte. Eine Art nachträgliches Tagebuch. Der Versuch, sich los zu schreiben von all dem, was war. »Tun Sie das in aller Ruhe«, hatte ihm der Psychologe Dr. König empfohlen. Das, so dachte sich Leon, sei jedenfalls besser als im Norden dauernd diese Musik von Tom Waits zu hören, die er sich von zu Hause mitgenommen hatte und die ihn ständig so unheimlich schön sentimental und melancholisch stimmte. Adams Anruf hatte Leon wieder an alte Zeiten erinnert, an die Zeiten zuhause in seiner idyllischen fränkischen Heimat, wo er aufwuchs, wo er seine Jugend durchlebte . Und da waren die Erinnerungen an seine Zeit als Redakteur, die er eigentlich längst verdrängt hatte.

Erinnerungen

Leon und Adam verband eine Art Hassliebe. Während Adam schon immer darauf bedacht war, möglichst schnell Karriere zu machen, hatte sich Leon zunächst darauf beschränkt, seine in Gedanken vorhandenen subjektiven Vorstellungen über den Journalismus in die Tat umzusetzen. Für Adam war Schreiben lediglich die Möglichkeit, damit Geld zu verdienen, für Leon war es inständige Zuwendung zur Sprache. Das Einzige, was er im Laufe seiner Schulzeit so richtig gelernt hatte. Es war zugleich auch das, was er am liebsten tat. Man könnte auch sagen, ein Großteil seines Lebens bestand aus Schreibmaschinen und Büchern. Schon im Alter von zwölf Jahren hatte er seine ersten Gedichte verfasst. Liebe, Schmerz, Trauer. Mit sechzehn hatte er sie alle wieder vernichtet, weil sie ihm nicht politisch genug waren. So wandeln sich die Vorstellungen. Gewiss war er auch nicht unbegabt, was das Sprechen von Sprachen betraf. Was ihn daran hinderte, diese Ressourcen für sich zu nutzen, war lediglich die Faulheit, sich ständig an neuen Vokabeln zu erproben. Aus dieser Kunst, mit der deutschen Sprache umzugehen und daraus einen Beruf zu machen, war nicht ganz einfach, aber er schaffte es, er wurde Redakteur. Leon wurde einer von denen, die immer davon ausgingen, die Weisheit mit dem goldenen Löffel gefressen zu haben und die täglich dafür sorgten, dass sich die Zeitungsspalten mit teilweise langatmigen und zumeist unnützen Artikeln füllten. Solche, die es oft gar nicht wert waren, gelesen zu werden. Für Leon aber war es sein Traumberuf. Er sah dies als Chance, täglich innigen Kontakt mit der Sprache zu haben. Nie wollte er etwas anderes werden, nie wollte er etwas anderes tun, als zu schreiben. Schreiben, schreiben und nochmals schreiben. Aber über was? Nun, da hatte er dann doch andere Vorstellungen als seine Vorgesetzten bei der Zeitung. Die, die ihm beibrachten, Überschriften zu formulieren und inhaltliche Richtlinien für die Gestaltung von Berichten und Reportagen einredeten, nannte man fast zärtlich Volontärsväter. Volontärsmütter gab es nicht. Alles war in Händen der »Väter«. Eine wundersame Umschreibung von Personen, die nicht wussten, welche Unterschiede zwischen dem waren, was geschrieben werden sollte und dem, was die Leser gerne lesen wollten.

Leon liebte Bücher und daher mag es rühren, dass er sich die Sprache der Literatur zunächst zu sehr zu eigen machte. Seine Formulierungen, die er in seinen Artikeln verwandte, entsprachen mitunter nicht dem, was dem normalen, täglichen Journalismus erträglich war. Das Leben schien Leon schon damals viel zu hart, als dass man es auch noch mit trockenen Worten beschreiben sollte. Er war sich durchaus bewusst darüber, als echter Journalist immer nur die Wahrheit und nichts als diese zu formulieren, aber er musste auch lernen, dass gewisse Wahrheiten von Chefredakteuren und Verlegern nicht gern gesehen waren. Aber was sollte einer nur tun, der Tucholskys satirische Sätze liebte und die Feuilletons eines Joseph Breitbach immer wieder genüsslich verschlang? Leon hatte sich zum Ziel gesetzt, einen Kampf gegen die Verdummung der Sprache zu führen. Welch hehre Vorsätze damals! Doch bei all seinen Bemühungen, sich ganz langsam an der Umsetzung seiner sprachlichen Vorstellungen heran zu tasten, bemerkte er mit erschreckender Ernsthaftigkeit, dass ihm keiner die Gelegenheit ließ, diese vulgären deutschen Satzkonstruktionen in deutschen Tageszeitungen mit erfrischenden Wortkreationen zu verlebendigen. Er musste erfahren, dass sein feuilletonistischer Stil, den er mit abnormer Kraft zelebrierte, und sei es im Verfassen eines Artikels über eine politische Veranstaltung, nicht unbedingt den Geschmack der Leser – und was noch viel schlimmer war – auch nicht den Geschmack seines Chefredakteurs traf. Dabei war es keineswegs so, dass er gar lyrische Wortschöpfungen ohne sachliche Zusammenhänge zu Papier gab.

Im Prinzip wusste Leon schon damals, dass es keinen Sinn hatte, den Tatsächlichkeiten der deutschen Umgangssprache aus dem Wege zu gehen und schöngeistig über etwas zu schreiben, was einfach nicht schöngeistig war. Das Bestürzende an solchen Veranstaltungen, die sich das Volk und die gewählten Volksvertreter in periodisch wiederkehrenden Zeiten antaten, war, dass im Grunde alles vorinszeniert war. Jeder Journalist wusste vor Beginn jeder Sitzung, was wie entschieden werden würde. Schließlich gab es politische Mehrheiten, die das Volk in geheimer Wahl bestimmt hatte. Nichts, aber auch gar nichts unterschied diese kleinen Parlamente von den großen. Im Prinzip waren sie sogar interessanter, auf jeden Fall unterhaltsamer.

Es war keine Sache der Intelligenz, die Dinge ganz banal und gelassen zu sehen. Leon fühlte sich damals keineswegs als Poet, der mit Abscheu auf das herunter blickte, was ihm da zum Berichten befohlen wurde. Wäre das so gewesen, wäre Leon wohl Lehrer geworden oder Verwaltungsbeamter. Sein Vater hätte es ihm gedankt. Im Prinzip hatte Leon nichts gegen Journalisten einzuwenden. Er war schließlich einer von ihnen, wenn auch ein Lokalredakteur, also einer, der in der Hierarchie derer, die glaubten das Schreiben erfunden zu haben, ganz unten angesiedelt war. Leon hatte den Job, über Dinge zu schreiben, die sich im lokalen Bereich ereigneten und dabei Inhalte wegzulassen, die Menschen in ländlich strukturierten Gegenden unwichtig erschienen. Das bedeutete Dinge wegzulassen, von denen Redaktionsleiter, Chefredakteure oder Verleger überzeugt waren, dass sie weggelassen werden sollten. Denn diese Herren bestimmten schließlich, was die Leute draußen täglich früh am Frühstückstisch zu lesen bekamen, nicht die normalen Redakteure. Bei den genannten Personen handelte es sich um ehrenwerte Herrschaften mit teilweise hässlichen Anzügen und Krawatten, die sich zum Ziel gesetzt hatten, das Wohl ihrer Zeitung zu stärken, ohne dabei zu berücksichtigen, was die Leserinnen und Leser ihrerseits darunter verstanden.
So kam es auch nicht von ungefähr, dass die Wahrheit, die da geschrieben stand in jeder neuer Ausgabe dieser Tageszeitung, nicht unbedingt das war, was man sich unter der Wahrheit im ursprünglichen Sinn vorstellte, höchstens man hatte sich da-

ran gewöhnt, auf die Inhalte der Artikel nicht so genau zu achten, sie gegebenenfalls gar zu ignorieren oder sie mit einem gewissen Schmunzeln zu lesen, weil man sowieso mehr an den Anzeigen interessiert war, die sich im hinteren Teil der Zeitung verbargen.

Das redaktionelle Erstellen von Tageszeitungen gestaltete sich zu jener Zeit nicht viel anders als das von Boulevard-Zeitungen mit großen Überschriften, die, geschrieben für Kurzsichtige, schon von weitem gut sichtbar mitteilten, welcher Politiker mit welcher Dirne die Nacht verbracht hatte. Leon liebte das Erzählen von Geschichten, die er erlebte. Vom Schreiben der Polizeiberichte oder dem Ärger irgendwelcher Nachbar über das Hundegebell im Hof eines Schäferhundezüchters konnte er seine geistigen Stärken einfach nicht ausspielen. Auch das alberne Getue vieler seiner Kollegen, die meinten, sie säßen am Hebel der Macht, ging ihm mit der Zeit auf den Geist. Dieses erhabene Gefühl, sich einfach toll finden zu müssen, nur weil sie bei wichtigen Pressekonferenzen belegte Brötchen und eine Auswahl an Cola, Orangensaft und Kaffee kredenzt bekamen und überlegen lächelnd irgendwelchen Staatssekretären, die meistens vor einer Wahl die ländliche Gegend unsicher machten, die Hand schütteln durften. Um die richtigen Zitate auf ihre Schreibblocks zu notieren, bedurfte es keinerlei Anstrengungen. Die Herren Politiker waren immer gut vorbereitet. Sie legten dutzendweise Kopien dessen bereit, was sie gerne am nächsten Tag in der Zeitung lesen wollten. Das wurde auch mit Bedacht so geplant, denn so schnell, wie diese

Politiker ihre Standpunkte von den vorgefertigten Manuskripten ablasen, konnte kein Journalist mit seinen müden, meist vom Alkoholgenuss der vergangenen Nacht noch tauben Fingern die Kugelschreiber in Bewegung halten. Keiner dieser Kolleginnen und Kollegen, die Leon von einer Pressekonferenz auf die andere begleiteten, beherrschte schließlich Steno, jene Art so schnell zu schreiben, wie man spricht. Leon hatte es irgendwann zumindest einmal probiert, Stenografie zu lernen. Doch das schlug fehl, weil der Unterricht auf den Sommer fiel und damals fast immer die Sonne derart prall schien, dass es eine Schande gewesen wäre, den Steno-Kurs zu besuchen. Statt dessen hatte er es vorgezogen, bei strahlendem Sonnenschein die Zeit lieber in Terrassencafés zu verbringen und sich Gespräche zwischen Liebenden am Nebentisch anzuhören. Diese Sommer mussten einfach genossen werden, denn die Vorahnung schmuddeligen Wetters im Herbst und im Winter ließen ihm schon damals seine ab und an aufkommenden depressiven Seelenzustände kaum ertragen.

Je mehr die Zeit verging, um so mehr wurde sich Leon bewusst, dass er diese Art des Schreibens einfach nicht mehr ertragen konnte. Und wenn er dann am nächsten Tag in dieser Zeitung wieder las, dass sich eine Partei intern für einen neuen Bürgermeisterkandidaten ausgesprochen hatte, der bisherige und eigentlich offizielle Bürgermeisterkandidat davon aber noch gar nichts gewusst hatte (was den bisherigen Bürgermeisterkandidaten so aufregte, dass er am Tag, als der Bericht in der Zeitung erschien, gleich nach sieben Uhr morgens bei

Leon privat anrief und ihn fragte, ob er solche Märchen eigentlich immer schreibe), da spürte er diese Sehnsucht, auf das Papier in seiner Schreibmaschine kurz seine Kündigung zu schreiben, sie in einen Umschlag zu stecken, ihn genüsslich zu schließen und an den Chefredakteur weiterzuleiten.

Durch Begebenheiten wie diese wandelte sich Leon zu einem Redakteur, der schon beim Lesen von Manuskripten, die auf seinen Tisch flatterten, darüber zu grübeln begann, was da alles wieder nicht stimmen könnte. Dies zu hinterfragen, empfand er jedoch nicht als seine Aufgabe. Wichtiger war es für den Chefredakteur und seinen Verleger, dass am nächsten Tag die Zeitung rund um die Anzeigen herum wieder garniert war mit Artikeln, die sich die Leser angeblich so wünschten. Leon reagierte gelassen. Er hatte sich dazu entschlossen, Berichte, die von Parteien, Vereinen oder Organisationen geschickt wurden, nicht mehr umzuschreiben, um sie wenigsten etwas lesbarer zu gestalten. Solche Berichte waren zwar stilistisch absolut schrecklich und es tat Leon weh, sie im nüchternen Zustand zu lesen, doch Leon wollte dem Leser geben, was er verdient hatte. Und für vierundzwanzig Mark im Monat hatten sie seiner Meinung nach das alles verdient. So kam die Leserschar immer öfters in den Genuss, Berichte lesen zu dürfen, die nicht nur vom logischen Aufbau, sondern auch vom verbalen Ausdruck und ihrem gestalterischen Inhalt eher das Niveau eines Amtsblattes aufwiesen. Leon war es ernst: Das Volk sollte wissen, wie es ist, wenn jeder schreiben konnte, was er wollte und er als Zeitungsmacher dazu veranlasst wurde, diese zugesandten Artikel ohne weitere Recherche im lokalen Teil der Zeitung zu platzieren. So ließ er die meisten dieser Artikel einfach »laufen«, wie es im Fachjargon hieß. Ein Redigierstrich oben, einer unten. Lediglich die katastrophalen Rechtschreibfehler verbesserte er noch, bevor die Berichte vom Leben und Streiten der Menschen in das Satzbüro und dann in die Druckerei wanderten.

Mitunter verärgerte er gewisse gierige, zeitungslesende Mitmenschen nur noch damit, dass er sich bei der Kreation seiner Überschriften zu weit aus dem Fenster wagte und Headlines wie »Unchristliche Methoden in der CDU« oder »SPD distanziert sich von roten Socken« übereifrig ins Blatt hob. Diese Frotzeleien konnte er sich nicht ersparen. Sie waren das Salz in der mageren Suppe seiner Arbeit. Er brauchte einen gewissen Kick, um wenigstens einigermaßen zufrieden abends sein Bier in der Kneipe trinken zu können. Dann genoss Leon die Vorfreude auf den nächsten Tag, die wütenden Anrufe in der Redaktion, die mal wieder wegen einer der Berichte oder Überschriften gleich direkt an den Ressortleiter durchgestellt würden. Schon während er am Tresen in der Kneipe saß, durchspielte er verschiedene Varianten von Entschuldigungen oder Rechtfertigungen, die er seinem Ressortleiter am nächsten Morgen entgegenbringen konnte. Es waren immer wieder filmreife Drehbucheinlagen, die oft mehr aussagten, als so manche langweilige Spielfilme es je könnten.

Wie sehr sich sein Verleger und Chefredakteur Gedanken über die Zumutbarkeit der Berichterstattung in dieser Zeitung machten, das zeigte sich bei Leons Berichterstattung über die Unterzeichnung einer Partnerschaftsurkunde des Landkreises mit einem Landkreis in Nicaragua. Ein vierspaltiger Artikel, den Leon auf die erste Lokalseite stellte, weil er der Überzeugung war, dies sei eine wesentliche regionale Nachricht und damit von großem Interesse für die geneigte Leserschaft. Dabei sei angemerkt, dass es sich bei der Kreisregierung, die diese Partnerschaft initiiert hatte, lediglich um eine sozialdemokratische und nicht kommunistisch geführte Kreisregierung handelte. Das Ergebnis der Veröffentlichung dieses Berichts war, dass Leon zum Rapport in das Verlagshaus bestellt wurde und einen Rausschmiss angedroht bekam. Der Verleger nannte dies eine tendenzielle Berichterstattung, die in keinem Verhältnis zum Ereignis gestanden habe und politisch dazu beigetragen habe, das Ansehen der Zeitung zu schaden.

Nichts war für Leon langweiliger als das Befriedigen all dieser kommunalen Bedürftigkeiten. Er bemerkte, wie sich die Welt um ihn herum immer mehr zu einem Sammelsurium aus Besserwissern, Machtbesessenen und Ignoranten verwandelte. Je mehr er im Begriff war, die Denkweisen jener absonderlichen Menschen nachzuvollziehen, die die Macht über das ausübten, was am anderen Morgen zu lesen war, je mehr erschrak er über sich selbst. Immer häufiger stellte er sich die Frage, wo er hineingeraten war. Die Fügung vieler seiner Kolleginnen und Kollegen, sich einzubetten in die erforderlichen Umstände, ja zu sagen zu dem, was sie jeden Tag und immer wieder in der Redaktion erwartete, dieser Art von Fügung wollte sich Leon nicht mehr unterwerfen. Leon wollte sich von seinem instinktiven Trieb, an eine bessere und objektivere Berichterstattung zu glauben, die fern aller politischen Ideologien angesiedelt war, nicht beirren lassen. Für Leon bedeutete dies geistige Freiheit. Eine absurde Vorstellung, denn er wusste genau, dass es das gar nicht geben konnte, weil nicht einmal die Leser so mündig waren, dies anzuerkennen.

Indes fühlte sich Leon keineswegs in der Rolle eines Weltverbesserers, der globale Ungerechtigkeiten lokal verarbeiten wollte. Er sah sich nicht als Anhängsel einer roten oder schwarzen Partei, geschweige einer grünen, die damals noch friedenspolitisch die Massen bewegte. Leon sah seine eigentliche journalistische Aufgabe darin, das lokale Umfeld in seinen Strukturen und mit allen vorhandenen Gegebenheiten zu beschreiben, aber dabei auch Missstände aufzuzeigen. Doch Missstände waren nicht das, was Verlegerherzen höher schlagen ließ, schließlich hätte das Anzeigenaufkommen darunter leiden können. Um nicht ganz in einen Zustand geistiger Lethargie zu verfallen, griff er dort ein, wo es seiner Meinung nach Sinn machte, zu rebellieren. Er mischte sich unter die Demonstranten, die sich gegen den Bau eines Kernkraftwerks wehrten, ließ sich dabei von Wasserwerfern zu Boden werfen und spürte – obwohl als sachlicher Reporter unterwegs – dieses Gefühl, mit diesen rebellierenden Menschen eines gemeinsam zu haben: Den Willen, das Leben besser zu gestalten, als es vorgegeben war. Unter all den Demonstranten nahm er als Journalist eine gesonderte Stellung ein. Vielleicht mischte er sich auch nur deswegen unter das demonstrierende Volk, weil er, sobald die Polizei anrückte und ihn gewaltsam hinweg schleppen wollte, seinen Status als Journalist preisgeben konnte. Leon war sich plötzlich der Macht dieses Ausweises, der ihn als »amtlichen« Berichterstatter auswies, spürbar bewusst. Er machte kein Hehl daraus, dass er sich in dieser Rolle gefiel. So konnte er den Protest mit tragen, aber immer unter dem Schutz des Medienmantels, der schließlich über all das berichten musste, was auf diesen Demonstrationen passierte. Auf diese Art und Weise schien Leon in eine Rolle hinein zu wachsen, in die er eigentlich nicht hinein wachsen wollte. Ganz heimlich genoss er seine Stellung und diese Macht, die er als Journalist mit diesem »Dienstausweis« hatte.

Seine Metamorphose hin zu einem, der sich plötzlich der Macht seiner Position bewusst war, hatte begonnen. War es ein selbstverständlicher Prozess, den man, wollte man als Journalist überleben, zwangsläufig durchlebte? War es tatsächlich so, dass man sich nach dem Eingewöhnen in diese berufliche Welt doch als etwas Besonderes sah? Zumindest unternahm Leon weiterhin den Versuch, sich den Themen zu widmen, die über das tägliche Allerlei hinausgingen. Trotz seiner Angepasstheit an das System des trivialen Berichterstattens versuchte er die politischen Tendenzen jener Zeit in seine journalistische Arbeit mit einzubeziehen. Das zumindest unterschied ihn noch von vielen seiner Kolleginnen und Kollegen, die nur noch angepasst und bequem waren.

Diese Zeit der ersten Berufsjahre in den frühen achtziger Jahren war geprägt von einer Fülle von politischen Ereignissen, die dieses Deutschland wachrüttelten und mit ihnen die ländliche Gegend, in der er arbeitete. Es waren die Zeiten, in denen Pinochet in Chile sein Unwesen trieb und in der heftig um die Einführung der Pershing II-Raketen gestritten wurde. Politik, die damals noch Menschen hinter ihren Öfen hervorlockte und auf die Straßen trieb. Es war die Zeit, als viele Busunternehmen mit dem Transport von Demonstranten zu Großdemos sich ein zweites Standbein aufbauen konnten, so groß war die Nachfrage nach diesen rollenden Transportmaschinen. Über 300 000 Menschen, darunter Leon als Berichterstatter über die teilnehmenden Gewerkschafter aus der heimischen Region, versammelten sich im Oktober 1981 in der Bundeshauptstadt Bonn, im festen Glauben, etwas für die Abrüstung tun zu können. Böll, sein Lieblingsschriftsteller, rief zum Frieden auf und forderte einen Wandel in der Gesellschaft. Sätze, die unter die Haut gingen, die Mut machten. Welch ein Erlebnis im Bonner Hofgarten! Leon inmitten der Masse von jungen und alternden Friedenshungrigen, die bei jedem zweiten Satz in Jubel ausbrachen, so als gäbe es tatsächlich etwas zu feiern. »Stell dir vor es gibt Krieg und keiner geht hin«. Spruchbänder, die sich gut auf Fotos machten. So einfach konnte Frieden sein! Diese Botschaften, verknüpft mit einigen Interviews der heimatlichen

Gewerkschafter und ein paar Fotos waren dann am folgenden Tag in der Zeitung zu lesen und zu sehen. Leon wollte den Lesern im lokalen Umfeld die Augen öffnen, die Macht der Politiker über das Volk aufzeigen, gegen die unbedingt etwas unternommen werden müsste. Seine Berichte, von der sachlichen Objektivität eines gestandenen Journalisten geprägt, entrückten aber immer mehr diesem hehren Ziel. Das, was er schrieb, verflachte zu dem, was der Chefredakteur und der Verleger auf einmal lobten: Zeitungsspalten füllen, ohne Schnörkel außen herum.

Auf einen Termin freute sich Leon jedes Jahr: Den »Tag der Arbeit«. Bereits der Gedanke an diesen 1. Mai löste bei ihm eine Vorfreude aus. Diese Zeremonie, die ihn immer wieder an Revolutionen erinnerten, die niemals stattfanden und an Träume, die schon damals nicht zu verwirklichen waren. Es war die Zeit, als er selbst als Vorsitzender einer Journalistengewerkschaft in vorderster Reihe stand und für die soziale Ordnung in diesem Land eintrat. Wie gerne hätte er sich gewünscht, zu all den bewegenden Themen dieser Zeit als Vorsitzender der Kreisvereinigung einer Gewerkschaft einmal eine Rede halten zu dürfen. Aber nein, als er das Zepter dieser Kreisvereinigung der Journalisten in Händen hielt, da ging es vor allem darum, wie der Friede bewahrt und neue Arbeitsplätze geschaffen werden könnten. Die drohende Einführung von Computersystemen in Redaktionen und Druckereien störte die Öffentlichkeit nicht. Leon zählte zu jenen, die sich vehement gegen die Einführung von Computersystemen gewehrt hatten. Vielleicht auch deshalb, weil er den Duft des Bleis gerne roch, wenn er in die Setzerei ging, um seine auf Schreibmaschine niedergeschriebenen und mit Hand redigierten Texte abzuliefern. Abends, wenn er beim Umbruch die Gestaltung der einzelnen Seiten vornahm, wurde Bier dazu getrunken. Das verdrängte den in der Luft schwebenden Geruch des Bleis. Die Monteure, die die einzelnen Seiten nach Vorgabe von Leon zusammenbauten, benötigten jeden Abend sehr viele Biere.

Während andere Kolleginnen und Kollegen nicht gerade begeistert waren, an diesen Maikundgebungen teilzunehmen, waren diese »Tage der Arbeit« für Leon immer ganz besondere Ereignisse. Er freute sich dabei nicht auf die Reden, die dort geschwungen wurden, er freute sich auf den unwiderstehlich guten, deftigen Eintopf, der auf diesen Veranstaltungen zu Pfennigbeträgen unters Volk verteilt wurde. Wegen dieses Eintopfs, dessen Rezept er leider niemals erfragte, stellte er sich stets bereitwillig zur Verfügung, wenn es wieder einmal in der Redaktionskonferenz darum ging, denjenigen auszumachen, der am 1. Mai arbeiten wollte. Seine Kolleginnen und Kollegen waren stets beglückt über seinen Entschluss, in diesen sauren Apfel zu beißen. Hätte es einer Erklärung für so viel Aufopferungsbereitschaft bedurft und Leon den eigentlichen Grund für seine spontane Zusage mitteilen müssen, wäre es durchaus möglich gewesen, dass auch andere Kollegen sich den Genuss dieses Eintopfes nicht hätten entgehen lassen wollen. Aber diese Frage stellte sich nie. Wozu auch eine Begründung dafür abgeben, anderen Arbeit abnehmen zu wollen? Das billige, aber wohlgemerkt leckere Essen nach getanem Zuhören war sicher auch für viele andere Teilnehmer dieser Maifeiern der Grund ihres Erscheinens gewesen. Die Reden der Gewerkschaftsfunktionäre selbst waren da eher sekundär. Zumal die Vertreter, die die Gewerkschaft zu diesen ländlichen Kundgebungen abordnete, längst nicht mehr die Klasse aufwiesen, wie in früheren Zeiten. Zu viele solcher Gewerkschaftsfeiern gab es. Ein großer Vorteil für alle trinkfesten Gewerkschaftler, denn so mussten sie nicht weit fahren und konnten getrost und ohne Reue nach andächtigem Zuhören das eine oder andere Bierchen auf die Solidarität der Massen trinken. Durch die regelrecht aufkommende Inflation dieser Kundgebungen am Tag der Arbeit hatte es sich leider auch eingebürgert, dass auch Stellvertreter der Stellvertreter von Bezirkssekretären vors Mikrophon traten. Rhetorisch kaum geschult, dafür aber mit markanten Sprüchen behaftet, die sie irgendwo aus alten Reden längst vergangener Zeiten zusammengeflickt hatten. Ja, der Feiertagsdienst am 1. Mai war für Leon, den Redakteur, immer wieder ein besonderes Erlebnis. Leon genoss es, in dieser äußerlichen Zufriedenheit des Geldverdienens eingebettet zu sein. Seine Besessenheit – so es denn jemals eine war – mit der Sprache so oft es nur ging zu jonglieren, war einem recht nüchternen Schreibstil gewichen, der weder dem Chefredakteur, noch dem Verleger Anlass zur Beunruhigung gab. Leon hatte sich, ohne es zu planen, mit den Verhältnissen arrangiert, viele seiner Kolleginnen und Kollegen benötigten dazu viel Alkohol. Sein Redaktionsleiter war längst schon Alkoholiker und dachte dies mit dem ständigen Rauchen einer Pfeife verbergen zu können. Soweit wollte es Leon für sich nicht kommen lassen.

Wenn die Sonne untergegangen war, die Lichter die Straße hell erleuchteten und der Lärm der Autos merklich nachgelassen hatte, genoss Leon die Ruhe, die ihm der Tag nicht geben konnte. Er setzte sich nach der Arbeit in sein kleines Arbeitszimmer an den alten Schreibtisch, spannte ein Blatt Papier in seine prall gelbe Schreibmaschine und tippte, getrieben von aufgestauter Fantasie, Geschichten und Interviews mit Menschen, die er gerne einmal getroffen und interviewt hätte. Einstein, Reinhard May, die Chansonsängerin Alexandra, Heinrich Böll. Leon zelebrierte dieses Fantasien, steigerte sich in Fragen hinein, versuchte sich in die jeweiligen Personen hinein zu versetzen und formulierte Antworten, die er sich gewünscht hätte.
So entstanden simulierte Interviews, die natürlich nie veröffentlicht wurden. Fiktive Kommunikation, die ihm als Ersatz für seine verloren gegangene feuilletonistische Leichtfertigkeit im Alltag diente. Er fragte Einstein nach dem Sinn der Wissenschaft und seinen Träumen als Jugendlicher, Böll nach den Gefühlen bei seiner ersten Reise nach Irland, Alexandra warum fast alle ihre Lieder so wunderschön melancholisch sind, warum sie ausgerechnet über jenen Bahnübergang fahren musste, als der Zug kam und sie in den Tod riss und

Reinhard May, warum er nicht einfach Frederic geblieben war und seine Gedanken weiter in Französisch ausdrückte. Leon lebte einen zweigeteilten Alltag, den des Tagesreporters, der sich mit banalen Ereignissen, wie Autounfällen, Jubiläumsveranstaltungen, Stadtverordnetenversammlungen und Goldenen Hochzeiten herumquälen musste und den des Schreiberlings, der sich in seiner Freizeit mit großer Freude zurückzog, um fiktive Konversationen auf Papier zu notieren. Bei einem guten Glas Rotwein und Musik von Bob Dylan oder Leonhard Cohen versetzte er sich in eine Welt, die weit weg war von dem, was seine Alltäglichkeit ausmachte. Für seine Interviews, die er abgeschottet von äußerlichen Einflüssen führte, hatte er sich einen Ordner angelegt, in den er die einzelnen Seiten alphabetisch geordnet und unter Angabe der Zeiten, in denen sie entstanden, abheftete. Eine andere Welt, die niemandem zugänglich war. Eine andere Ebene der Gedanken. Diese beiden Welten, die er lebte, prallten mit stetiger Vehemenz aufeinander. Leon fürchtete einen katastrophalen Zusammenstoß. Vielleicht war dieser Zusammenprall auch bewusst geplant, womöglich mit Inbrunst erwartet. Er fühlte täglich, dass er sich mit gar so vielen Kolleginnen und Kollegen umgab, die seinen Weg des Fantastischen nie und nimmer begriffen hätten, weil sie in ihrer vertrauten Welt viel zu sehr eingeengt waren. Dies war der Zustand des Normalen, des Alltäglichen, der keinen Widerstand duldete. In letzter Konsequenz gab es für Leon damals nur eine Entscheidung, sich einzuordnen in die bestehende Ordnung oder auszuweichen und damit seinen Job zu kündigen. Aber auch Leon orientierte sich am Geld verdienen.

So plätscherte diese Zeit vor sich hin. Er hatte nicht damit gerechnet, dass er inmitten dieser unbefriedigenden Arbeitssituation zu einem Preisträger werden würde. Leon war nicht beseelt von diesem Ziel, jemals einen Artikel zu schreiben, mit dem er einen Preis gewinnt. Und doch bewarb er sich mit einer seiner Reportagen über den Bürgerprotest gegen den Bau einer Müllverbrennungsanlage für einen der bedeutendsten Journalistenpreise für Lokalredakteure. Es war wohl die Gier nach den zehntausend Mark Preisgeld, die es geben sollte. Davon wollte er sich einen Golf kaufen. Sein Motto, dass sich daraus zwangsläufig ergab: Nur wer Geld hat, überlebt. Leon überlebte. Er konnte sich beruhigt seinen Golf kaufen, denn er gewann den Journalistenpreis.

Jeder dieser Preise, die zu gewinnen waren, ebneten einem Redakteur die Tür in andere Welten. Größere Zeitungen riefen an und versuchten Leon abzuwerben. Plötzlich war er wer. Leon nahm die Herausforderung an und wechselte als Redaktionsleiter nach Hessen. Seine Entscheidung von Franken nach Hessen aufs Land umzusiedeln, entstand aus nüchternen Überlegungen. Leon fühlte sich nie als Stadtmensch. Vielleicht weil er diese stickige Luft der Großstädte nicht mochte, vielleicht auch, weil er die Anonymität nicht ertragen konnte, die sich einem dort bot. Für ihn war es ausreichend zu wissen, dass er mit dem Auto oder dem Zug in einer halben Stunde in einer größeren Stadt sein konnte, um Kultur zu erleben oder Milchkaffees in schönen Cafés zu trinken. Er wollte alleine bestimmen können, wann er sich dieser Hektik der Städte auszuliefern hatte.

Als er sich dazu entschlossen hatte, die Zeitung zu wechseln, war er sich durchaus darüber bewusst, dass er kaum andere, bessere Bedingungen vorfinden würde. Zwar hoffte er, seine Vorstellungen über lokalen Journalismus in annehmbarer Weise in seinen neuen Verantwortungsbereich integrieren zu können, er war sich aber auch darüber im Klaren, dass es auch hier Verleger und Chefredakteure gab, die versuchen würden, ihre Vorstellungen deutlich zu artikulieren. So war dieser Umzug nach Hessen im Prinzip nur dazu gedacht, den Ort zu wechseln und andere kommunale Spielwiesen kennen zu lernen. Seine Funktion als Redaktionsleiter war eine völlige andere als die eines normalen Redakteurs. Leon war verantwortlich für den Inhalt der Lokalseiten, hatte darauf zu achten, dass das, wie es die Verleger nannten, »Gleichgewicht« in der politischen Berichterstattung gegeben war und musste peinlichst darauf achten, dass ja keine Goldene Hochzeit versäumt wurde, denn das waren schließlich geneigte Leser oder solche, die zumindest an dem Tag der Berichterstattung über ihr Fest diese Zeitung einmal kauften. Da scherte es auch niemanden, dass beim Termin für die Berichterstattung über solche Feste mit dem Landrat und Bürgermeister makabre Fotos entstanden. Etwa in der Form, dass der Ehemann, längst bettlägerig, hübsch herausgeputzt und aufrecht ins

Bett oder auf einen schnell herbei gestellten Stuhl gesetzt wurde, obwohl er all dem, was sich um ihn herum tat, geistig nicht mehr folgen konnte. Hauptsache, der Bürgermeister und der Landrat waren am nächsten Tag in der Zeitung zu sehen. Die Rechtfertigung darüber, warum ein solches Foto nicht in der Zeitung gedruckt worden sei, hätte nur zu wütenden Protesten der Politiker geführt. In solchen Augenblicken wünschte sich Leon, dass ein solches Foto in einer Satirezeitschrift zu sehen gewesen wäre, denn nirgendwo sonst hätte eine solche Aufnahme abgebildet sein dürfen.

Es war aber nicht so, dass Leon so gar kein Vergnügen bei seiner Arbeit verspüren konnte. Die Begebenheiten, die auch hier in dieser idyllischen, mittelalterlichen Kleinstadt herrschten, gaben durchaus Gelegenheit dazu, auch die heiteren Momente des Lebens zu genießen und seien es nur lange Abende mit dem Bürgermeister, der gerne einen über den Durst trank, bis spät nach der Sperrzeit in einer Kneipe. Leon hielt sich aber so gut es ging von jenen informellen Gesprächen fern. Diese informellen Gespräche waren nichts anderes als Zechgelage, die damit endeten, dass sich die Herren Kommunalpolitiker stark betrunken in ihre Autos setzten und nach Hause fuhren, während vernünftig denkende Menschen sich ein Taxi nahmen.

Leon empfand diese Zeit mehr als ein beharrliches Aussitzen. Er hatte keine großen Pläne, gewisse Machenschaften aufzudecken, die sich auch in einer solchen Kleinstadt abspielten. Er war nicht motiviert zu hinterfragen, warum ausgerechnet immer nur ein bestimmter Architekt aus der Stadt ständig mit Aufträgen bedacht wurde und die vielen anderen, darunter ebenso gute, stets das Nachsehen hatten. Seine Rolle, die er spielte, war die eines Vertreters der Öffentlichkeit. Seriosität war gefragt, nicht das Einmischen in irgendwelche Angelegenheiten, die sich als nicht unbedingt legal entpuppen könnten.

Die Politik in dieser Stadt war schon seit Jahren in Händen von christlich demokratischen Politikern, die ihre Mehrheit genüsslich ausspielen konnten. Dies führte dazu, dass die Mitglieder der sozialdemokratischen Fraktion sich völlig entmutigt fühlten. Der vom Mitleid geplagte Bürgermeister tröstete die Opposition dann damit, dass einige ihrer Abgeordneten in regelmäßigen Abständen zu den Zechgelagen eingeladen wurden. Dies gab den Herren der Opposition das Gefühl, immerhin mit eingebunden zu sein in so manche Pläne der Regierenden und führte zum Ergebnis, dass sie sich nicht sonderlich Mühe gaben, bei der nächsten Wahl besser abzuschneiden.

Je mehr sich Leon über die Gegebenheiten dieser politischen Inszenierungen amüsierte, je mehr fühlte er sich aber auch hier fehl am Platz. Die Arbeit, die er zu tun hatte, war längst Routine. Das Schreiben hatte sich für ihn reduziert auf das Verfassen der Wochenendkolumnen. Ein Kolumne, die oft an den Haaren herbeigezogen war, weil er über die Dinge, die ihn tatsächlich interessierten, nicht schreiben durfte, um die Ruhe und Idylle in der Kleinstadt nicht zu stören.

Trotz aller Widrigkeiten, die es auch hier in der Kleinstadtredaktion zu umschiffen gab, war seine Entscheidung, die Zeitung gewechselt zu haben, aber richtig gewesen. Hier lernte er schließlich Laura kennen und lieben. Sie war jung, hübsch, wenn sie lächelte, schlug sein Herz doppelt so schnell. Sie lernten sich, wie das auf dem Land nun mal üblich ist, in einer der kleinen, aber durchaus netten Kneipen kennen. Sie war Studentin der Betriebswirtschaft, er der Herr Redaktionsleiter. Sie kannte ihn aus der Zeitung, weil die Wochenendkolumne mit einer Passbild großen Abbildung seines Kopfes ausgeschmückt war. Und so kamen sie ins Gespräch über die Stadt an sich, ihre Menschen, ihre Politiker und so langsam auch über sich selbst. Irgendwann geschah es dann, dass sie sich dort vorfanden, wo alle Liebesgeschichten erst so richtig beginnen, eine gewisse Ernsthaftigkeit zu entwickeln, im Bett. Und dieser zunächst sehr schüchterne Versuch, Zuneigung zu leben, entwickelte sich zu einer Liebe, die Leon als wunderschön empfand. Dieses geliebt und verstanden zu werden, hatte er vorher noch nie so erlebt. Diese Freude, sich bis tief in die Nacht in Gesprächen über Wünsche, Träume und Realitäten zu ergeben, faszinierte sie und ihn gleichermaßen. So ereignete sich das, was Zustände wie diese oft mit sich bringen, nämlich dass sie sich das Jawort gaben und fortan gemeinsam dieses familiäre Leben in der Kleinstadt genossen. Sie waren ein glückliches Paar, das unvoreingenommen all das auf sich zukommen ließ, was das Leben zu bieten hatte. Keiner von beiden konnte oder wollte wissen, was sich einige Jahre später daraus ergab. Fortan erlebten sie eine glückliche Zweisamkeit, ohne auch im Geringsten daran zu denken, dass diese Beziehung eines Tages schlagartig ein Ende finden würde.

Die Heirat mit Laura beflügelte Leon in seinen Ideen und Zielsetzungen. Mit ihr hatte er eine Frau, die seine Visionen sogar bestärkte, die ihm vertraute, die ihn unterstützte dabei, seine und ihre Zukunft neu zu gestalten. Sie wusste ebenso wie er, dass es keinen Sinn mehr hatte, als Redaktionsleiter dieser Zeitung weiterhin auf die nächsten Anweisungen des Chefredakteurs und des Verlegers zu warten. Eines Tages fasste Leon den Entschluss, eine Event-Agentur zu gründen. Kontakte für einen solchen Neubeginn waren vorhanden. Das Können, das man hierzu benötigte, hatte er. Seine Erfahrungen, die er lange Jahre als Redakteur gesammelt hatte, waren bestens dazu geeignet, die Seiten zu wechseln und nun den Zeitungen selbst Material zu liefern, um ihre Seiten füllen zu können. Ein Abschied, der nicht weh tat, lediglich Erstaunen hervorrief bei einigen, die nicht damit gerechnet hatten.

Er kündigte. Leon hatte keine Kraft mehr dazu, diesen Beruf auszuüben. Er hatte genug von all der Verlogenheit, die ihn umgab. Schon längere Zeit hatte er damit geliebäugelt, diesen Schritt zu tun. Er hatte viele außerberufliche Kontakte aufgebaut zu Behörden und Unternehmen. Leon wollte sein eigenes Ding gestalten, weg vom täglichen Journalismus, etwas Neues auf die Beine stellen, woran er Spaß hatte. Die Idee, eine Eventagentur zu gründen war ihm bei einem Jahresempfang eines Unternehmens gekommen. Dieser Empfang war so schlecht organisiert und langweilig, dass er fest davon überzeugt war, solche Veranstaltungen viel besser managen zu können. Leon machte es besser. Als er seine Agentur eröffnete, hatte er schon drei Unternehmen für sich gewinnen können. Sein Glück war perfekt.

Leon fährt in die Heimat

Leon hatte Adam bei seinem Anruf am nächsten Tag zugesagt, sich in seiner Heimat auf Spurensuche zu begeben und Recherchen zum Tod des ehemaligen Bürgermeisters anzustellen. Er hatte keine Vorstellung darüber, was ihn erwarten würde, Leon wollte sich dieser Herausforderungen einfach stellen. Lange hatte er über Adams Angebot nicht nachgedacht. Leon war einfach nur gespannt auf das, was ihn in seiner Heimat erwarten würde. Er fuhr zurück nach Deutschland. In der Stadt war alles beim Alten. Nichts hatte sich in seiner Abwesenheit verändert, es regnete nicht einmal. Niemand interessierte sich, dass er wieder da war. Wer auch? Er schloss seine Wohnung auf, stellte die Koffer ins Schlafzimmer, drehte die Heizung auf und kochte sich als erstes einen Tee. Er war also wieder zu Hause, so man von einem zu Hause sprechen konnte. Und trotz seiner Wehmut, die er beim Abschied von der Ostsee gespürt hatte, war es schön, wieder zu Hause zu sein und er freute sich auf seine Fahrt nach Zellberg, dem Ort seiner Kindheit und Jugend. Was ihn weniger berührte, war die Geschichte, die er über den Tod des ehemaligen Bürgermeisters schreiben sollte. Aber auch das, so meinte Leon, würde sich regeln.

Leon hatte seinen nächsten Termin bei Dr. König bewusst auf den späten Nachmittag gelegt, um daran anschließend gleich ins Parkers um die Ecke weitergehen zu können. Er freute sich auf ein frisch gezapftes Guinness und erwartete voller Spannung die sich ergebenden Momente. Für Leon war klar, dass er viel erzählen musste, weil alle neugierig sein würden, wie es denn im Norden gewesen war, was er erlebt hatte. Würde er ihnen erzählen, dass er nur versucht hatte, sich selbst zu erleben und Ruhe zu haben, sie hätten es ihm wahrscheinlich nicht geglaubt. Aber das störte ihn nicht.

Dr. König war parfümiert wie immer. Er trug eine braune Cordhose und ein verschwitztes, scheußlich gelbes Hemd. Aber warum sollten Psychiater auch unbedingt Geschmack haben? Trotzdem war es ein erfrischendes Wiedersehen. Leon war locker, ihm ging es nicht schlecht. Er hatte Grund, sich gut zu fühlen. Er erzählte von seinem Auftanken im Norden, den Gedanken in frischer Luft, den Wahrnehmungen, seinen Ängsten und der verstärkt aufkommenden Hoffnung, dass die Sprache bei ihm wieder Wort ergreift.

»Und ihre Ängste, was machen die?« fragte Dr. König, nachdem Leon ihm seine Erlebnisse geschildert hatte.

»Die sind mehr der Zuversicht gewichen, obwohl ich noch oft von ihnen träume. Es sind aber keine Alpträume mehr, sondern diese Träume sind mehr zärtlicher Natur. In mir laufen Erlebnisse ab, die ich in guter Erinnerung habe. Ich erinnere mich sogar daran, wie ich mit meiner Ex-Frau geschlafen habe, obwohl das ja nicht allzu oft vorkam. Ich kann sagen, dass ich generell keine Wut mehr auf sie habe.«

Dr. König nickte zustimmend, ohne ihm ins Wort zu fallen. Leon erklärte ihm, dass er dabei sei, sie völlig loszulassen, sie abzustreifen.

»Ich empfinde fast nichts mehr und das irritiert mich. Stellen Sie sich vor, es gibt da Momente, in denen ich sogar froh bin, dass sie mich verlassen hat. Aber ich verspüre keinen Hass oder Abscheu. Das ist doch verrückt, oder?«

»Warum verrückt?« antwortete ihm der Psychiater. »Wenn Sie glauben, Sie fühlen sich damit besser, dann müssen Sie dieses Gefühl einfach zulassen. Es mag Ihnen durchaus helfen, nach vorne zu schauen, sich neuen Aufgaben zu widmen, wieder zu schreiben oder neue Freundschaften einzugehen. Sehen Sie es als Schutz, den Ihnen Ihr Inneres bietet. Behalten Sie das Schöne in Erinnerung, das Sie erlebt haben.«

Leon erzählte von dem Auftrag, den er von Adam erhalten hatte und meinte, dass er sich auf diese Rückkehr in seine Heimat sehr freue, vor allem auch deswegen, weil er die Gelegenheit nutzen werde, wieder Kontakt mit Menschen aufzunehmen, die er lange nicht mehr gesehen habe. Dr. König bestärkte ihn in seinem Vorhaben. Er nannte das einen wichtigen Prozess, um mit sich ins Reine zu kommen. Und er machte den Eindruck, als wolle er sagen, dass Leon eigentlich selbst wisse, was zu tun sei und er, König, im Prinzip eine überflüssige Figur darstelle.

Leon selbst war sich über Sinn und Zweck seines Besuchs bei Dr. König nicht sicher. Vielleicht wollte er nur eine Bestätigung für seine Gedanken, sein Vorhaben. Vielleicht wollte er sich nur mitteilen, einem Außenstehenden erzählen, dass er einen Weg eingeschlagen hatte, der ihn wieder nach vorne blicken lasse. Wenige Minuten später war er dann im Parkers, da wo es frisches Guinness gab und Bekannte, die neugierig waren. Rosana stellte ihm sogleich ein Bier auf den Tresen und begrüßte ihn mit einem »schön, dass du wieder im trauten Heim bist«.

Leon lachte, freute sich über ihre Worte und musste, anders hatte er es nicht erwartet, einigen der Stammgäste sofort erzählen, was denn im Norden so schön sei, dass man bei so einem kalten Wetter da hin fahren müsse. Und als er ihnen erzählte, wie schön das Meer bei Vollmond glitzert und wie gut ein Milchkaffee im »Kloster Torget« schmeckt, da fühlte er, dass sie auch Sehnsucht nach Stille und Beschaulichkeit bekamen. Der einzige, der richtig begeistert reagiert hatte, war Bernd, der Designer. Seine Assoziationen waren jedoch ganz anderer Natur. Als begeisterter Golfer wusste er, dass es da oben eine Reihe wunderschöner Golfplätze direkt am Meer gibt. Und als er Leon fragte, ob er auch mal Golf gespielt habe, meinte Leon nur, dass er noch eine Weile Sex haben wolle. So kam das Lachen zurück ins Parkers. Sie tranken einige Begrüßungswhiskys und sprachen allgemein über ihre Reisesehnsüchte, die noch unerfüllt geblieben waren, Henriette natürlich von dem wunderschönen Kalifornien, ihrem Sehnsuchtsland. Einzig George, der Schotte, schwärmte von nichts anderem als seinem Schottland. Da, so George, könne man nicht nur toll Golf spielen, sondern dieses Land sei insgesamt eine Oase der Glückseligkeit. Ja, auf diese Oase musste noch ein Whisky getrunken werden. Prost!

Zwei Tage später machte sich Leon auf in seine Heimat. Er nahm den Zug, so, wie er es früher öfters getan hatte. Leon wollte die herrliche Landschaft durch den Spessart genießen, durch die der Regionalexpress fuhr. Der Besuch zu Hause war für ihn mehr als ein Rechercheaufenthalt. Seit dem dreiundachtzigsten Geburtstag seines Vaters, und das war schon fast ein Jahr her, war er nicht mehr in Zellberg und wenn er dorthin fuhr, interessierte er sich nicht für die Leute, die dort wohnten, nur für seinen Vater, der noch im Familienhaus lebte. Hatte sich dort viel verändert? Erkannten ihn die Leute dort noch? Die Recherche über den plötzlichen Tod des ehemaligen Bürgermeisters seiner Heimatstadt sah er nicht als vordringlich an, obwohl es nach außen hin der eigentliche Grund für die Fahrt in seine Heimat gewesen war. Je näher sich der Zug der kleinen Stadt näherte, desto mehr freute er sich darauf. Heimat, so Leon, vergisst man eben nicht. Heimat riecht immer nach Erinnerung. Doch aus der Ferne erlebt man sie abgestumpfter. Aus der Ferne war alles so unwahr, so als vergrabe man sich in Träumen, die irreal sind. Er fühlte, dass es der Erinnerungen an seine Kindheit und Jugend bedurfte, die er in dieser Kleinstadt verbracht hatte. Er war neugierig auf alles, was ihn dort erwartete.

Der Bahnhof lag etwas abgelegen von Zellberg. Es gab nur zwei Bahnsteige, einen, auf dem die Züge Richtung Bamberg fuhren, einen, der nach Würzburg verkehrte. Zu Fuß machte er sich auf den Weg zu seinem Elternhaus, das mitten in der Kleinstadt an einem kleinen Bach stand. Niemand hatte ihn auf dem Weg dahin erkannt. Er streifte durch die ruhigen Gassen der Altstadt mit ihren prächtig herausgeputzten Fachwerkhäusern, die all die wirren Zeiten überlebt hatten. Die wenigen Menschen, denen er begegnete, hatte er nie gesehen. Sein Vater erwartete ihn bereits, er hatte Essen und Leons Lieblingsbier von der Brauerei gegenüber besorgt.

Leon schien beruhigt, dass sich seit seinem letzten Besuch im Haus seiner Eltern nichts verändert hatte. Die Räume waren so geblieben, wie sie seit Jahren waren, der Fernseher stand noch immer im Esszimmer auf einem Sideboard, sein ehemaliges Zimmer, in dem er jetzt während seines Besuchs nächtigte, hatte nichts von der Ausstrahlung des siebziger Jahre Charmes verloren. Das eine Fenster öffnete sich zum Bach hin, der direkt am Haus entlang floss. Wie früher tummelten sich Enten und ein paar Gänse in dem Gewässer.

Jeden Vormittag unternahm Leon kleine Streifzüge, die ihn entlang der Wege seiner Kindheit und Jugend führten. Er nutzte die Zeit zwischen seinen Nachforschungen, um auf Spaziergängen durch die kleine Stadt altbekannte Ecken und Winkel aufzusuchen, die in seiner Kindheit und Jugend eine Rolle gespielt hatten. Bei seinen kurzen Besuchen früher hatte er sich noch nie bewusst auf Spurensuche begeben. Einige ältere Menschen, denen er begegnete, erkannten ihn wieder, sprachen ihn an, freuten sich, ihn einmal wieder zu sehen. In den faltenreichen Gesichtern erkannte er die Zeit, die verstrichen war, seit er von hier fortgegangen war. Er fühlte sich wohl inmitten so vieler Erinnerungen.

Seine Kindheit hier war wie ein Bilderbuch, bunt und fröhlich. Hier hatte er glückliche Jahre verbracht. Quer gegenüber dem Haus seiner Eltern wohnte sein Freund Peter. Mit ihm verband er nicht nur den Drang zum Spielen, sondern auch die große Sehnsucht, aus diesem Leben etwas zu machen. Mit Peter rauchte er seine erste Zigarette, heimlich, nach dem Kegeltraining, auf einer kleinen Wiese mit vielen Birken, direkt am kleinen Bach, der die beschauliche, mittelalterliche Stadt durchzog. Peter war so groß wie Leon, aber etwas dicklich. Doch das glich Peter beim Langlaufen locker aus. Leon konnte zwar besser rennen, Peter hatte aber viel mehr Ausdauer als Leon.

Beim Sport in der Schule spielten beide wann immer es ging in der gleichen Mannschaft und sie litten beide darunter, wenn wieder einmal Reckturnen auf dem Programm stand. Wer zum Teufel hatte dieses Reckturnen nur erfunden? Der feste Griff um die Stangen war ja noch irgendwie entspannend, vor allem, weil man den Körper dabei so richtig hängen lassen konnte. Aber schon bei den ersten Bemühungen, den Körper mit den Händen nach oben zu ziehen, damit er in einer runden Bewegung um die Stange herumgeführt werden konnte, misslang beiden ständig. Da hingen sie wie schlappe Säcke, denen es an Energie fehlte, sich mit Hilfe der Arme empor zu ziehen. Das gab dann im Winter zumeist eine Vier im Turnen, weil diese Turnlehrer, die muskulär wie Bären waren, die Winterzeit fast ausschließlich dazu nutzten, mit den Schülern Boden- und Reckturnen zu üben. Eine

Zeit, in der Leon und Peter öfters krank waren. Halsschmerzen, Kopfweh, Fieber. Krank vor Sehnsucht nach dem Sommer.

Leon lernte als Erstsprache Latein, Peter Englisch. Was dazu führte, dass sie im Gymnasium nicht in die gleiche Klasse gingen, sondern in Parallelklassen. So war der Sportunterricht, bei dem die beiden Parallelklassen zusammengelegt wurden, die einzige Möglichkeit, ihre Freundschaft auch in der Schule zu manifestieren. Später spielten sie gemeinsam in einer Band, verbrachten ihre Zeit in der Naturfreundejugend und litten bei ihren kläglichen Versuchen, sich dem weiblichen Geschlecht zu nähern. Nach dem Gymnasium kam die Zeit, als sich ihre Wege trennten. Peter wurde Finanzbeamter, was Leon nie nachvollziehen konnte, Leon Redakteur. Ab und an kreuzten sich ihre Wege, wenn sie beide zufällig mal wieder zu Hause bei den Eltern waren. Dann gingen sie auf ein oder mehrere Biere in den Biergarten der Brauerei nebenan. Und alles war dann ein bisschen wie früher in der Kindheit. Ein paar Jahre später heiratete Peter eine Krankenschwester. Die nächste Nachricht, die Leon über Peter erhielt, war, dass er an Lungenkrebs gestorben ist. Mit fünfundzwanzig Jahren. Einfach tot. Leon hatte keine Möglichkeit von seinem Freund Abschied zu nehmen. Es war Leons erste schockierende Erfahrung, die er als Erwachsener mit dem Tod machte. Noch dazu mit dem Tod eines Freundes. Leon hatte dabei nicht einmal so sehr der Tod seines Freundes beschäftigt, als die Tatsache, dass er den Kontakt zu Peter nicht in der Art und Weise aufrecht erhalten hatte, wie es sich für eine Freundschaft geziemt hätte.

Jene Tage der Kindheit, die Leon und Peter durchlebten, vollzogen sich permanent nach dem gleichen Ritual: Zunächst galt es die Hausaufgaben zu erledigen, dann ging es hinaus, um mit Freunden Cowboy zu spielen am Bach. Bei schlechtem Wetter bauten sie sich auf dem großen Esszimmertisch Traumwelten aus Legosteinen oder fragten sich beim Autoquartett gegenseitig die schnellsten Sportwagen ab. Abends kamen sie fast immer verschmutzt nach Hause. Dann wurden notdürftig die Finger gewaschen und Abendbrot gegessen. Der Höhepunkt des Abends war für Leon dann der Besuch bei seiner Oma, die nebenan wohnte. Hier konnte er Fernsehen schauen. Graf Yoster gab sich die Ehre und Jeanie, der bezaubernde Flaschengeist, sorgte für köstliche Unterhaltung. Bei Leon zu Hause stand zu dieser Zeit noch kein Fernseher, der kam erst, als die Olympischen Spiele 1968 in Mexico stattfanden. Mitten in der Nacht gab es dann schwarzweiße Bilder von Bob Beamen, als er mit acht Metern neunzig einen fabelhaften Weltrekord im Weitsprung aufstellte. Seit dieser Zeit stand der Fernseher immer am gleichen Ort, auf jenem Sideboard im Esszimmer, dort, wo sich das Leben der Familie täglich abspielte. Das Wohnzimmer, früher eine Ausstellungshalle für Opas Schreinerkünste, wurde nur besucht, wenn die Familie Weihnachten feierte, oder sich aus irgendeinem Anlass Besuch einfand, der es wert war, dort empfangen zu werden. Die Frage, warum man dies ein Wohnzimmer nannte, stellte sich Leon schon damals verzweifelt. Es war mehr eine »gute Stube«, die, weil man sie im Prinzip nicht benötigte, auch selten beheizt wurde.

Leon war von einem seiner Spaziergänge zurückgekehrt und entschloss sich ein Bad zu nehmen, um sich zu entspannen. Beim Betreten des Badezimmers spürte er, dass auch hier die Zeit stehen geblieben war. Warum waren ihm diese Art der Erinnerungen nicht früher gekommen, als er hier zu Besuch war? Warum hatte er nicht vor einem Jahr, als er seinen Vater besuchte, diese Gedanken an früher? Was war der Grund für dieses Versinken in die Vergangenheit? Geben Trennungen Anlass an das Vergangene zu denken? Im Badezimmer roch es noch immer nach Old Spice, einem Eau de Toilette, das er seinem Vater immer wieder zu Weihnachten geschenkt hatte, weil es ihm an der Fantasie für Geschenke gemangelt hatte. Die alte Keramikbadewanne erstrahlte wie damals im sauberen Weiß. An der oberen Ecke, direkt neben dem Fenster, entdeckte Leon das notdürftig reparierte Loch, das er als Jugendlicher in die Wanne geschlagen hatte, als ihm eine Glasschale mit Badesalz aus den Händen geglitten war. Nur der Kohleofen, der früher das Badewasser erwärmte, war längst ausgebaut. An seiner Stelle stand ein kleines Regal, in dem Handtücher, Seifen und Cremes eingeordnet waren. Das übrige Bad sah noch immer so aus wie früher. Der Boden war mit kleinen, bunten Kacheln ausgelegt, die Einrichtung bestand vornehmlich aus zwei kleinen Schränken und einem Heizstrahler über der Tür. Leon erinnerte sich. Gebadet wurde damals nur an Samstagen. Eine Zentralheizung gab es noch nicht und so schürte sein Vater mit Koks und Kohlen zu Beginn des Nachmittags den großen Ofen im Badezimmer an. Wenn das Wasser heiß genug war, circa eine Stunde bevor im Radio die Übertragung der Fußball-Bundesliga mit Oskar Klose und Heinz Maegerlein begann, musste er sich den Dreck der Woche von seinem Körper schrubben. Leon hasste diese Prozedur, weil seine Mutter, nachdem er sich fein säuberlich mit Seife von oben bis unten gewaschen hatte, genau diesen Augenblick abpasste und ihm zum krönenden Abschluss dieser samstäglichen Zeremonie die Haare wusch. Proteste waren da völlig sinnlos. Notfalls wurde ihm damit gedroht, dass er die Bundesligaübertragung im Radio nicht hören durfte. Oh, nein, bloß das nicht! Und obwohl seine Mutter das Waschen der Haare stets mit aller Zärtlichkeit und Vorsicht zu tun pflegte, lief das Haarwaschmittel jedes Mal wieder in Leons Augen. Und das brannte wie Feuer. Die Vorfreude auf das Zuhören der Bundesligaübertragung war jedoch so groß, dass der brennende Schmerz bald vergessen war.

Leons Rundgänge durch die kleine Stadt waren nichts anderes als das Flanieren in Erinnerungen an das kleinstädtische Leben von damals. Der einstige Tante Emmaladen gleich um die Ecke, beherbergte jetzt einen kleinen Sportartikelladen. Hier hatte es für Leon von der netten Elli, der alternden Jungfrau und Tochter der Besitzerin, schon beim Einkaufen von einem halben Pfund Butter jedes Mal eines der goldgelben Karamellbonbons gegeben. Mit einem lächelnden Gesicht und einem kurzen »da, für Dich«, hatte es Elli ihm in die Hand gedrückt. Der Bäcker, bei dem es duftende Mohn- und knusprige Milchbrötchen gab, befand sich gleich quer über der Straße. An den Sonntagen im Sommer, wenn es warm war und Leon kurze Hosen und Sandalen trug, durfte er mit einer bundbemalten Glasschlüssel zum Café Banger gehen und Eiskugeln holen. Nachtisch nach dem Sonntagsbraten mit rohen Klößen. Besonders das Erdbeereis war ein Leckerbissen, was des Öfteren dazu führte, dass er schon unterwegs mit bloßen Fingern das Erdbeereis herausgepickt und gegessen hatte und dann zuhause sagte, es habe nur Vanille- und Schokoeis gegeben. Auch das Café Banger war längst Vergangenheit. Hier wurden jetzt Textilien verkauft. Überall in seinem Elternhaus roch es nach diesen Erinnerungen. Als das Haus, kurz nach dem Krieg erbaut, Ende der sechziger Jahre ausgebaut wurde, erhielt Leon sein erster eigenes Zimmer. Hier in der ehemaligen kleinen Küche richtete er sich sein Refugium ein. Ein Ort, in dem er seine Geheimnisse verbergen konnte, ein Schlüssel für den Schrank, in dem er heimlich Zeitungsausschnitte aus der Bravo aufhob und die Briefe seiner Brieffreundin fein ordentlich ablegte. Ein Panzerschrank der Gefühle, die eine Pubertät nun einmal ausmachen. Die Möbel, die alle noch sein Opa geschreinert hatte, an den er sich nur schemenhaft erinnern konnte, weil er schon starb als Leon erst zweieinhalb Jahre alt war, waren mit weißer Lackfarbe gestrichen. Sie glänzten auch nachts, wenn er heimlich die kleine Nachttischlampe angeschaltet hatte, um in einem Buch zu lesen. Hier in diesem Bett, mit den zu jener Zeit üblichen dreiteiligen dunkelblauen Matratzen, die mit den Jahren immer mehr quietschten, verband er eine Menge Erinnerungen. Hier onanierte er das erste Mal. Eines der einschneidenden Erlebnisse eines Heranwachsenden, der gar nicht verstand, was sich da mit ihm abspielte. Was wusste er schon von seinem Penis? Er hatte bis zu diesem Zeitpunkt nur dazu gedient, Urin abzulassen. Ansonsten war es ein Anhängsel, das er mit sich trug, eingepackt in Unterhosen, die damals alle noch weiß waren, unschuldig weiß. Und plötzlich hatte er da seinen Penis in der Hand, drückte ihn, schob ihn hin und her und spürte, wie er von Moment zu Moment dicker und länger wurde. Dieses Wohlgefühl dabei ließ ihn nicht davon ab, den sanften Druck auf sein Glied zu verstärken. Wilde Fantasien durchkreisten seine Gedanken. Alles war viel schöner, als er es in der Bravo gelesen hatte. Was waren schon diese trockenen Beschreibungen in dieser Zeitschrift gegen die subjektiven, persönlichen Empfindungen, die Leon dabei empfand? Niemand hatte ihm erzählt, was tatsächlich in einem heranwachsenden Mann dabei vorgeht. Wer sollte ihm davon auch erzählt haben? Es waren Geheimnisse, die man nur für sich erleben konnte. Glücksmomente, die rasch vorüber waren, nur für einige Momente anhielten. Dieses prickelnde Gefühl, als er seinen erster Samenerguss hatte. Das war, als wollte man aufschreien mitten in der Nacht, als wolle man in das kleine Zimmer hinein schreien »Juche, klasse, super, ich hab`s geschafft!« Leon schrie es aber nicht in die

Nacht und schon gar nicht ins Zimmer hinein, denn zwei Zimmer weiter schliefen die Eltern. Mutter wäre aus dem Bett gesprungen und hätte nach dem Rechten gesehen. Ach ja, seine Mutter. Nachdem das mit der Ejakulation passiert war, dachte er schon an Morgen, denn er ahnte, dass seine Mutter von diesem intimen Erlebnis beim Betten machen am nächsten Tag aufgrund der nicht wegzuwischenden Spuren erfahren würde. Doch er wusste auch, dass ihn seine Mutter nie darauf ansprechen würde. Sexualität war in dieser Zeit und auch später in diesem Hause kein Thema. Es gab sie zwar, aber niemand sprach darüber. Warum auch?

Es gab bedeutend Wichtigeres in dieser Zeit. Cat Stevens zum Beispiel und dieses permanente Gefühl des Frieden-machen-Wollens, obwohl es auf dem Lande doch immer so friedlich zuging. »My Lady D`Arbanville«, »Morning has broken«, nicht zu vergessen Leonhard Cohens »Suzanne« und seine verschmutzen Gedichte, lange bevor überhaupt jemand den Namen Bukowski aussprechen konnte. Ja, es war eine verdammt schöne Zeit. Leon erinnerte sich gerne. Es war die Zeit des Friedens, obwohl überall aufgerüstet wurde. Es war zu dieser Zeit ganz normal, dass man einen englischen Satz auch dann irgendwie verstand, obwohl man noch überhaupt keinen Englischunterricht in der Schule hatte. Dieses »Give peace a chance« war die Orientierung einer Masse von jungen Menschen, die angetan von amerikanischen Liedermachern im eigenen Land den Frieden beschworen, während in der restlichen Welt die Maschinengewehre knatterten, der kalte Krieg eifrig tobte und Franz-Josef Strauß Bayern regierte. Ein Menschlein wie Leon konnte sich indes keine schönere Idylle wünschen. Später hörte er nach elf Uhr abends im Bett heimlich aus dem tragbaren Transistorradio, der auf seinem Nachttischschränkchen stand, »Gute Nacht, Freunde«, eine Sendung auf Bayern drei. Poetisches Geplaudere mit sanfter Musik von Joan Baez, Bob Dylan oder Alexandra.

Als er fünfzehn Jahre alt war, hatte er bereits einen Bart, der schon mehr hergab als der übliche Flaum eines pubertierenden Jungen. Leon war irritiert darüber. Spätestens jetzt schien alles darauf hinzulaufen, dass er erwachsen wird. Die Haare, die anfangs gekräuselt auf seinen Wangen und oberhalb der Lippen wuchsen, kratzten. Jeden Tag überlegte er, ob er sich mit dem Rasierschaum und Bartschneider seines Vaters diese schwarzen Haare abschneiden sollte. Jeden Morgen stand er vor dem Spiegel im Bad und schaute in sein Gesicht. Der Bart wuchs und wuchs. Nein, abschneiden wäre nicht gut gewesen. Wahrscheinlich hätte er statt dessen furchtbare Pickel auf seiner Haut bekommen, so wie all die anderen in seiner Klasse. Nein, dann schon lieber diesen Bart, der ab und zu fürchterlich kratzte. Diese Fülle der Erlebnisse, die sich da ergab, vollzog sich nie wieder in dieser rasanten Aneinanderreihung. Zu seinem fünfzehnten Geburtstag hatte er endlich einen eigenen Plattenspieler mit integriertem Verstärker geschenkt bekommen. Ein Dual-Plattenspieler, einer von der Sorte, von der seine Mitschüler weiter nur träumen durften. Zweimal fünfzehn Watt, toll! Eine Supermaschine. Ein Klang wie im Kino, kein Wunder, in dieser Zeit dachte noch niemand an Dolby-Surround. Und immer dann, wenn er wieder Taschengeld für eine neue Langspielplatte angespart hatte, sprach sich das unter seinen Freunden und Bekannten wie ein Lauffeuer herum. Wenn das Postpaket vom Zweitausendeins-Versand, da wo jeder in seinem Alter die Platten und Bücher bestellte, endlich begierig aufgerissen worden war, wurde es eng in seinem kleinen Zimmer. Dann saßen alle Freunde auf dem mit Blümchenmuster verzierten Teppichboden, der so schön wärmte und hörten stundenlang nur diese eine neue Platte. Die alten Doppelfenster des Zimmers wurden dabei aufgerissen, der Lautstärkeregler des Verstärkers nach oben gedreht, damit auch die Nachbarn noch teilhaben konnten an der neuen Musik. In diesem jungen Leben war Musik drin. Abends im Bett zog Leon dann den Kopfhörer auf und genoss die Musik so laut es ging. Led Zeppelin, die Beatles, die Stones und Janes Joplin oder Mike Oldfield mussten einfach laut gehört werden. Es waren Melodien, die die Nächte versüßten, Sehnsüchte weckten und Träume wachriefen.

Es war auch die Zeit, in der Leon begann Heinrich Böll zu lesen. Warum ausgerechnet Böll? Ach ja, Böll war auch so ein bisschen Frieden. Er predigte den Aufbruch in eine neue Gesellschaft, verstand das Aufbegehren der jungen Leute gegen die Politik dieser Zeit. Böll war Abstand vom Alltäglichen in Mitten eines Voranschreitens in eine neue Epoche. Ende einer Dienstfahrt, die irischen Tagebücher. Literatur, deren Sprache und Inhalt Leon faszinierten. Es waren Bücher, die für ihn geschrieben waren. Er verschlang sie regelrecht. Nächtelang las er, den Kopfhörer auf und dennoch konzentriert. Später schenkte ihm sein Vater Bölls Gesamtwerk in zwölf Bänden. Da hatte jemand gespürt, dass Leon aus dem Alter herausgewachsen war, Enid Blytons »Fünf Freunde« zu lesen. Ein besonderes Geschenk für Leon, eines, an das er sich immer wieder mit Freude erinnerte.

Die Schule indes berührte Leon nicht besonders. Er war sich zwar der Notwendigkeit bewusst, etwas Tiefergehendes über die Dinge des Lebens lernen zu müssen, doch das, was es da vor allem zu erfahren gab, wurde von einer ihn anödenden Langeweile vorgetragen, die dazu führte, dass Leon seine Gedankenwelt dieser fortwährenden Prozedur nicht unterordnen konnte. Wie abstoßend dieses Absitzen des Unterrichts sein konnte, musste Leon bereits in der Grundschule erfahren.

Damals, als es üblich war, dass auch Nonnen ihr Wissen in Fächern wie Religion, Hauswirtschaft oder Werken vermitteln durften, sammelte er notgedrungen Erfahrungen, wie unfähig diese Gottesdienerinnen waren, pädagogisches Feingefühl zu zeigen. Eines Tages, als er in der dritten Klasse wieder einmal irgendwelche Topflappen häkeln musste, dafür aber keinerlei Gespür entwickeln konnte, erhielt er von der alten Nonne, die ihnen zum Unterricht vorgesetzt wurde, zwei Kopfnüsse, die eine große Beule auf seinem Kopf zur Folge hatten. Von da an litt seine ihm anerzogene Vorstellung über die Güte Gottes, die vor allem beinhaltete, dass Gott nichts Böses gegen Kinder im

Schilde führe. Tagelang hatte er eine große Beule auf seinem Kopf, die auch dann noch schmerzte, als sein Vater energisch gegen diese Art der pädagogischen Führung bei der Schulleitung protestiert hatte.

Vorgänge wie diese flößten Leon keineswegs die Achtung vor der Autorität von Lehrerinnen und Lehrern ein, im Gegenteil, sie blockierten sie. Schon in diesem Frühstadium seines Schülerdaseins hatte er damit den Entschluss gefasst, nie Lehrer werden zu wollen.

Diese ständig anwachsende Ablehnung gegen alles Schulische setzte sich im Gymnasium fort. Mathematische Formeln hasste er wie Linsensuppe, nur dass er sich diesen Formeln nicht ganz so widersetzen konnte. Wozu braucht der Mensch nur Mathematik? Eine Frage, die er sich ständig stellte und doch nie eine Antwort darauf bekam. Dafür interessierte er sich für andere Fächer um so mehr. Deutsch, Sozialkunde, ja, das waren Fächer, die Bedeutung hatten.

Die Sprache eben ist es, die uns bildet, meinte er einmal zu seiner betagten Mathematiklehrerin und verließ daraufhin ganz spontan den Unterrichtsraum. Seine Lehrerin war so verblüfft über diese Aussage, dass sie vergaß, ihm nachzugehen und zurück zu holen. Leon schlenderte vor der Schule auf und ab und begab sich Gedanken versunken in das Café Beck, in dem sich alle Schüler trafen, die nichts Besseres im Sinn hatten.

Hier wurde auch schon mal ein Bier getrunken, vor allem aber eine Bratwurst im Schlafrock gegessen. Dies war nichts anderes, als eine Bratwurst, die in einer Teigstange eingebettet war. Ein Genuss, diesen Geschmack der frischen Kümmelstange und knackiger Wurst zu genießen. Biss für Biss eine Wohltat für den Magen. Keine Gedanken an die Schule. Hier waren die Schüler zuhause und wenn der Beck Zeit hatte, setze er sich zu ihnen und plauderte mit ihnen über Gott und die Welt. Eine Kundenbeziehung, die kein Geschäftsmann besser verstand. Die Bratwurst im Schlafrock war einer dieser Delikatessen, an die sich Leon auch in seinem Erwachsensein ständig erinnern musste, wenn er Hunger verspürte. Die Bratwurst im Schlafrock schmeckte nach Abstand zur Schule, nach Muße, nach Pause von all der stereotypen Alltäglichkeit, die vor der Tür des Cafés vor sich hin plätscherte.

Des anderen Tags, als ihm seine Mathematiklehrerin in der Schule über den Weg lief, entsann er sich seines abrupten Auszugs aus der Klasse und war auf alles vorbereitet, nur nicht auf das, was Frau Kleunitz ihm dann sagte: »Leon, du hast mich erschreckt mit deinem plötzlichen Wutausbruch, aber du hast mich auch zum Nachdenken gebracht.«

Leon wollte kontern, dass es sich keineswegs um einen akuten Wutausbruch gehandelt habe, aber er ließ die Worte im Munde stecken. Er war still. Er war völlig überrascht. Frau Kleunitz hatte ihm den Atem genommen. Er konnte in diesem Moment auch gar nichts sagen, denn eine solche Reaktion hatte er von seiner Mathematiklehrerin nicht erwartet. Leon wollte plötzlich bedauern, sagen, dass es ihm leid tue für seinen Auftritt, aber er schwieg. Er war sprachlos. Und noch sprachloser war er, als Frau Kleunitz ihm sagte, dass sie auf einen Verweis verzichte, sich aber wünsche, dass er zumindest den Versuch unternehmen würde, die nächste Mathematikstunde wieder zu besuchen und dabei zumindest unauffällig zuzuhören.

Leon hatte mit allem gerechnet, damit aber nicht. Und dann stotterte er ganz leise, aber durchaus mit Bedacht, ein »Entschuldigen Sie bitte, Frau Kleunitz, es kommt nicht wieder vor«. Ob Frau Kleunitz das hörte, erfuhr Leon nie, denn als er diesen Satz ausgesprochen hatte, war seine Mathematiklehrerin längst schon weiter gegangen. In dieser Situation half es auch nicht, der besonnenen Lehrerin erklären zu wollen, warum und weswegen er so reagiert hatte im Unterricht. Nein, jede Erklärung hätte dieses Friedensangebot wohl wieder zunichte gemacht. Nie und nimmer hätte sich Frau Kleunitz irgendwelche fadenscheinigen Erklärungsversuche eines Pennälers wie Leon anhören wollen. Der Wunsch danach war indes in Leon vorhanden. Wie gerne hätte er Frau Kleunitz versucht zu erklären, dass sein Bedarf an Mathematik mit dem Erlernen des Pythagoras und des Dreisatzes gedeckt sei und er sich nun nur noch dem wie auch immer gearteten Zelebrieren der Sprache widmen wolle. Aber nein, wie sollte jemand so etwas verstehen.

Diese Begebenheit schärfte in Leon die Überzeugung, dass Lehrer durchaus auch nachdenkliche und besonnene Menschen sein können. Und es begab sich, dass Leon fortan – wenn auch nicht unbedingt mit Begeisterung – keine Mathematikstunde bei Frau Kleunitz mehr schwänzte. Die besten Noten erhielt Leon in Kunst. Die Eins war eine Bank. Er konnte fehlen, die ganze Zeit während des Unterrichts mit seinen Mitschülern quatschen oder mit Ausdauer zum Fenster hinaus auf den Sportplatz schauen, wenn die Mädchen der Parallelklasse sich in Leichtathletik übten. Vor allem Antonia hatte es ihm angetan. Ein großes, schlankes Mädchen mit dunklen, schulterlangen Haaren und einem wunderschönen Busen, der gut verhüllt in einem Büstenhalter selbst anstrengende Hundertmeterläufe ohne Busen schwappende Bewegungen überstand. Sie war von weitem schon zu erkennen. Und wehe, sie war krank. Das war nicht auszuhalten. Es war entsetzlich. Jede Kunststunde wurde dann zum Überlebenskampf. Leon war verliebt. Das erste Mal so richtig verliebt. Mit Bartansatz und bis in den Nacken reichenden, gelockten Haaren. Antonias Erscheinen auf dem Rasen des Sportplatzes war für ihn ein sich ständig wiederholender Film, eine Fortsetzungsserie mit sich langsam annähernden Blickkontakten durch das große, mit dicken Rahmen begrenzte Fenster im Kunstsaal des Gymnasiums. Leon freute sich auf die Doppelstunde Kunst, jeden Donnerstag, wenn auch nicht der Kunst, sondern der genießerischen Momente wegen. Im Winter verblasste seine Stimmung in diesen neunzig Minuten merklich. Die Frage, warum er immer eine Eins in Kunst erhielt, ist damit natürlich nicht beantwortet. Zumal die Neigung für künstlerische Tätigkeiten im allgemeinen bei Leon sehr gering ausgebildet war. Doch all das verhinderte seine gute Zensuren nicht. Wenn er malte, sah es nach ungestümen Ausbrüchen eines geistig verwirrten Menschen aus. Er hatte den Drang, blaue Berge zu malen, schwarze Flüsse und weiße Sonnen. Leon tat dies nicht aus Provokation. Er genoss förmlich diese schier unendliche Fantasie, die aus Gedanken Kunst werden ließ. Erst später, viel später wusste er die Benotung seines Kunstlehrers zu deuten und zu schätzen. Er bemerkte, dass Herr Schubert durchaus die in Leon ruhenden Begabungen unterstützt hatte.

Schubert war ein Sonnyboy. Groß gewachsen, mit dunklen Haaren, markantem Gesichtszügen, aus denen vor allem die grellen, braunen Augen und die spitze Nase hervorstachen. Auf seinem vollschlanken Körper trug er gerne Cordjeans und weiße Hemden. Er musste eine ganze Menge solcher Hemden haben, die immer sorgfältig glatt gebügelt waren. Leon fragte sich, ob Herr Schubert diese weiße Hemden immer selbst bügelte oder von seiner Mutter bügeln ließ, bei der er wohnte. Herr Schubert zählte damals schon zu den Menschen, von denen man wusste, dass sie geschieden waren und er schien nicht das Bedürfnis zu haben, sich erneut in eine wie auch immer geartete, neue Beziehung zu ergeben. Sein legerer Auftritt hatte keinerlei Anzeichen von Autorität. Er ließ die Schüler gewähren, auch wenn der Lärmpegel in der Klasse mitunter der einer Horde von wild gewordenen Kinder auf einem Spielplatz glich. Schubert war mehr als ein Lehrer. Er hatte, wie fast jeder

Gymnasiallehrer, keinerlei pädagogische Ausbildung, dafür aber Kunst studiert. Und das unterschied ihn vom Rest des Lehrerkollegiums. Leon erkannte erst viel später, dass Lehrer, die Kunst studiert hatten, gar keine besonderen pädagogischen Fähigkeiten benötigten. Sie waren schlichtweg per se Pädagogen, ohne es zu wissen.

Leon war nicht zu seinem Vergnügen da, er sollte schließlich für Adam die Hintergründe über den Mord an dem ehemaligen Bürgermeister Albert Meier recherchieren. Doch wo sollte er anfangen? Er entschloss sich, zunächst einmal zum Haus von Albert Meier zu gehen, um sich ein Bild zu machen über die Umstände, wie sich dieser Mord ereignen konnte. Das Haus befand sich neben dem großen Sägewerk am Ende der langgezogenen Straße, die in die Weinberge abzweigte, abgelegen von der kleinen Stadt. In der Bevölkerung wurde es allgemein das »Bürgermeisterhaus« genannt, weil bereits einige Vorfahren des ermordeten Albert Meier in dieses Amt gewählt worden waren. Damals, erzählte ihm sein Vater, sei es ganz selbstverständig gewesen, dass das Amt des Bürgermeisters von einem Familienmitglied der Meiers ausgeübt wurde.

Von weitem schon sah er neugierige Fotografen, die das Haus von allen Ecken und Kanten fotografierten. Selbst acht Tage nach dem grausamen Mord schien die Tat noch immer interessant für die Presse und andere Neugierige. Das Gelände um das Haus herum war noch von der Polizei abgesperrt. Vor dem Haus liefen zwei Polizisten auf und ab. Wahrscheinlich sollten sie verhindern, dass sich ein Fotograf Zutritt zum Keller verschaffte, um den kleinen Raum zu fotografieren, in dem die grausame Tat geschah. Das Haus, mit Backsteinen im Stil einer alten Villa gebaut, hatte Sprossenfenster und Gauben unter dem Dach. Ebenerdig rings herum sah Leon kleine Kellerfenster. In einem dieser Kellerräume musste es also geschehen sein. Meier lebte allein in dem großen Haus. Täglich kam eine ältere Frau zu ihm, die putzte, seine Wäsche wusch und das Essen kochte. Familienangehörige hatte er keine mehr, Albert war der letzte aus der Dynastie der Meiers. Das Sägewerk hatte er schon vor Jahren verkauft. Leon sah sich alles genau an und prägte sich das, was er sah, in sein Gedächtnis ein. Dann ging er zurück zu seinem Elternhaus.

Leon hoffte über seinen Vater einige Details über den ehemaligen Bürgermeister zu erfahren, der auf so brutale Weise ermordet worden war. Schließlich waren sie fast gleich alt und gingen zusammen in die Schule. Sein Vater war nicht sehr gesprächig, er sagte, was nötig war, antwortete meist nur, wenn man etwas hinterfragte. Ein ruhiger, ein besonnener Mann, den er nie anders erlebt hatte. Er kannte diese kleine Stadt sehr gut, war hier geboren und ging nie richtig weg, nur in den Krieg und das auch nur, weil er dazu verpflichtet wurde. Leons Vater war einer der letzten, die noch von jener Zeit erzählen konnten, die meisten seiner Weggefährten von früher waren längst gestorben oder lebten bei ihren Kindern, die fortgezogen waren aus dieser Stadt.

Zusammen mit seinem Vater begab er sich bei längeren Spaziergängen auf die Spurensuche nach längst Vergangenem. Sein Vater trug dabei wie eh und je seinen langen, hölzernen Spazierstock bei sich, den er bei jedem Schritt im regelmäßigen Takt auf den Boden aufsetzte. An vielen Stellen, an denen sie vorbeikamen, fielen Leons Vater Geschichten von früher ein, als er noch jung gewesen war. Als sie an dem Haus vorbeigingen, das gegenüber dem Eingang zum Biergarten der Brauerei stand, blieb er stehen und erzählte davon, dass sich hier die ehemalige Synagoge befunden hatte. Ein Bau, der gar nicht aussah, als sei er einmal das Gotteshaus der Juden gewesen, die hier lebten. Die Synagoge war in der Reichspogromnacht 1938 in Brand gesteckt worden und abgebrannt. Jahre später entstand aus dem Schutt ein schlichtes Gebäude mit ganz normalen Fenstern, keine große Glasfronten, ein völlig unauffälliges Haus. Leon erinnerte sich nur, dass dieses Haus in seiner Jugend immer leer gestanden hatte. Jetzt war es bewohnt. Sein Vater erzählte, dass es früher einige Juden in Zellberg gegeben hatte. Er selbst habe viele gekannt, die dann nach und nach alle verschwunden waren, weil die Nazis auch hier alle Juden vertrieben oder in Konzentrationslager eingesperrt hätten. Vater erinnerte sich an den blonden Samuel, der schräg hinter der katholischen Kirche mit seinen Eltern gewohnt hatte. Samuels Vater hatte ein Schuhmachergeschäft. Er habe so gute Schuhe gemacht, dass sogar reiche Kunden aus Nürnberg zu ihm gekommen seien, um hier ihre Schuhe fertigen zu lassen. Mit diesem Samuel und auch dem Albert Meier sei er in die Grundschule gegangen. Sie hätten oft miteinander gespielt und so manche Streiche angestellt. Zwei Tage nach der Reichskristallnacht sei Samuel nicht mehr in die Schule gekommen. Zuerst habe man erklärt, er sei krank, dann habe sich herumgesprochen, dass er mit seiner Familie die Stadt verlassen habe. Warum, das habe man ihnen nicht erzählt.

Wenn der Vater von früher erzählte, ergriff Leon diese Sehnsucht, in den Zeiten der Jugend seines Vaters aufgewachsen zu sein, obwohl er sich durchaus im Klaren darüber war, dass dies nur eine scheinbare Idylle auf dem Land gewesen war. Eine Idylle, die hart umkämpft aber voller erlebnisreicher Momente war, eingebettet in die Güte seiner Mutter, die das Leben nur als Kampf erleben durfte, dies aber schicksalshaft ertragen hatte. Leons Vater war kurz nach Ende des Ersten Weltkriegs im Elternschlafzimmer geboren worden und nie bestrebt, den väterlichen Schreinerbetrieb einmal zu übernehmen. Trotzdem erlernte er diesen Beruf, beendete ihn sogar als Innungsbester zum Stolz seines Vaters, der viel zu früh sterben musste. Da war Leon erst knapp zwei Jahre alt und versuchte gerade zu begreifen, dass das Leben schön sein kann.

Leons Vater hatte als Bester die Mittelschule besucht und, obwohl es damals Schulgeld kostete, die Erlaubnis seiner Eltern erhalten, das weiterführende Gymnasium in einer größeren Stadt zu besuchen. Geld für den Zug hatten seine Eltern nicht und so musste er jeden Tag hin und zurück über fünfzig Kilometer mit dem Fahrrad fahren, egal ob es regnete oder schneite. Und dann, als er sich seinen Traum vom Medizinstudium erfüllte, da begann der Zweite Weltkrieg. Nach zwei Semestern musste er sein Studium abbrechen, er wurde vom Militär eingezogen und musste an die Westfront. Der Traum war aus. Die Bitternis des Lebens hatte seinen Lauf genommen. Sein Vater wollte nie in den Krieg, es widerstrebte ihm, eine Waffe zu tragen und diese gegen jemanden zu richten. Und so waren auch die Erlebnisse seines Vaters in diesem schrecklichen Krieg Teil der vielen Gespräche, die Leon und er bei ihren langen Spaziergängen führten. Sein Vater war – und das erfüllte Leon mit Stolz – einer der Menschen, die nichts Berauschendes an diesem makabren Spiel Hitlers fanden. Seine Schilderungen lebten von dem Leid, das er überall erleben musste, von den Soldaten, die willkürlich in den Tod getrieben wurden, von Zimmergenossen, die des anderen Tags nicht mehr da waren, weil sie von irgendwelchen Kugeln getroffen worden waren. Doch es waren auch die schönen Erinnerungen, die sein Vater dann in schillernden Farben erzählte. Das Gute als bleibende Erinnerung an das Schreckliche im Gesamten. Manche Erinnerungen an das, was Leons Vater in Frankreich und später in Russland erlebte, glichen mehr Erlebnissen aus einem Urlaub. Wenn er erzählte, wie er von der Bäuerin auf einem Bauernhof im französischen Nîmes immer ein extra Stück frischer Butter erhielt, die Eier der Hennen nicht nur groß und dunkel, sondern auch viel besser schmeckten als alle Eier, die er später gegessen hatte, die hausgemachte Wurst mit keiner anderen auf der ganzen Welt vergleichbar gewesen sei und Josephine, die dunkelhaarige Tochter der Bäuerin ihn derart fasziniert habe, dass er sie, wann immer es ging, spazieren führte entlang des Flusses, der sich der kleinen Ortschaft vor den Toren Nîmes entlang schlängelte. Und fast schien er dabei zu bedauern, dass es nur beim Spazierengehen geblieben war.

Leons Vater war mit dem ermordeten ehemaligen Bürgermeister Meier einige Jahre in die Schule gegangen. Sie kannten sich von Kindesbeinen an, hatten aber nie einen Kontakt, den man Freundschaft nennen konnte. Leon erfuhr von seinem Vater, dass dieser Meier schon immer den Drang nach Höherem verspürt hatte, obwohl er kein Gymnasium besucht hatte, weil er viel zu schlechte Zensuren aufwies. Aber dieser Meier habe schließlich alles das besessen, was sich andere hart erarbeiten mussten oder nie in ihrem Leben erreichen konnten: Eine reiche Familie mit einem großen Sägewerk, ein großes, villenartiges Haus mit Personal und natürlich die Chance, wie viele seiner Familienangehörigen vor ihm auch, Bürgermeister zu werden. Leons Vater erzählte, dass auch Albert Meiers Vater Hilbert Bürgermeister gewesen sei. Als Mitglied der Zentrumspartei hätte er nach der Machtübernahme durch Hitler nie Bürgermeister bleiben können. Da habe Hilbert Meier die Farbe seines Rocks geändert und sei in die NSDAP eingetreten. So einfach sei das damals gewesen, erzählte Leons Vater.

Für den jungen Albert Meier hätten alle Türen offen gestanden, um etwas aus seinem Leben zu machen, auch ohne besonders gebildet zu sein.

Seine Familie habe schon vorzeitig erkannt, dass sie die Machtübernahme Hitlers auch für sich nutzen konnte. Da waren sie nicht die Ausnahme. Albert sei einer der ersten gewesen, der in die Hitlerjugend eingetreten sei. Das habe nicht nur ihm, sondern natürlich auch seiner Familie Pluspunkte beschert. Ein schleimiger Kerl sei er gewesen, der Albert, erzählte Leons Vater. Einer von der Sorte Menschen, die nur darauf gewartet hätte, dass jemand etwas gegen Hitlers Pläne sagen würde.

»Sie waren aber immer freundlich zu den Menschen hier, sie haben ihnen ja auch Arbeit gegeben und die war auch gerade hier auf dem Land in der damaligen Zeit wichtig«, erklärte Leons Vater.

Ja, freundlich waren sie, diese Meiers. Daran konnte sich auch Leon noch erinnern. Letztendlich hatte jener Albert Meier die Nazi-Zeit wie so viele andere auch ohne Tadel überstanden. Er musste auch nicht in den Krieg ziehen, weil er als Dreiundzwanzigjähriger bereits das Sägewerk seines Vaters übernommen hatte und dafür sorgte, dass Menschen hier Arbeit hatten. Und zu Beginn der sechziger Jahre war er nicht nur Besitzer des größten Sägewerks weit und breit, sondern auch der Bürgermeister dieser kleinen Stadt. Leon kannte diesen Meier natürlich von früher. Er sah ihn vor sich, er war ein stets lächelnder Mensch. Diese Freundlichkeit hatte ihn als Kind und später als Jugendlichen beeindruckt. Er fragte sich immer wieder aufs Neue, wie ein Mensch immer nur so lächeln konnte. Musste das nicht irgendwie in den Wangen weh tun? War das nicht anstrengend, dieses permanente Lächeln? Und dann dieser Stechschritt, den Meier, relativ klein gewachsen, beim Spazierengehen durch die Stadt vollführte. Die Sohlen seiner Lederschuhe hallten noch einige Zeit nach, wenn der Herr Bürgermeister durch die lang gezogene, asphaltierte Straße marschierte, in der das Haus von Leons Familie stand. Leon kannte Herrn Meier als einen höflichen, korrekten Menschen, einen angesehenen dazu. Er stellte jemanden dar, der sich dessen bewusst war, dass seine Familie seit Jahrzehnten schon eine bedeutende Rolle in dieser Kleinstadt spielte. Diese Familie war, wie man es hier ausdrückte, »alteingesessen«, was nichts anderes bedeutete, dass die Familie Meier im Prinzip schon immer in dieser kleinen Stadt lebte und damit auch ihre Spuren hinterlassen hatte. Diese Meiers galten quasi als Ureinwohner dieser kleinen Stadt. Die traditionsreiche Familie spielte damit auch eine bedeutende Rolle, wenn es um die Besetzung von Ämtern ging. So war es nicht verwunderlich, dass aufgrund der männlich dominanten Erbfolge der Meiers auch das Amt des Bürgermeisters seit Jahrzehnten von einem der Ihren ausgeübt wurde.

Für Geschichtsforscher wäre dies sicher ein willkommener Anlass gewesen, sich mit diesem Phänomen wissenschaftlich auseinander zu setzen. Was hätte man da alles hinterfragen, deuten, statistisch auswerten können? Was wäre da bei einer wissenschaftlichen Hinterfragung dieses Familienclans alles ans Tageslicht gekommen? Dallas, Denver lassen grüßen. Alles nichts gegen die Meiers. Doch niemand hielt es für angebracht, sich mit dieser Familie etwas ausführlicher zu beschäftigen.

Auch in den Chronikbänden über Zellberg stand nur das, was eh jeder wusste. Wenn die Bürger immer wieder einen Meier zu ihrem Bürgermeister wählten, war dies mit Sicherheit kein Verstoß gegen das Wahlgesetz oder andere gesetzlichen Verordnungen. Des Bürgers Wille ist auch sein Himmelreich. Zumindest das Reich, in dem er sich wohl fühlt. Und die Bürgerinnen und Bürger dieser kleinen Stadt in Franken schienen sich wohl zu fühlen unter der Hierarchie dieser Meiers.

Auf seiner Suche nach Verwertbarem über diesen Albert Meier durchblätterte Leon alle Chroniken, Zeitungsausschnitte, die er finden konnte. Tagelang saß er in der Bibliothek des Historischen Instituts in Bamberg und durchforstete Zeitungsbände, lokale Geschichtsbücher und Aufzeichnungen der städtischen Verwaltung jener Zeit. Alles, was er dabei herausfand war, dass schon der Ururgroßvater dieses Albert Meier Bürgermeister gewesen war und dass das Holz der Meiers, das sie in ihrem Sägewerk bearbeiteten, in viele Länder geliefert wurde. Diese Familie Meier stellte seit Jahrzehnten den Bürgermeister. Nur von 1946 bis 1949 hatte es einen anderen Bürgermeister gegeben. Den hatten sogar die Sozialdemokraten gestellt. Doch die alten Leute, die damals jung waren und mit denen Leon bei seinen Besuchen in der Bürgerstube der Brauerei über den Fall Meier gesprochen hatte, sagten voller Überzeugung, dass der ja nicht vom Volk gewählt, sondern ihnen von den Amerikanern vorgesetzt worden war. Ein Übergangsbürgermeister, kein richtiger also. So kam es, dass dieser Bürgermeister, der ihnen da vorgesetzt wurde, eigentlich in der Geschichte der Bürgermeister dieser kleinen Stadt keine Rolle spielte. Bei der ersten freien Bürgermeisterdirektwahl war der »Übergangsbürgermeister« wieder in der Versenkung verschwunden. Im Prinzip war er ein überflüssiger Bürgermeister, einer, den niemand wirklich brauchte, schon gar nicht, um die Demokratie in der kleinen Stadt am Main zu predigen und umzusetzen. Schließlich waren alle Bürger dieser kleinen Stadt bodenständige Demokraten. Was auch sonst? Zweifel daran übte zumindest niemand. So waren Anfang 1949 die Verhältnisse in Zellberg wieder gerade gerückt. Bernhard Meier, ältester Bruder von Albert Meier, damals 40 Jahre alt, gewann mit über 84 Prozent der Stimmen die Bürgermeisterwahl. In der Tradition der Meiers war er seinem Vater Hilbert gefolgt, der sich beim Einmarsch der amerikanischen Soldaten in die idyllische Kleinstadt ein Messer ins Herz gestochen hatte. Leons Vater bemerkte dazu, dass man sich in der Stadt erzählte, er sei schwer krank gewesen. Es habe für ihn keine Chance mehr gegeben, gesund zu werden. Da habe er sich aus Verzweiflung erstochen. In Wirklichkeit aber sei es wohl so gewesen, dass dieser Hilbert Meier, der einstmals dem Zentrum angehörte und dann den Nazis hörig diente, zu viel Dreck am Stecken gehabt habe. Die Holzbretter, die im Familienbetrieb dieser Meiers hergestellt wurden, seien unter anderem für den Bau von Baracken in den Konzentrationslager verwendet worden, das wüssten viele Zellberger noch. Genaue Beweise habe man aber nie gefunden. Lieferscheine oder gar Rechnungen darüber hatten sich weder in einer Chronik, noch in der Buchhaltung des Sägewerks finden lassen. So entstanden Geschichten, deren Wahrheitsgehalt keiner so recht nachvollziehen konnte oder wollte.

Leons Vater erzählte, dass Albert, der je tzt siebenundfünfzig Jahre nach dem Ende der Nazizeit vergast in seinem Keller aufgefunden worden war, bei allen erdenklichen Anlässen gerne an die vielen Deutschen erinnert habe, die ihr liebes Vaterland bis zum Tod verteidigt hätten. Sein stets strammer Schritt habe seine Gesinnung noch unterstrichen. Aber er sei keiner gewesen, der in der Öffentlichkeit feurige Reden über Hitlers Ziele gehalten, oder von der Vergangenheit geschwärmt hätte.

Der sechsundachtzigjährige Karl Schneider, zu Jugendzeiten Leons Vorsitzender des Kegelclubs, in dem er aktiv war, erzählte, dass dieser Albert Meier schon als Heranwachsender zusammen mit seinem Vater dafür gesorgt habe, dass viele Juden, die ebenso alt eingesessen gewesen waren wie die Familie Meier, die kleine Stadt mit einem Zugexpress nach Thüringen verlassen mussten. Darunter sei auch die Familie von Samuel, dem Sohn des Schuhmachermeisters gewesen. Meier habe die Namen und Adressen an die amtlichen Stellen weiter gegeben. Mehr habe er nicht tun müssen. Der Rest sei nicht Sache der Meiers gewesen. Und die Tatsache, dass Meier die Adressen der Juden weiter leitete, sei nur ganz wenigen Leuten hier bekannt. »So was steht in keiner Chronik, Leon«, betonte Schneider.

Leon konnte zwar langsam verstehen, warum bestimmte Leute einen Groll auf Meier schürten, er verstand aber nach wie vor nicht, warum jemand daher kam und ihn nach so vielen Jahren vergaste und Kopien eines Lieferscheins und einer Rechnung im Keller hinterließ.

Die alte Christel, einst Besitzerin einer Milchstube, die ihren Mann im Zweiten Weltkrieg an der Ostfront verlor, erzählte Leon von den vielen Weibergeschichten, die Albert Meier gehabt habe. Er habe mit jeder angebandelt, die nicht bei drei auf dem Baum gesessen habe. »Ein Filou«, sagte Christel, »der hat nichts ausgelassen und jeder hat es hier mitbekommen, was er getrieben hat.« Seine Frau Emma sei wohl auch deswegen schon früh an einem Herzinfarkt gestorben. »Die hat das alles einfach nicht ertragen können, was er ihr angetan hat«, erzählte Christel. Kinder hätten sie keine gehabt, »zum Glück«, meinte die alte Christel, die Leute hätten aber gemunkelt, dass er einer seiner Liebschaften ein Kind gezeugt habe.

»Die Leut erzählten, dass es die Goldstein Anni, die Tochter vom Harry Goldstein, dem Bankdirektor, gewesen sein soll. Die waren Juden, aber irgendwann warn die alle weg.« Aber sicher sei das nicht, meinte Christel, die Leute würde ja viel erzählen in so einer kleinen Stadt.

»Aber gsehn hab ich die beiden früher öfters, die gingen immer am Bach entlang spazieren, Richtung Riedwald.«

Von irgendwelchen Geschäften mit den Nazis wusste auch Christel nichts, »aber die Meiers haben mit jedem Geschäfte gemacht, die hatten schon immer eine Gier nach Geld.« All diese Eindrücke, die Leon bei seinen Recherchen in der kleinen

Stadt sammelte, ergaben letztendlich kein geschlossenes Bild von all dem, was hier geschehen war. Keiner konnte jemanden benennen, der so eine Wut auf diesen Albert Meier gehabt haben könnte, um ihn auf diese grausame Weise umzubringen. Wie Leon herausfand, wohnten in Zellberg schon lange keine Juden mehr, die Stadt war siebenundfünfzig Jahre nach Ende des Krieges judenfrei, von der Synagoge war nur das Hinweisschild an dem ehemaligen Gebäude übrig geblieben. Einst hatte die Stadt von den über achtzig Juden hier profitiert, viele von ihnen waren angesehene Geschäftsleute, neben dem Schuhmacher gab es auch zwei Kolonialwarenläden, einen Goldschmied und einen Buchhändler, die Juden waren. Jakob Goldstein, der Vater jener Anni, mit der Meier ein Verhältnis hatte, führte sogar die ortsansässige Bank und war, wie Leon von seinem Vater erfuhr, ein angesehener und durchaus beliebter Mann, der in vielen Vereinen aktiv gewesen sei. Was aus Goldstein und den übrigen Juden geworden war, wusste keiner. Die lapidare Antwort, die Leon auf Nachfrage immer erhielt, war, »die sind alle weg hier.«

Bis auf jener Karl Schneider, Leons Vater und die alte Christel konnte oder wollte ihm niemand etwas Außergewöhnliches über diesen Albert Meier erzählen, der, längst pensioniert, ein ganz normales Leben in dieser Kleinstadt geführt hatte. Meier hatte sich auch nie verantworten müssen für das, was er in der Nazizeit tat. Man stufte ihn als Mitläufer ein, was keine Konsequenzen für ihn und seine

Familie hatte. Meier trug eine weiße Weste, die darunter bräunlich schimmerte.

Waren diese Menschen in Zellberg doch in irgendeiner Weise abhängig von den Wohltaten dieser Familie Meier? Haben sie deswegen jedes Mal mit großer Mehrheit einen der Meiers zum Bürgermeister gewählt? Das große Sägewerk, das die Familie Meier schon seit über einem Jahrhundert besaß, konnte aber nicht der Grund für eine Abhängigkeit sein. Die Firma war zwar für die kleine Stadt relativ groß, sie bot aber nur wenigen Menschen Arbeit. Das Holz, das hier aus der ganzen Region zusammengetragen und verarbeitet wurde, lieferten die Meiers bis nach Süditalien. Fein zugeschnittenes Holz, mal schmal, mal breit, mal dick, mal dünn. Qualität, die damals gefragt war. Holz für Regale, Schränke, Häuser, Fabriken, Scheunen oder sonstige Gebäude, darunter also auch Baracken für die Konzentrationslager. Aber nirgendwo waren Beweise dafür zu finden. Selbst die Kriminalpolizei hatte bereits, anonymen Hinweisen folgend, in alten Aktenunterlagen des Sägewerks gekramt und nichts gefunden, was auf derartige Geschäfte während des Dritten Reichs hingewiesen hätte.

Dieser Albert Meier, der zu Kindheitszeiten von Leon als Bürgermeister diese kleine fränkische Stadt regiert hatte, war ein stolzer und netter Mensch und ein Mensch, der immer korrekt angezogen war. Mit weißem Hemd und Krawatte, dunklem Anzug und einer kleinen Nadel am Revier, die golden glänzte. Für Leon war er die Perfektion eines freundlichen Menschen. Nicht nur des ständigen Lächelns wegen. Wenn Herr Meier durch die

Straßen der kleinen Stadt spazierte, grüßte er freundlich, blieb stehen und war jederzeit zu einem kleinen Schwätzchen aufgelegt, vor allem dann, wenn es sich um junge oder jung gebliebene weibliche Bürgerinnen handelte. Was Leon ebenfalls verwunderte: Dieser nette Mensch sprach Hochdeutsch. Zumindest war er der einzige Bürger dieser kleinen Stadt, den Leon kannte, der auch unter Einheimischen seine fränkische Herkunft sprachlich völlig verleugnete. Warum nur, er war doch im tiefsten Franken zuhause und sogar hier geboren? Jetzt, da Leon mehr über ihn erfahren hatte, fragte er sich, warum dieser Meier immer nur lächelte. Leon hielt es für möglich, dass Menschen, wenn sie irgendetwas zu verbergen haben, vor allem lächeln, wenn sie in der Öffentlichkeit auftreten. Herr Meier könnte ein solcher Mensch gewesen sein. Ein Mensch, der unbescholten tat, der aber in seiner Vergangenheit tiefer im braunen Sumpf verwurzelt gewesen sein musste, als man es sich vorstellen wollte.

Aber was interessierte das jetzt noch? Dieser Albert Meier sah schließlich nur braun aus, wenn er aus seinem Urlaub in Österreich zurückkam, wo er mit seiner Frau Emma jeden Herbst wandern ging. Eine Frau, die, so erinnerte sich Leon, ebenfalls schön lächeln konnte, obwohl ihr dazu sicher nicht oft zu Mute gewesen war. Für Leon war Herr Meier der perfekte Lächler. Einen Menschen, der so freundlich lächeln konnte, sah Leon nie wieder. Doch Meiers Frau, so einer der Zellberger, den Leon am Stammtisch der Brauerei auf dieses Thema angesprochen hatte, die habe an der ganzen

Sache, die man dem Albert vorwerfe wegen angeblicher Machenschaften im Dritten Reich ja gar keine Schuld, die sei ja aus dem Osten gekommen und habe nur eingeheiratet. Und außerdem sei die Sache mit Hitler Schnee von gestern. Mit den Braunen habe man hier noch nie Probleme gehabt. Und wenn einer jetzt sage, der Albert sei ein Brauner gewesen, dann lüge der einfach. »Frag deinen Vater, der hat den Albert Meier ja auch gut gekannt«, riet einer der Alten Leon.

Für Leon stand fest, dass nicht einmal er – oder erst recht nicht er- , der hier aufgewachsen war, eine Chance hatte, etwas Näheres über Albert Meiers Vergangenheit von den Menschen in Zellberg zu erfahren. Man wollte hier seine Ruhe haben, in der Idylle weiter leben. Im Gegensatz zu Leon waren Erinnerungen an alte Zeiten bei diesen Bürgerinnen und Bürgern nicht gewollt. Warum sollte man sich in dieser kleinen fränkischen Stadt siebenundfünfzig Jahre nach dem Ende des Hitler-Reichs Gedanken darüber machen, wie viele heimliche Leichen da noch im Keller so mancher Familie lagen?

Leon fand keinen Hinweis darauf, warum dieser Albert Meier ausgerechnet vergast worden war, die Polizei erst recht nicht. Das einzige, was bekannt wurde, war, dass der oder die Täter das stark ätzende Ammoniakgas von außen in den Kellerraum eingeführt hatten. Das Glas des kleinen Kellerfensters hatte ein Loch aufgewiesen, das nach der Tat zugeklebt worden sei. Das Gas sei nach Angaben der Kriminalpolizei wahrscheinlich durch einen kleinen Schlauch oder ein Rohr in den Kellerraum eingeleitet worden. Ein Gasbehälter wurde nie gefunden, auch kein Schlauch oder Rohr. Da dieser Meier in dem kleinen Kellerraum gefesselt an einem Stuhl aufgefunden worden war, musste sich jemand Zutritt zum Haus verschafft haben. Die Polizei hatte aber weder Spuren eines Aufbruchs, noch verwertbare Fingerabdrücke gefunden. Meier hatte also seinen Mörder ins Haus gelassen, anders war das alles nicht zu erklären. Das Umfeld von Meier hatte die Polizei durchleuchtet. Niemand war auch nur ansatzweise verdächtig, oder konnte Hinweise liefern. Auch die Vernehmung mit der Haushälterin von Meier, die ihn in der Abstellkammer gefunden hatte, brachte keinerlei Erkenntnisse. Überall erntete Leon Schulterzucken. Auch die lokalen Zeitungen hatten sich mit der Zeit damit abgefunden, dass es nichts Bemerkenswertes über die Meiers zu berichten gab. Vielleicht wollte man sie auch nicht in den Dreck ziehen, Stille bewahren, die Vergangenheit ruhen lassen. Zellberg war schließlich eine kleine Stadt, deren Bürger vom Weinbau und den Touristen lebte, die jedes Jahr in Scharen hier herkamen, um vergnügliche Tage zu erleben. Da hatte die braune Vergangenheit keinen Platz. Wer kauft schon Wein in einem Ort, in dem von Nazis die Rede ist?

Die Polizei hatte keinerlei Hinweise auf einen oder mehrere Täter. Sie tappte im Dunkeln. Keine Spuren, die verwertbar erschienen. Auch die hungrigen Boulevard-Journalisten, die sich aufgrund dieser ungewöhnlichen Tötungsart in der kleinen Stadt eingefunden hatten, um Sensationelles zu erfahren und dafür gesorgt hatten, dass die Hotels am Ort schon im Frühjahr voll belegt gewesen waren, reisten resigniert wieder ab. Es gab nichts Sensationelles. Einige Journalisten hatten in ihren Boulevardzeitungen gemutmaßt, der israelische Geheimdienst Mossad sei für den Mord verantwortlich, eine Vermutung, die völlig blödsinnig war. Aber irgendetwas mussten sie ja schreiben, auch wenn es an den Haaren herbeigezogen war. Keiner hatte etwas beobachtet, keiner hatte eine Idee oder wollte eine Idee haben, wer diese bewusste Hinrichtung geplant haben könnte.

Was sollte Leon da berichten? Einen Aufsatz schreiben über das idyllische Leben hier in seiner Heimatstadt? Vom guten dunklen Bier erzählen, dass es in der Brauerei gab? Die kleine Stadt war zumindest in aller Munde für ein paar Wochen, was vielen Bürgern nicht behagte, sie wollten ihre Ruhe haben, den Alltag leben, nicht auffallen. Für einige andere war es ein Geschäft, weil sich viele Journalisten herumtrieben, die in der Stadt übernachteten und einkehrten. Die Kommunalpolitiker nutzten jede Gelegenheit, um von neugierigen Journalisten interviewt zu werden. Sie hatten nicht viel zu sagen, aber das taten sie gerne, um auch einmal in überregionalen Medien genannt zu werden. Hans Breitenbach, der Bürgermeister von Zellberg, wusste auch nicht viel zum Mord von Meier beizutragen, schaffte es aber in einige Nachrichtensendungen des Fernsehens und in einige Hörfunkprogramme. Breitenbach war kein gebürtiger Zellberger, er hatte eingeheiratet in die Brauereidynastie Mauer. Er hatte zuvor als Verwaltungsangestellter in Niederbayern gearbeitet und bis auf seine Frau Edith keinen Bezug zu Zellberg, wurde aber gewählt, weil er so vieles versprach, was andere nicht wagten, zu versprechen. In seinen Äußerungen sprach Breitenbach immer nur von der Idylle in seiner Stadt und den Menschen, die friedlich zusammenleben würden und dass es hier ja seit Jahrhunderten schon so guten Wein und süffiges Bier gebe.

Die gelegentlichen Pressekonferenzen der Kriminalpolizei brachten auch keine Erkenntnisse über Tatmotiv und Täter. Schließlich hatte diese Familie offiziell keine Feinde. Kein Korruptionsverdacht, der gegen diesen alten Meier vorgelegen haben könnte, keine noch so geringfügigen Kontakte zu irgendwelchen dubiosen Geschäftsleuten. Es gab keine Anhaltspunkte, bis auf die vorgefundenen Lieferscheine und die Rechnung über die Holzlieferungen. Das einzige, was Polizei und Staatsanwaltschaft feststellen konnten, war, dass Meier mit reinstem Ammoniak getötet worden war. Eine besonders grausame Art, jemanden hinzurichten. Die Polizei sprach von einem »qualvollen Tod, der nach etwa dreißig bis sechzig Minuten eingetreten sein musste.« Ein stark riechendes, farbloses Gas, das zusätzlich sehr ätzend auf die Haut, die Augen und die Atemwege wirkt. Äußerst giftig mit verheerender Wirkung.

Meier hatte keine Möglichkeit, seinem Tod zu entkommen. Ein Polizeisprecher sagte, der Körper von Meier sei durch die ätzende Wirkungsweise des Ammoniaks nicht mehr »in einem normalen Zustand« gewesen. Warum das Ammoniak von außen in den Kellerraum eingeführt worden war, blieb ein Rätsel. Die Polizei mutmaßte, dass dies geschehen sei, um schneller vom Tatort fliehen zu können. Entdeckt hatte den toten Meier seine Hauswirtschafterin, als sie Konserven aus dem Vorratsraum im Keller holen wollte. Da der Geruch des Ammoniaks noch so stark gewesen war, musste sie ins Krankenhaus eingeliefert werden. Da reines Ammoniak in Baumärkten nicht zu kaufen war, hatten sich die Ermittler vor allem auf Geschäfte konzentriert, die Stickstoff und Wasserstoff, die beiden Hauptelemente zur Ammoniakherstellung, vertreiben. Der oder die Täter hätten sich mit diesen beiden Stoffen reines Ammoniak selbst herstellen können. Doch dafür wäre spezielles Wissen über die genaue Zubereitung, unter anderem die Trennung des Wasserstoffs vom Kohlenstoff, nötig gewesen. Die Polizei hielt das für unrealistisch. Da auch bei großen Ammoniakherstellern kein Hinweis auf den Verkauf kleinerer oder größerer Mengen an Privatpersonen oder Firmen in der Gegend zu finden war, drehten sich die Nachforschungen der Polizei im Kreis. Wie ein Polizeisprecher erklärte, gäbe es auch genügend Möglichkeiten, sich reines Ammoniak aus China zu besorgen, ohne dass dies auffalle.

Es war eines der Verbrechen, das nie aufgeklärt werden sollte, auch wenn die Tatsache, dass dieser Meier nicht einfach so umgebracht, sondern vergast worden war, den Verdacht erhärtete, dass es sich tatsächlich um einen Racheakt wegen Meiers Aktivitäten während der Nazizeit handeln könnte. Aber wer sollte dies getan haben? Und warum sollte sich jemand ausgerechnet nach so vielen Jahren auf solche eine brutale Weise für etwas rächen, woran sich keiner mehr erinnern konnte oder wollte?

Leon wollte noch einen letzten Versuch starten, bevor er Adam davon unterrichten würde, dass es bei diesem Mordfall keinen Hinweis auf einen Mörder gebe und er darüber auch nichts schreiben könne. Er vereinbarte bei der zuständigen Staatsanwältin Antonia Hofmann einen Termin. Es war einer jenen Termine, die eigentlich von vorne herein unsinnig erschienen, denn die Frau Staatsanwältin hatte nur zwischen acht und acht Uhr dreißig morgens einen Termin frei. Wie sollte man zu einer so unchristlichen Zeit in der Lage sein, irgendwelche Fragen zu stellen? Leon ging früh ins Bett, um morgens einigermaßen frisch und konzentriert zu sein. Fünf Minuten nach acht klopfte er an der Vorzimmertür im großen Justizgebäude, wurde von einer jungen Sekretärin freundlich empfangen und wartete geduldig in einem Sessel.

»Die Frau Staatsanwältin führt gerade noch ein Gespräch, es dauert nicht mehr lange«, teilte ihm die junge Frau mit und stellte Leon schon mal einen Kaffee auf den Tisch.

Dann öffnete sich die Tür und eine hübsch aussehende, lang gewachsene Frau mit schulterlangen, dunklen Haaren, Alter etwa Mitte 40, stand vor ihm.

»Leon Berger?« fragte sie und lächelte ihn an.

»Ja, der bin ich«, meinte Leon, der nicht nur von der Schönheit dieser Frau überrascht war, sondern dem das Gesicht dieser Staatsanwältin irgendwie bekannt vorkam. Antonia? Ja, dieses Gesicht erinnerte ihn an Antonia, jenes Mädchen, in das er so verliebt war und wegen der er im Kunstunterricht nie gefehlt hatte. Aber das konnte nicht sein. Leon glaubte sich in all der Erinnerung, die er seit seinem Aufenthalt in seiner Heimatstadt durchlebte, dort angekommen zu sein, wo er jede Situation, die einmal gewesen war, noch einmal erlebte. Sollte er sie fragen? Sollte er sie wirklich fragen, ob sie tatsächlich d i e s e Antonia war? Leon sah verwirrt aus. Nein, solche Zufälle gibt es nur in Märchen, gegebenenfalls in Rosemarie Pilcher Verfilmungen.

»Kann es sein, dass wir uns von früher kennen? Leon Berger, der verliebte Junge aus der 10b?« fragte Frau Hofmann mit einem Lächeln.

Sie war es wirklich. Rosemarie Pilcher hatte doch recht mit ihren Geschichten! Es gibt sie, die unmöglichsten Situationen, die er sich nie im Traum hätte einfallen lassen!

»Antonia, die schönste Frau, die das Gymnasium je gesehen hatte!« sprudelt es aus Leon heraus. Er versuchte sich zu entspannen, was ihm allerdings nicht gelang. Leon war furchtbar aufgeregt, wie ein Pennäler, der seine erste große Liebe durchlebt.

»Danke Leon, deine Komplimente waren schon immer sehr außergewöhnlich.«

»So ungewöhnlich wie das Leben so ist«, antwortete Leon und bemerkte an seinen nassen Händen, wie nervös er war.

»Aus dir ist ja richtig was geworden, Antonia«, sagte Leon und schaute in die azurblauen Augen jener Frau, in die er als Jugendlicher so verliebt war, aber bis auf einen Kuss nie etwas von ihrem Körper spüren durfte.

»So könnte man es sagen, Leon. Aber es war harte Arbeit«, antwortete ihm jene Frau, zu der er erst vor kurzem in seinen Erinnerungen zurückgefunden hatte.

»Lass mich raten Antonia, du hast drei Kinder und bist geschieden, stimmt`s?«
Antonia, reagierte sichtlich irritiert auf diese Frage.

»Du stellst deine Fragen, wie sie dir gerade im Kopf herumschwirren, was?«

»Verzeihe, aber ich bin momentan in einer Phase, in der ich ziemlich unreflektiert denke. Meine Frau hat mich vor kurzem verlassen und seitdem stelle ich mir bei so vielen Menschen, die mir begegnen, diese blöde Frage«, verteidigte sich Leon. »Ich bin nur dabei die Statistik zu hinterfragen, die besagt, dass zwei Drittel der Ehen kaputt gehen.«

»Dafür, dass wir uns zwanzig Jahre nicht gesehen haben, stellst du ganz schön burschikose Fragen, findest du nicht auch?«

»Ich habe mir vorgenommen nur noch das zu fragen, was mich interessiert«, meinte Leon und lächelte etwas verlegen.

»Ich wusste übrigens gleich, dass du es bist, als meine Sekretärin nach einem Termin für dich fragte. Journalist wolltest du ja schon immer werden, daran erinnere ich mich auch noch.«

»Ich hatte keine Ahnung, dass du es bist, schließlich hast du deinen Nachnamen geändert, wie das bei Frauen so ist, die sich verheiraten. So wurde aus Schilling also Hofmann.«

»Ja, so ist das bei diesen Frauen, die heiraten«, wiederholte Antonia und zupfte dabei nachdenklich an einem Papier ihres Terminkalenders, der geöffnet vor ihr lag.

»Seit ich hier bin erscheint mir alles so unecht. Ich fühle mich zwar wohl hier, aber es ist alles so lange her. Ich könnte mir nicht mehr vorstellen, hier zu leben. Diese kleine Stadt würde mich wahnsinnig machen, kannst du das verstehen?«

»Du bist ein Stadtmensch geworden, habe ich gehört. Da lebt man nun einmal ganz anders. Vielleicht liegt es daran?«

»Nein Antonia, ein Großstadtmensch bin ich absolut nicht, es liegt wohl an der Vergangenheit. Sie liegt soweit zurück. Die Erinnerungen sind zwar schön und auch jetzt fühle ich kein Unbehagen, aber ich freue mich schon wieder darauf, von hier fort zu sein. Im Prinzip ist doch in Zellberg alles so geblieben wie es war. Oder täusche ich mich?«

»Vielleicht, ich weiß es nicht, Leon. Ich bin auch erst seit einigen Monaten wieder hier. Ich habe in München gelebt und gearbeitet.«

»...du warst in München verheiratet und ich vor den Toren Frankfurts«, unterbrach Leon.

»Ja, ich war zehn Jahre glücklich verheiratet in München. Abgehakt Leon, jetzt wohne ich wieder in Zellberg. Was kann es Schöneres geben für eine Frau, die so langsam in die Midlifecrisis kommt?« Antonias Blicke wirkten provozierend.

»Im Hause deiner Eltern, oben am Berg?«

»Ja, seit meine Eltern tot sind, stand das Haus leer. Ich wollte es eigentlich verkaufen, aber die

Trennung von meinem Mann kam dazwischen. Ich habe es umgebaut. Es ist jetzt viel schöner als es war.«

»Ich habe es noch in Erinnerung. Wir feierten einmal eine Party im Haus deiner Eltern, ich glaube das war, als du achtzehn geworden bist. Ich werde es nie vergessen, wir haben uns einen Kuss gegeben. Mitten auf den Mund und ich erinnere mich, dass ich meinen Mund ein paar Tage nicht gewaschen habe, weil der Kuss so gut geschmeckt hatte«, erinnerte sich Leon. Sie lachten. Die Erinnerungen hatte die beiden wieder voll in ihren Bann gezogen.

»Wie lange wirst du noch hier bleiben?« fragte sie und überraschte Leon damit in seinen Gedankengängen.

»Das kommt darauf an, was du mir über den rätselhaften Mord an Albert Meier zu sagen hast. Ich soll darüber eine Geschichte für Plakativ schreiben.«

»Oh, der Herr schreibt für die Intelligenz.«
Antonia wirkte etwas überrascht.

»Über die Leute hier hat noch niemand für Plakativ eine Geschichte geschrieben, nicht als die große Möbelfabrik pleite gemacht hat und über 1500 Frauen und Männer ihre Arbeit verloren und nicht als Hunderte von Menschen von der Schließung der Zuckerfabrik betroffen waren. Aber wenn ein belangloser ehemaliger Bürgermeister vergast wird, ist das schon eine Story, nicht wahr?«

Antonias Worte klangen anklagend, vorwurfsvoll. Leon fühlte sich angegriffen, wollte sich verteidigen, ließ es aber sein, weil er sich nicht in die Reihe derer einordnen lassen wollte, die auf Sensationen aus sind und weil er sich insgeheim von einem Augenblick auf den anderen fragte, warum er auf das Angebot von Adam eingegangen war, diese Geschichte überhaupt zu schreiben. Obwohl Antonia sehr vorwurfsvoll und dem Wortschatz einer Staatsanwältin gemäß anklagend klang, verspürte er nicht das geringste Bedürfnis, sich zu rechtfertigen. Er konnte sie sogar verstehen. Leon war im Begriffe, ihr zuzustimmen.

»Ich habe diesen Job nur angenommen, um etwas zu tun und da dieser Mord nun mal in Zellberg passierte, habe ich zugesagt. Dieser Mord interessiert mich aber eigentlich nur am Rande. Ich dachte nur, ich könnte wieder einmal probieren zu schreiben. Das ist mir in den letzten Monaten abhanden gekommen. In Wirklichkeit wollte ich einfach nur wieder einmal zurückkommen, meinen Vater besuchen und mich umschauen. Ich lebe nun mal derzeit in Erinnerungen, da kam mir die Fahrt hierher gerade recht. Zellberg steckt schließlich voller Erinnerungen. Aber das kannst du wohl nicht verstehen, oder?«

»Da müsste ich mehr darüber hören, Leon. Ich sage dir nur, was ich empfinde. Hier gibt es derzeit mindestens dreißig Journalisten, die wegen des Mordes an Meier ihre Zelte aufgeschlagen haben und dauernd hier anrufen. Wäre Meier erschossen worden, würde das nicht einmal in der Bildzeitung erscheinen. Ein alter Mann, der zugegeben, mit den Nazis irgendwelche Geschäfte gemacht hat, na und? Ich kenne einige honorige ältere Politiker, die jahrelang die deutsche Politik mitbestimmt haben nach dem Zweiten Weltkrieg und weiß Gott richtig Dreck am Stecken haben wegen ihrer Vergangenheit im Dritten Reich. Ich könnte dir ein paar Namen nennen. Leute, die hier um die Ecke wohnen, ihren Lebensabend verbringen, unbescholten, hoch dekoriert. Ehrenwerte Herrschaften. Das kotzt mich einfach an, Leon.«

»Ich kann dich gut verstehen Antonia. Glaube mir, ich denke ähnlich. Ich versuche es wenigstens.«

Antonia und Leon schauten sich an. Sie blickten sich in die Augen, ohne einen Ton zu sagen. Das Telefon klingelte. Es klingelte wieder und immer wieder.

»Lass uns Essen gehen. Ich würde gerne mit dir etwas länger plaudern«, sagte Leon.

»Lass dir einen Termin von meiner Sekretärin geben«, antwortete Antonia und musste laut zu lachen anfangen. Und Leon lachte mit, als er begriffen hatte, dass sie das mit der Terminvereinbarung nicht ernst gemeint hatte.

»Ok, wann hat die Frau Staatsanwältin Zeit für einen alten Verehrer?«

»Komm doch morgen Abend so gegen acht bei mir vorbei. Ich koche uns was Feines. Du weißt ja noch wo das Haus steht oder?«

»Ich werde es blind finden und freue mich darauf.«

Antonia nahm den Telefonhörer ab, lächelte ihm hinterher und Leon verließ das Zimmer. Er hatte auf seinem Weg der Erinnerung eine Frau wieder getroffen, die ihn noch immer faszinierte.

Leon war aufgeregt als er am Abend an Antonias

Haustür klingelte. In der rechten Hand hielt er einen kleinen Strauß roter Rosen, in der linken eine Flasche Silvaner, Frankenwein aus Zellberg. Antonia öffnete ihm die Tür. Sie duftete nach Früher. Leon war bezaubert von ihrer Frische. Sie trug ein kurzes, rotes Kleid, das ihre schlanke Hüfte betonte und bis knapp oberhalb ihrer wohlgeformten Brüste geschnitten war. Sie sah wunderschön aus!

»Beeil dich, das Essen ist schon fertig«, rief sie ihm zu und war schon wieder verschwunden. Leon betrat das alte Haus, das er von früher kannte und sah rechts von der Haustür die Treppe, die in den Partykeller führte, wo er Antonia den bisher einzigen Kuss gegeben hatte. Er folgte ihr in die Küche, die mit allem eingerichtet war, was man zum guten Kochen benötigte. Antonia servierte die Vorspeise. Muscheln in Tomatensoße mit Baguette. Dazu gab es einen frischen Riesling aus Zellberg. Sie speisten, lachten, freuten sich. Es kostete keinem von ihnen Überwindung, von den alten Zeiten zu erzählen, von ihren Wegen, die sie gegangen waren und von den Zufällen, die das Leben so spielt. Sie hatten sich fest geredet in ihren Erinnerungen. Für beide war es eine Befreiung von der Routine des Denkens.

»Weißt du noch, als wir uns das letzte Mal gesehen haben?« fragte sie ihn und Leon erinnerte sich daran sofort.

»Ja, es war auf der Beerdigung von Rita. Wir hatten damals alle ein komisches Gefühl dabei, weißt du noch?«

»Ja, wir fühlten uns alle schlecht. Keiner von uns

hatte gewusst, dass sie so krank war. Sie wollte es keinem sagen, sie hatte es nicht einmal mir gesagt, obwohl wir immer Kontakt zueinander hatten.«

Ja, Rita. Mit ihr verband Leon die ganze Zeit auf dem Gymnasium eine echte Freundschaft. Sie waren so etwas wie Geschwister, die sich alles erzählten. Jeder wusste von den Sorgen und Freuden des anderen. Rita war seit ihrer Schulzeit mit Alexander befreundet bis er sie dann verlassen hatte und Rita mit einundzwanzig Jahren mitten in ihrem Englischstudium völlig alleine war mit sich. Zwei Jahre später hatte sie Manuel kennen gelernt, einen Physikstudenten aus Oberbayern, ein netter Kerl, groß gewachsen im Gegensatz zu Rita, die eher klein war. Schon damals hatte sich Leon nicht mehr mit der Sorgfalt um Rita gekümmert, die sie sich wahrscheinlich gewünscht hätte. Der Beruf hatte ihn weggeführt, seine Beziehungen zu Frauen waren ihm wichtiger geworden als die Gespräche mit Rita. Doch hatte Leon immer wieder an sie gedacht. Aber es blieb beim Denken. Das Letzte, was er von ihr gehört hatte, war, dass sie Manuel geheiratet hatte. Drei Monate später war sie tot. Sie hatte Gebärmutterkrebs. Leons Vater hatte angerufen und es ihm mitgeteilt. Das war nach dem Tod seines Freundes Peter ein weiterer schwerer Verlust für ihn, der ihn mit der Ausweglosigkeit konfrontierte, die das Leben mit sich bringt. Lange Zeit später noch hatte er sich Vorwürfe gemacht, warum er auch den Kontakt zu Rita abgebrochen hatte. Wie konnte man eine solche Freundschaft nur aufs Spiel setzen? War er damals schon nicht fähig,

Freundschaften zu pflegen? Hatte er damals schon dieses Verhalten, nichts einbringen zu wollen in Beziehungen, sondern immer nur zu warten, dass die anderen etwas dafür tun?

»Warum haben wir nie erfahren, dass sie so krank war?« wollte Leon von Antonia wissen.

»Ich weiß es nicht, Leon. Vielleicht war sie verletzt, weil wir nicht mehr den engen Kontakt mit ihr gepflegt haben. Vielleicht wollte sie einfach nur in Ruhe sterben. Ich weiß es nicht.«

»Das ist ein komisches Gefühl Antonia. Ich habe erst vor ein paar Tagen an dich gedacht und mich erinnert, wie ich vom Kunstsaal des Gymnasiums zum Fenster hinausgeschaut habe, um dir beim Sportunterricht im Freien zuzuschauen. Aber ich hätte wohl nie erfahren, dass du eventuell schon tot wärst. Stell dir das doch einmal vor?«

»Ja, Leon, so ist das mit dem Erinnern. Für mich ist Erinnerung auch ein Kampf mit der Zeit.«

»So langsam habe ich keine Lust mehr, mich zu erinnern. Diese Erinnerungen, die ich mit Zellberg verbinde, haben bislang in mir nur eine gewisse Trauer hervorgerufen. Alles hier endete in Trennungen. Keine Erinnerung an Personen, mit denen ich hier lebte, war letztendlich verknüpft mit einer freudigen Wiederkehr. Ich meine...«

»Ja, ich verstehe, was du meinst. Du denkst an die Freunde, die so früh gestorben sind und an die Frauen, die du geliebt hast, die dich aber verschmähten, stimmt`s, Leon?«

Antonia verstand.

»Aber es gibt doch da auch schöne Erinnerungen, oder? Was ist mit dem Kuss, den ich dir damals

gab? Du erinnerst dich doch gerne daran, oder?«
Antonia schaute ihm in Erwartung einer positiven Antwort in sein Gesicht.
Leon, wirkte verlegen.
»Es ist eine wunderschöne Erinnerung, Antonia. Ich spüre diesen sanften Kuss noch heute.«
Da war es wieder, dieses innige Lachen von Antonia.
»Wir leben noch, Leon. Wir haben das alles überlebt. Ist das nicht ein Grund zur Freude?«
»Ja, ist es, Antonia. Wir haben sogar unsere Ehen überlebt. Was soll da noch Schlimmes auf uns zu kommen?«
Sie tranken sich mit jedem Schluck Wein immer mehr von der Vergangenheit weg in die Gegenwart.
»Weißt du was Nietsche einmal sagte? Er meinte, dass Erkennen heißt, alle Dinge zu unserem Besten zu verstehen. Also, Leon, fang damit an!«
»Ich bin mittendrin im Erkennen. Ich weiß schon gar nicht mehr, wo ich mit all meiner Erkenntnis hin soll!«
»Hast du schon Erkenntnis darüber, warum deine Ehe in die Brüche gegangen ist?« fragte Antonia interessiert.
»Im Prinzip nicht, aber ich weiß immerhin, dass auch ich Fehler gemacht habe. Ist doch eine gute Erkenntnis, oder? Ich bin viele Dinge wohl falsch angegangen und habe alles für selbstverständlich gehalten. Aber so genau habe ich das alles noch nicht hinterfragt. Wenn ich etwas hinterfrage, dann ist es meistens schon zu spät.«
»Da bist du wie viele Männer, Leon.«
»Soll mich das trösten, Antonia?«

»Nein, aber es ist so, glaub mir.«

»Hier spricht eine erfahrene Frau, ich spüre es. Sag mal, warum bist du geschieden? Hatte er eine andere?«

»Treffer, mein Lieber. Er hatte. Eine ziemlich junge sogar. Sie ist jetzt ungefähr sechsundzwanzig Jahre alt und wahrscheinlich noch immer blond. Seine Sekretärin. Ganz einfach und tausendfach praktiziert. So wie es in traurigen Liebesromanen nachzulesen ist.«

»Bei mir war es ähnlich, sie hat einen anderen kennengelernt und ist auch gleich zu ihm nach Freiburg gezogen.«

»Wäre es einfacher für dich, wenn sie keinen neuen Mann hätte?«

»Ich weiß es nicht. Vielleicht hätte ich dann gekämpft um sie, irgendetwas getan, um sie davon zu überzeugen, dass wir zusammen gehören. Aber ich bin dabei über alles, was war, hinwegzusehen. Ich habe schon Abstand von dem, was geschehen ist. Irgendwie irritiert mich das.«

»Ich glaube nicht, dass du darüber hinweg bist, aber es ist schön zu hören, dass du nach vorne blickst, Leon.«

»Hast du noch Träume Antonia?« fragte Leon und schaute sie in ihre wunderschönen Augen.

»Ja, ich will nicht als alte, vergrämte Frau unter der Erde landen. Ich will noch etwas vom Leben spüren, du nicht?«

»Ja, ich will auch noch etwas vom Leben haben, aber ich weiß noch nicht, wie ich es anstellen soll. Ich muss erst einmal zu mir kommen. Ich brauche einen Neuanfang. Die Story für Plakativ sollte ein

Versuch sein, wieder schreiben zu lernen. Ich habe seit der Trennung von Laura kaum einen zusammengehörigen Satz mehr zu Stande gebracht. Nur ein paar Gedanken auf lose Zettel notiert, das war`s aber auch schon.«

»Ich verstehe, du bist auf dem Wege zu einer Selbstfindung. Klingt gut, wie?« Antonia lachte und sah Leon an.

»Ja, klingt gut, trinken wir auf meine Selbstfindung!«

»Sag mal Antonia, hast du nach der Trennung von deinem Mann wieder eine Beziehung angefangen?« Leon war sichtlich neugierig.

»Nein, Beziehungen kann man das nicht nennen, ich bin so zu sagen noch auf dem Weg. Vielleicht habe ich zu hohe Anforderungen, vielleicht bin ich auch beziehungsmüde, ich weiß es nicht. Ich habe mich nach der Trennung auf meine Arbeit konzentriert. Auf jeden Fall habe ich keine Sorgen, was das Finanzielle betrifft. Ich habe einen Job, der gebraucht wird. Mörder gibt es immer wieder.«

»Ja, Meiers gibt es überall.« Leon nahm das Rotweinglas und stieß mit Antonia an.

»Auf unser Leben, Antonia!«

»Ja Leon, trinken wir auf unser Leben. Das ist gut!«

Weitere Informationen über die Mordsache Meier erfuhr Leon nicht. Antonia sagte nur, dass die ganze Sache total unlogisch sei und es keinen noch so kleinen Hinweis auf einen oder mehrere Täte gäbe. Auch die Nachforschungen über das Ammoniak hätten nichts ergeben. Im Laufe des Abends tranken sie noch mehrmals auf ihr Leben und erfreuten sich der Tatsache, sich wieder getroffen zu haben. Antonia erzählte Leon, dass er früher so schüchtern gewesen sei. Und Leon erklärte Antonia, dass sie so unnahbar schien. So, als wäre sie eine Gestalt, der man nicht zu nah treten durfte.

Und dann, spät in der Nacht, tanzten sie zu der Musik von damals. Antonia hatte eine uralte Platte von den »Bee Gees« aufgelegt. Die Platte kratzte, aber die Musik klang gut. Sie berührten sich, klammerten ihre Körper aneinander und schwiegen. Schöner konnte sich das Kratzer einer Platte nicht anhören. Dann küssten sie sich plötzlich. Es war ein Verlangen, das beide verspürt hatten. Leon erinnerte sich an den Kuss, den er Antonia auf der Party damals gegeben hatte, doch diese Küsse waren noch schöner, weil sie Gegenwart waren, weil sie nach Leben rochen, weil sie so gut schmeckten nach Rotwein, nach Muscheln, nach Tiramisu. Wenig später lagen sie zusammen im Bett, liebten sich wie Jungverliebte, berührten sich zärtlich. Leon fühlte Leben. Nichts war schöner. Antonias Körper war ein Oase der Lust. Jede Bewegung, die sie vollzogen, war der Inbegriff dessen, was Leon sich schon immer unter Sex vorstellte.

Er hatte dieses Verlangen schon seit Ewigkeiten nicht mehr verspürt, auch bei Laura nicht. Er hatte es vermisst, mit einer Frau diese Wollust der Gefühle zu durchleben. Schieres Glück, das in ihm aufbrauste. Sehnsucht nach Unendlichkeit. Wunsch nach mehr als nur diese Nacht. Doch schon durchzogen die Gedanken an Morgen seinen Kopf. Was kommt danach? Was wird sein? Alles nur ein Traum? Diese eine Nacht und keine weitere? Er hatte bis dahin noch nie einen solchen One-Night-Stand erlebt. Er hatte ihn nie erleben wollen. Dazu war er wohl zu altmodisch.

Als er erwachte am anderen Morgen schlief sie noch tief und fest neben ihr. Sie schnarchte leise vor sich hin. Genüsslich. Zufrieden. Er stand auf, zog sich an und ging hinunter. Er spazierte durch das wunderschöne Haus mit den starken, dicken Balken, den knarzenden dicken Dielen, das er das letzte Mal vor knapp dreißig Jahren betreten hatte. Es hatte die Gemütlichkeit eines alten Herrenhauses. Im Wohnzimmer der große Kamin, hinten im Eck der Kachelofen und überall an den Wänden eindrucksvolle Schwarzweißfotos, die Antonia auf ihren Reisen durch die Welt gemacht hatte. An den seitlichen Wänden entlang standen Billy-Regale voll mit Büchern.

Da waren sie alle versammelt die Schriftsteller, die man gelesen haben musste, um die Welt ein wenig besser zu verstehen. James Joyce, Martin Walser, Isabelle Allende, Marquez, Christine Wolf, Adolf Muschg, Urs Widmer, Thomas Mann, Heinrich Böll und viele andere mehr. Unter den Sach- und Kunstbüchern fand er auch einige Bildbände über Rosen und andere Blumen. Blumen hatte sie schon damals sehr geliebt, vor allem Rosen.

Leon war im Begriff, sich Antonias Welt wie ein Puzzle zusammenzufügen. Alles, was sie ihm erzählt hatte, glich der selben zufriedenen Welt, in der auch er noch vor kurzem gelebt hatte. Sorglosigkeit, weil man es sich gar nicht anders vorstellen konnte, Gedankenlosigkeit, weil alles im Fluss war. Und jetzt? Jetzt begannen sie wieder diese Suche nach einer neuen Welt, von der weder Antonia noch er wusste, wie sie sein wird.

Er ging durch den offenen Durchgang in die Küche, dort, wo sich die Verandatür zum Garten hinaus öffnete. Ihr wunderschöner Garten glich einer kleinen Zauberwelt. Er stellte sich vor, wie all diese Blumen schon bald in den schönsten Farben des Lichts schimmern werden und wie sich Antonia in den warmen Jahreszeiten an ihren schönen Rosen erfreuen wird.

Ein Refugium, das ihr, wie sie ihm in der Nacht erzählt hatte, die Luft zum Atmen gab, wenn die Gedanken irgendwo kreisten und kein Ziel fanden, wo sie hätten verstanden werden können. Antonia war eine außergewöhnliche Frau. Eine Frau, die er in seinen geheimsten Wünschen schon immer treffen wollte. Warum hatte er sich damals nicht bemüht, den Kontakt mit ihr aufrecht zu erhalten? Warum war ihm die Pflege von Freundschaften nie wichtig? War er so egoistisch? Brauchte er keine Freundschaften? Was war er nur für ein Mensch? Warum empfand er erst dann Trauer, wenn ihn wieder einmal die Mitteilung erlangte, dass einer seiner ehemaligen Freunde plötzlich verstorben war? Warum kümmerte er sich nicht um diese Menschen, die er doch ins Herz geschlossen hatte und die ihm weiß Gott nichts Böses wollten? Leon fand keine Antwort darauf. Er spürte nur wieder dieses schon verloren geglaubte Gefühl, eine Frau getroffen zu haben, die er ohne wenn und aber voller Zuneigung in seine Arme nehmen und dabei

Glück empfinden konnte. Bei Leon hatte es von einer Sekunde auf die andere klick gemacht. Ja, da war es wieder, dieses belebende Gefühl von Hoffnung und Zuversicht. Er fühlte sich von Antonias Ausstrahlung regelrecht gefesselt.

Leon wollte keine Trennung mehr von ihr. Er nahm sich fest vor, den Kontakt zu Antonia nicht wieder abreißen zu lassen, egal, was da komme. Ein gar kitschiger Augenblick, einer, der in tausenden von Billigromanen beschrieben wird, die tagtäglich millionenfach gedruckt werden. Es war ein wunderschöner Augenblick, diese Frau plötzlich vor sich zu sehen. Ja, sie war lebendig. Ja, sie war schön. Mein Gott, war sie schön!

Als er in der Küche die Hängeschränke nach Kaffee durchsuchte, kam Antonia herein. Merklich verschlafen, bekleidet mit einem roten Satinmorgenmantel. Sie war auch ohne Schminke wunderschön anzusehen.

»Der Kaffee steht oben rechts neben der Dunstabzugshaube«, meinte sie und rieb sich die Augen dabei. Dann ging sie auf Leon zu, umarmte ihn von hinten und drückte ihn an sich.

»War da was heute Nacht zwischen uns? Hast du mir wieder einen Kuss gegeben?« fragte sie süffisant.

»Einen Kuss? Lass mich überlegen... ich glaube ich habe dir auch einen Kuss gegeben, aber das ist schon so lange her, weißt du.« Leon drehte sich um, nahm Antonia in seine Arme und küsste sie auf ihre ungeschminkten Lippen, die er so zärtlich gar nicht in Erinnerung hatte.

Er deckte den Tisch, brühte einen starken Kaffee,

toastete Brot. Sie genossen das Frühstück zusammen. Obwohl sie beide so taten, als dachten sie nur an den Augenblick, ahnte jeder vom anderen, dass er damit beschäftigt war, sich Gedanken über die Zukunft zu machen. Aber niemand wollte sie aussprechen. Sie schauten sich bei jedem Bissen ins Brötchen und bei jedem Schluck Kaffee in die Augen und lächelten vor sich hin.

»Wann fährst du wieder?« fragte sie plötzlich. Leon war überrascht gerade jetzt diese Frage zu hören.

»Ich muss bald fahren, schließlich muss ich eine Geschichte schreiben, von der ich noch nicht weiß, welchen Inhalt sie haben wird.«

»Das ist doch ganz einfach, schreibe einfach über das Wiedersehen mit einer alten Schulbekanntschaft, mit der du nach vielen Jahren unverhofft eines Tages in ihrem Esszimmer am Frühstückstisch gesessen hast und nicht wusstest, wie du dahin kamst.«

»Das klingt gut, lässt sich aber nicht schreiben. Außerdem glaubt mir das keiner dieser intellektuellen Leser. Du weißt ja, diese Menschen wollen Fakten, Fakten, Fakten. Die Romantik findet nur in ihren Träumen statt, nicht nach außen hin. In der realen Welt zählen nur Fakten.«

»Aber das hier ist doch real, oder nicht?« entgegnete ihm Antonia sichtlich irritiert.

»Aber nur unsere Realität. Glaubst du, das würde einer verstehen? Da trifft ein Journalist nach über zwanzig Jahren seine alte Schulliebe, die rein zufällig auch noch als Staatsanwältin den Mordfall an einem gewissen Meier bearbeitet, über den er schreiben soll und plötzlich macht es »klick« und beide landen im Bett?«

»Du hast ja so recht, Leon. Klingt fast kitschig. Es ist aber doch schön, oder?« Ihre Frage klang irgendwie bittend.

»Ja, es ist wunderschön, Antonia. Es ist aber auch so unrealistisch, so...«

»... du meinst, es passt nicht in deine Vorstellungsgabe?«

»Es passt nicht mit dem zusammen, was ich erlebt habe, Antonia. Es ist zu schön.«

»Kann etwas zu schön sein? Freue dich doch darüber, dass es so schön ist, anstatt schon wieder darüber zu sinnieren, du hättest es sowieso nicht verdient. So ist es doch Leon, oder?«

Antonias Worte waren eindringlich und voller Ernst. Leon spürte tatsächlich, dass er dieses permanente Gefühl nicht loswerden konnte, diese Begegnung mit Antonia habe er einfach nicht verdient.

»Es fällt mir schwer, mich von dieser bisherigen Welt zu trennen. Es gibt so viele Dinge, die ich für mich ausgeschlossen habe, die ich nicht an mich herangelassen habe. Verstehst du das Antonia?«

»Ja, sicher Leon. Denkst du mir geht das anders? Denkst du, ich wollte jetzt mit dir einfach mal ins Bett hüpfen, weil ich das schon lange nicht mehr gemacht habe? Denkst du das?«

»Ich wünsche mir, dass es nicht so ist Antonia. Ich kann es nur wünschen.« Insgeheim dachte Leon, dass es vielleicht tatsächlich so gewesen sein könnte. Er hatte aber nicht den Mut, es ihr so deutlich zu sagen.

»Und was hat das, was zwischen uns geschehen ist, für Konsequenzen?«

Leon antwortete spontan, ohne erst nachzudenken.

»Ich möchte dich wiedersehen, Antonia. Ich wünschte mir, nicht nur Nächte mit dir zu verbringen.«

»Ja, Tage sind auch schön, nicht wahr? Da spürt man dann, ob man Gemeinsamkeiten hat, die einen verbinden.«

»Kommst du mich in Hensbach besuchen? Meine Wohnung hat sogar ein Gästezimmer mit Bett.«

»Wie schrecklich, im Gästezimmer zu übernachten! Fällt dir da nichts Besseres ein?« Sie runzelte ihre Augenbrauen provozierend.

»Ein großes Bett habe ich auch noch. Ganz neu. Außer mir hat da noch niemand drin geschlafen. Wir könnten es also quasi einweihen.«

»Klingt schon besser Leon. Nur Mut, du kannst es doch!« sagte Antonia etwas ironisch und drückte Leon fest an sich.

»Was soll ich nur schreiben über den Mord an Meier? Ich habe keine Ahnung. Weißt du so gar nichts über mögliche Hintergründe Antonia?«

»Wir haben alles untersucht, was möglich war. Es gibt nichts, Leon. Keine Spur. Kein Hinweis auf einen Täter. Wir haben nur die Fingerabdrücke von Meier und seiner alten Haushaltshilfe gefunden. Nur auf dem Lieferschein und der Rechnung waren zahlreiche Fingerabdrücke, aber keine, die in einer Datei vorhanden sind. Und derjenige, der das getan hat, wird wohl nicht so dumm gewesen sein, ausgerechnet auf den Papieren Spuren zu hinterlassen. Wir fanden auch kein Bekennerschreiben oder so etwas. Keine Zeugen, die etwas gesehen haben, keine Indizien darüber, dass Meier Dreck am Stecken hatte, kein Hinweis auf einen Racheakt.«

»Und sein Verhalten während des Dritten Reichs? Sein Vater soll ja das Holz für die Errichtung einiger Baracken in den Konzentrationslagern geliefert haben. Außerdem ist dieser Mord ja tatsächlich außergewöhnlich, oder hast du jemals schon gehört, dass jemand in den vergangenen sechzig Jahren vergast worden ist?«

»Nein, von so einem schrecklichen Mord habe ich noch nie gehört. Mir ist auch klar, dass das ein Indiz dafür sein kann, was sich in Meiers Vergangenheit oder in der seines Vaters abgespielt hat. Das ist zwangsläufig so, sonst wären ja auch alle deine Journalistenkollegen nicht hier. Aber wer hat damals nicht irgendetwas an irgendwelche Nazi-Stellen geliefert, um sich durchzukämpfen? Außerdem könnte ich dir alleine in diesem Nest Zellberg zwanzig Namen von Leuten nennen, die auch Mitläufer waren. Soll ich die jetzt alle verhaften?«

»Du stellst also die Untersuchungen ein?«

»Ja, wenn sich in den nächsten Wochen nichts ergibt, was Rückschlüsse auf weitere Untersuchungen bietet, stelle ich den Fall vorläufig ein. Was soll ich sonst tun?«

»Aber da läuft ein Mörder frei herum, da muss es doch irgendwelche Ansatzpunkte geben...«

»Gut, nenne mir ein, zwei und ich lasse in diese Richtungen Nachforschungen anstellen. Ich habe ein Sondereinsatzkommando von zwölf Leuten auf diesen Fall angesetzt, vier weitere kommen vom Landeskriminalamt und sogar das Bundeskriminalamt hat seine Finger mit im Spiel. Alles Top-Leute und das Ergebnis ist gleich null.«

Leon begriff, dass es keinen Sinn hatte, der Sache weiter nach zu gehen. Wo sollte er noch Hinweise erhalten? Wer sollte ihm überhaupt etwas Verwertbares erzählen, wenn schon Antonia so gar keine Spuren benennen konnte?

»Gut, dann schreibe ich also tatsächlich von der Idylle hier und der aussichtslosen Suche nach einem Mörder.«

»Ja, schreibe lieber etwas vom Leben. Das ist schöner als vom Tod.«

»Ich werde morgen mit dem Zug zurückfahren. Ich habe mit Adam gesprochen, der erwartet für nächste Woche meine Reportage über Meier und Co. Wann sehen wir uns wieder? Übermorgen in Hensbach?«

Antonia lachte.

»Dir kann es wohl nicht schnell genug gehen, wie? Festina lente, mein lieber Leon, Eile mit Weile.«

»Das klingt nicht begeistert, Antonia. Ich will jetzt leben und nicht morgen.«

»Ja, ich auch Leon. Ich könnte mir nächste Woche zwei Tage frei nehmen. Wäre das noch in dem Zeitrahmen, der für dich angemessen ist?«

»Gerade so. Ich könnte damit leben. Länger aber nicht oder willst du, dass ich an Sehnsucht kaputt gehe?«

»Nein, bloß nicht das. Das könnte ja traurig enden mit dir!« meinte Antonia und brachte Leon schon wieder zum Lachen. Es blieb dabei. Antonia sagte zu, ihn in der kommenden Woche in Hensbach zu besuchen. Und schon begann Leon sich in Sehnsüchte zu flüchten. Es gab Momente, in denen er sich wieder wie ein verliebter Jugendlicher fühlte. Erwartungshaltungen, die auf etwas ausgerichtet waren, was sich bald ereignen sollte. Momente, die er sich sofort herbeisehnte, obwohl er genau wusste, dass es noch dauern würde, ehe sie eintreten. Als Leon Antonia verließ, war er betrunken vor Glückseligkeit. Er war wie neu geboren. Er fühlte sich jung, er spürte eine gewisse Dynamik, er war in der Lage Luftsprünge zu vollziehen, Purzelbäume zu schlagen, wild fremde Menschen auf der Straße zu umarmen, um ihnen sein Glück mitzuteilen.

Begegnungen

Leons Abschied aus seiner Heimatstadt vollzog sich anders als bei seinen früheren Besuchen. Zum einen wurden in ihm noch nie so viele Erinnerungen wach gerufen an das, was er hier in seiner Kindheit und Jugend erlebt hatte, zum anderen freute er sich auch wieder auf sein neues Zuhause in Hensbach und vor allem auf den Besuch, den Antonia für nächste Woche angekündigt hatte. Am meisten machte er sich Gedanken über die Geschichte über den mysteriösen Mord an dem ehemaligen Bürgermeister, über den er für Plakativ schreiben sollte. Leon hatte noch keine Vorstellungen darüber, wie er diese Geschichte in lesbare Zeilen betten könnte. Es fehlte ihm an der Fantasie dazu. Zugleich verspürte er keine Lust, Adam über diesen Zustand in Kenntnis zu setzen. Er entschloss sich dazu, Adam erst darüber zu informieren, wenn er wieder in Hensbach ist.

Sein Vater hatte ihn zum Bahnhof gebracht. Ein Gebäude, das nur noch dem Namen nach existierte. Längst gab es hier weder einen Aufenthaltsraum, noch eine Kartenverkaufsstelle mehr. Dort, wo man früher sein Gepäck aufgeben konnte, war jetzt ein Café, in dem sich vor allem junges Publikum traf. Leon ging zum Bahnsteig und wartete auf den Zug. Etwas wehmütig stieg er ein, verstaute seinen Koffer in der Gepäckauflage und löste beim Schaffner eine Fahrkarte nach Hensbach. Draußen schien die Sonne. Das machte den Abschied aus Zellberg nicht unbedingt einfacher. Vorbei am Main und den

Anhöhen der vielen Weinberge ging es in gemütlicher Geschwindigkeit Richtung Hessen in eine andere Welt.

Die Zugfahrt von der kleinen Stadt Zellberg nach Hensbach war immer wieder eine Reise durch eine wunderschöne Landschaft. Leon fuhr diese Strecke gerne mit dem Regionalexpress. Einfach so dazusitzen hatte fast schon etwas Meditatives. Seine Gedanken flossen viel stärker, als wenn er im Auto fahren würde. Alles war entspannter. Seit Jahren dachte er bei seinen Gedanken an eine Frau nicht mehr an Laura. Er dachte an Antonia. Er wünschte sich die Tage herbei, an denen sie ihn in Hensbach besuchen würde. Selten hatte er sich so sehr gewünscht, eine Zeitmaschine zu besitzen.

Wenn der Zug in die Bahnhöfe entlang der Strecke einfuhr, schaute Leon hinaus, um zu sehen wer aus- und einstieg. Ein Zählspiel aus Langeweile und zur Ablenkung. An fast jedem der etwas größeren Bahnhöfe entdeckte er Polizisten, die wachen Blickes die Bahnsteige abliefen und kontrollierten. Solche Bilder waren ihm nur aus den Zeiten von Bader, Meinhof und der RAF bekannt. Als er in Würzburg in den Anschlusszug nach Frankfurt umgestiegen war, musste er sich mit seinem Gepäck an vielen Rucksacktouristen vorbeischlängeln. In vielen Abteilen kontrollierten uniformierte Polizisten die Pässe von fremd aussehenden Menschen. Sie taten dies mit einer für sie selbstverständigen Akribie. Leon setzte sich auf einen der wenigen freien Plätze, stellte sein Gepäck ab und zog seinen Mantel aus. Gegenüber von ihm überprüfte ein junger Polizist einen älteren Mann, asiatischer Herkunft. Der Mann, der nur wenig Deutsch sprach, überreichte dem Polizisten einen maschinengeschriebenen Briefbogen. Als der Polizist ihn gelesen hatte, erklärte er dem älteren Mann, dass er aussteigen müsse, da er nicht die Erlaubnis habe, Würzburg zu verlassen. Auf seine Bitte, doch seinen Bruder in Frankfurt besuchen zu dürfen, ging der Polizist nicht ein. Er tat seinen Job. Der Polizist begleitete den älteren Mann aus dem Zug. Und schon ging die Fahrt weiter. Die Polizisten waren alle ausgestiegen. Leon zählte zehn von ihnen, die draußen auf dem Bahnsteig auf den nächsten Zug warteten.

In Gemünden, einer kleinen Stadt, dort wo der Spessart beginnt am schönsten zu werden, erkannte er zwei Polizisten, der eine war in Zivil, der andere in Uniform. Sie standen gelangweilt herum, der eine, wohl frierend, tappte mit seinen Füßen ständig von links nach rechts, kaute einen Kaugummi und blickte auf die Zuggäste, die ausgestiegen waren. Unter ihnen waren zwei Menschen mit dunkler Hautfarbe. Der eine trug eine große Reisetasche, der andere schob ein Fahrrad. Als beide die Treppe hinuntergehen wollten, trat der Polizist in Zivil hinter dem Treppengitter hervor und versperrte den Abgang. Der andere Polizist sicherte die Hinterseite ab. Leon glaubte sich in einem Krimi. Warteten die beiden Polizisten auf einen Verdächtigen? Sollte hier auf dem Bahnhof von Gemünden die Falle zuschnappen? Aber wo waren die übrigen Polizisten? Das konnten doch nicht alle gewesen sein? Wo waren die Scharfschützen positioniert? Es gab keine. Ebenso gab es auch keine weiteren uniformierten oder zivil bekleideten Polizisten. Es war eine weitere Passkontrolle für Menschen, die nicht aussahen wie Deutsche. Polizisten, wahrscheinlich auf der Suche nach Asylbewerbern, die sich einfach in Züge setzten und sich erdreisteten, das ihnen angeordnete Territorium zu verlassen.

Solche Polizeikontrollen wiederholten sich fortan auf allen großen, aber auch vielen kleinen Bahnsteigen. Es mag daran gelegen haben, dass es Sonntag war und die Langeweile die Polizisten auf die Bahnsteige ihrer Dienstorte getrieben hatte. Solche Ereignisse waren Leon noch nie vorher aufgefallen. Er fuhr zu wenig mit dem Zug, um beurteilen zu können, ob das normal ist.

Gegenüber von Leon saß seit dem Zugaufenthalt in Würzburg eine junge Frau mit schulterlangen, schwarzen Haaren. Sie war schlank, hatte ein schmales Gesicht. Ihre dunklen Augen waren markant und gaben ihrem Gesicht eine besondere Note. Leon wusste sie nicht einzuordnen. War sie eine Ausländerin? Eine Türkin vielleicht? Eine Kroatin? Eine Russin? Oder war sie doch eine Deutsche? Hatte man sie auch kontrolliert? Durfte sie weiter fahren? Sie durfte, denn als der Zug wieder langsam anfuhr und sich auf den Weg in das nächste Spessartdorf machte, blickte sie plötzlich auf und meinte:

»Zum Glück bin ich nicht in der Situation, wie diese Menschen, die kontrolliert wurden, ich habe nämlich einen Stempel in meinem Pass, der mir erlaubt noch bis nächsten Jahr hier zu bleiben.«

Leon war sichtlich überrascht über die plötzliche Konversation, die die Frau gegenüber mit ihm begann. Es war ihm anzumerken, dass er nicht damit gerechnet hatte.

»Sie sprechen aber so fließend Deutsch, man merkt gar nicht, dass Sie keine Deutsche sind«, entgegnete ihr Leon, der sich innerlich noch nicht auf eine Unterhaltung eingestellt hatte.

»Ich bin seit zwei Jahren hier, aber ich komme aus Albanien.« Erstmals funkelten ihre Augen, als sie das sagte und Leon war neugierig geworden.

»Kommen Sie aus dem Kosovo?«

»Nein, ich komme aus einem kleinen Vorort von Tirana, der Namen des Dorfes wird Ihnen nichts sagen.«

»Aber immerhin kenne ich Tirana!« antwortete ihr Leon, »das ist schließlich auch nicht unbedingt selbstverständlich bei dem allgemeinen Bildungsstand der Deutschen.«

Beide lachten.

»Was machen Sie in Deutschland?« Leon war wieder einmal neugierig. Und immer wenn er neugierig war, versuchte er möglichst viel zu erfahren. Der Beruf des Journalisten, den er erlernt hatte, mag hierfür eine Erklärung sein. Schließlich wollen die immer alles ganz genau wissen.

»Ich bin nach Deutschland gekommen, um frei arbeiten und leben zu können, verstehen Sie das?« Die albanische Frau blickte Leon fragend an. Er fühlte sich etwas hilflos in dieser Situation und wusste zunächst nicht, wie er darauf reagieren sollte.

Sein »Ich verstehe, ja, ich kann mir das gut vorstellen«, war mehr als eine Floskel zu betrachten, die ihm das weitere Nachdenken über die Fortsetzung dieser Unterhaltung erleichtern sollte.

»Können Sie frei arbeiten?« fragte die Frau. Noch so eine Frage, auf der Leon überhaupt nicht gefasst war. Noch nie wurde er so etwas gefragt, noch nie hatte er sich so konkrete Gedanken darüber gemacht.

»Nun, ich glaube schon. Ich bin sicher, dass man in Deutschland frei arbeiten kann, wenn man die Arbeit hat, die man sich wünscht.«

»Es muss schön sein, die Arbeit zu haben, die man sich wünscht, nicht wahr?«

»Ja, das stimmt. Leider können sich immer weniger Menschen die Arbeit aussuchen, die sie sich wünschen.«

»Ich auch nicht«, sagte die Frau. Ihr Blick wurde nachdenklicher und sie schaute zum Fenster hinaus. Der Zug fuhr gerade durch eine Wiesen- und Seenlandschaft. Große Felder, weite Landschaft mit Pferden, die leichtfüßig und federnd auf einer Weide umhersprangen.

»Was haben Sie in Albanien gemacht? Sie sprechen so gut Deutsch?« fragte Leon, um seine Neugierde zu stillen.

»Ich habe in Tirana Deutsch studiert. Meine Lehrerin kam aus der DDR. Es hat Spaß gemacht, ich liebe die deutsche Sprache. Sie ist irgendwie melodisch und auch poetisch, finden Sie auch?«

»Ich weiß nicht«, meinte Leon, »ich spreche diese Sprache schon seit fast fünfzig Jahren und finde nichts Besonderes an ihr.«

»Ich liebe diese Sprache und einige Schriftsteller, von denen ich Bücher gelesen habe«, erzählte sie.

»Und, welche Schriftsteller finden Sie gut?«

»Ich liebe die Sprache von Heinrich Böll, kennen Sie ihn?«

Leon geriet mit seiner Sprache ins Stocken.

»Heinrich Böll? Den Heinrich Böll?« Er wirkte fassungslos. Sie, die ihm da gegenüber saß und aus Albanien kam, sie kannte, nein, sie verehrte diesen Heinrich Böll auch?

»Sie werden es nicht glauben, aber ich verehre ihn auch. Ich habe alle seine Werke zu Hause. Ich habe fast alles gelesen von ihm. Ich...« Leon konnte es nicht glauben, da fuhr er in einem stink normalen Regionalexpress der Bahn von Bamberg Richtung Frankfurt durch die Walachei und wer sitzt ihm da gegenüber? Eine junge Frau aus Albanien, die nicht nur hervorragend Deutsch spricht, sondern die seine Verehrung für Heinrich Böll teilt.

»Glauben Sie an Zufälle?« fragte Leon.

»Man sagt, die größten Zufälle seien bewusste Vorgänge, die vorher bestimmt sind«, bemerkte sie.

»Ja, das glaube ich seit heute auch«, gab Leon lächelnd zur Antwort. Auch sie lachte. Ihr Lächeln war so natürlich und bezaubernd zugleich.

Die Frau, die Leon auf höchsten achtundzwanzig Jahre schätzte und die, wie sich im weiteren Gespräch ergab, dreiunddreißig Jahre alt war, weckte, je länger der Zug seine Spur durch den Spessart zog, immer mehr sein Interesse. Dabei war es weniger die bizarre Schönheit und die Aura, die sie ausstrahlte, als vielmehr die eigenartige Poesie der Sprache, mit der sie auf Deutsch mit ihm kommunizierte. Er hatte noch nie jemanden derart präzise und in Bildern sprechen gehört wie sie. Jeder Satz, den sie formulierte, war in sich schon ein feuilletonistisch angehauchter Beitrag über das Leben an sich. Sie musste es spüren, dass Leon von jeder Formulierung ihrer Sätze sehr angetan war. Leon verstärkte diesen Eindruck unwissentlich, in dem er diese Frau mit lang anhaltenden Blicken musterte und bei jedem Wort, das sie sagte, sich voller Erwartung und entspannt zurücklehnte.

»Welche Meinung haben Sie über uns Deutsche? Böll ist schließlich Geschichte. Das Deutschland ist aber doch ganz anders, oder?«

»Ja, sicher, das heutige Deutschland ist anders. Es ist so unterschiedlich, aber auch faszinierend, finde ich.«

»Es kommt darauf an, was Sie unter faszinierend verstehen. Ich finde es überhaupt nicht faszinierend. In meinem Wortschatz über Deutschland kam faszinierend noch nie vor«, erklärte Leon fast vorwurfsvoll.

»Ich meine die Unterschiedlichkeit der Menschen, die Möglichkeit frei zu reden und zu tun, was man will, verstehen Sie das?«

Leon versuchte zu verstehen, konnte es aber nicht. Seine Erfahrungen der letzten Zeit waren entgegengesetzt von dem, was diese Frau als Eindrücke über dieses Land reflektierte.

»Nennen Sie das faszinierend, wenn Sie im Zug sitzen und draußen ein paar Menschen, die nicht deutsch aussehen, von Polizisten auf dem Bahnsteig angehalten und kontrolliert werden?« Leon war dabei, sich in eine politische Diskussion einzulassen, die, wie er dachte, bei dieser Frau gar nicht notwendig erschien.

»Ich gebe zu, ich habe Angst, wenn ich so etwas sehe. Wahrscheinlich hätten die Polizisten mich mitgenommen und meine Personalien überprüft, aber das ist nicht mein eigentliches Problem hier. Solche Vorgänge gab es auch bei uns in Albanien. Da musstest du kein Ausländer sein, verstehen Sie?«

»Teilweise«, gab Leon zur Antwort.

»Warum sind Sie aus Albanien weg?«

»Ich sagte Ihnen bereits, ich wollte frei arbeiten können hier.«

»Und, können Sie frei arbeiten hier?«

»Hier stellt sich die Frage, was man unter frei definiert. Ich verstehe darunter, dass man nicht nur das arbeiten kann, was man unbedingt möchte, sondern, wenn dem nicht so ist, frei wählen kann, was man sonst noch tun könnte. Verstehen Sie das jetzt besser?«

Leon machte zumindest den Versuch, es zu verstehen.

»Eigentlich bin ich Cellistin, ich habe Deutsch nur studiert, weil ich in diesem Beruf keine feste Anstellung bekommen konnte. Ich war keine Kommunistin, aber ich lebte in einem Land, in dem der Kommunismus regierte. Aber das kennen Sie ja von der ehemaligen DDR. Bei uns war es nicht viel anders als in der Deutschen Demokratischen Republik. Der Kommunismus ist überall gleich, wenn auch partiell unterschiedlich. Mal gibt es mehr Bespitzelung, mal weniger. Unsere albanische Regierung hatte gute Kontakte zur DDR. Also lief das mit dem inneren Sicherheitsdienst ganz gut. Da gab es wenig Möglichkeiten, aus der Reihe zu tanzen.«

»Hatten Sie sich unter dem Begriff Demokratie so etwas wie die Bundesrepublik Deutschland vorgestellt?« wollte Leon wissen und war gespannt auf die Antwort der Frau.

»Das ist alles eine Sache der Interpretation. Aber selbst die schlechteste Demokratie ist besser als das, was wir in Albanien heute noch haben. In Albanien haben wir offiziell jetzt auch eine Demokratie, aber es ist die Fortsetzung des alten Regimes mit neuen Reglementierungen. Aber das können Sie nicht verstehen, Sie hören und lesen nichts über Albanien. Oder haben Sie in letzter Zeit über Albanien etwas in den Medien gehört?«

Die Sprache der Frau, die Leon mit verschränkten Beinen gegenüber saß, wurde betonter und eindringlicher. Fast schien es, als habe sie den Eindruck, sie müsse sich wegen ihres Aufenthalts in Deutschland Leon gegenüber rechtfertigen. Doch das war keineswegs Leons Absicht. Er war nur seiner permanenten Neugier verfallen, die – so hatte es den Anschein – vor nichts halt machte, schon gar nicht vor der Hinterfragung politischer Verhältnisse.

Leon versuchte seine Penetranz der Fragestellung zu drosseln. Er, gerade er, der den Zustand dieses, seines Landes sehr wohl kannte, wollte die sehnsüchtigen Erwartungen dieser Frau keineswegs beeinträchtigen oder in Frage stellen. Gewiss begriff er, dass dieses Land, in dem er wohnte, lebte, das Glück hatte geboren zu sein, demokratische Richtlinien besaß, die –so gut es eben ging – auch eingehalten wurden. In die Tiefe der Bedeutung von Demokratie wollte er indes in diesem Gespräch nicht eingehen. Dies schien ihm in der Kürze der Zeit auch nicht sinnvoll.

Leon schaute auf seine Uhr. In dreißig Minuten würde der Zug in Hensbach einfahren und die Unterhaltung enden. Leon wünschte sich, dass er die Zeit anhalten könnte, um mit dieser Frau weiter reden zu können. Er hatte Gefallen gefunden an dem Austausch von Erfahrungen und Argumenten. Er war gerade dabei, sich in die Situation der Frau hinein zu versetzen, einen Kontakt zu ihr aufzubauen, sie kennenzulernen.

»Wo müssen Sie aussteigen?« fragte er sie, weil er fragen musste, um die Kommunikation nicht ins Stocken geraten zu lassen.

»Ich fahre bis Hensbach. Ich lebe dort seit einem halben Jahr.«

Leon schien erleichtert. Er schnaufte tief durch. Er war zufrieden. Er hatte Zuversicht, sie wieder zu sehen.

»Und Sie? Fahren Sie weiter?« Ihre Augen schauten tief in die seinen und Leon vermochte nicht zu interpretieren, was sie wohl denken mochte, wenn er ihr sagt, dass auch er in Hensbach wohnt.

»Nehmen wir an, auch ich wohne in Hensbach. Könnten Sie sich vorstellen, mich bei einem Milchkaffee wieder zu sehen, um über Böll zu reden, zum Beispiel?«

»Ja, wenn Sie in Hensbach wohnen, könnte ich mir das gut vorstellen.«

»Ich wohne auch in Hensbach. Die Welt ist klein, stimmt`s?«

»Ja, Sie haben recht. Was ist schon die Welt. Albanien, Deutschland, alles nur ein paar Zentimeter auf der Landkarte, habe ich recht?«

»Ja, Sie haben recht.«

»Wie heißen Sie übrigens? Ich heiße Leon, Leon Berger, aber sagen Sie Leon zu mir, Nachnamen sind so anonym und machen einen immer so alt.«

»So ähnlich hat das mein Vater auch immer ausgedrückt. Er meinte, die wirkliche Bedeutung eines Menschen erkennt man nur am Vornamen. Der Vorname ist der Eingang zur Seele eines Menschen. Klingt gut, wie?«

»Ein Poet, Ihr Vater«, erwiderte Leon.

»Ach ja, ich heiße Magdalena. Meine Freunde nennen mich ganz einfach Magda. Kurz und knapp.«

»Gut Magda, ich freue mich, Sie kennengelernt zu haben. Ich hätte nie gedacht, dass eine Fahrt mit einer der Bummelbahn nach Hensbach so erlebnisreich sein könnte.«

Beide lächelten sich an und tauschten ihre Handynummern aus. Sie verabredeten, sich bald in Hensbach wieder zu sehen. Magda freute sich schon auf die gesammelten Werke von Heinrich Böll, Leon auf das, was Magda von ihrem Leben und ihren Ansichten über die Dinge der Welt zu berichten hatte. Als der Zug in Aschaffenburg anhielt, fiel der Blick der beiden wieder auf den Bahnsteig. Und wieder beobachteten sie zwei Polizisten, die wachen Auges vor sich hin standen und die vielen Reisenden musterten, die aus dem Zug stiegen und den Weg Richtung Treppenabgang schritten.

»Sie würden gar nicht auffallen«, meinte Leon zu Magda, »Sie sehen so Deutsch aus.« Sie mussten lachen. Jeder für sich stellte sich in Gedanken das Szenario vor, wenn Magda von diesen Polizisten kontrolliert oder abgeführt worden wäre. Und als ob Magda es geahnt hatte, an was Leon dachte, meinte sie:

»Keine Angst, ich bin hier so richtig gemeldet und ich habe sogar Arbeit. Das Leben ist doch so einfach, nicht wahr?«

»Ja«, meinte Leon nachdenklich, »das Leben ist wirklich einfach.«

Leon war in der Stadt angekommen. Er nahm sich ein Taxi zu seiner Wohnung. In seinen Gedanken war er noch immer in Zellberg, wo alles seine Ruhe hatte. Keine penetrante Ansammlung von Autos, die quietschend durch die Stadt brausten, keine Menschenmassen, die sich durch Fußgängerzonen quälten, keine Luft, die nach Abgasen roch. Zellberg war die Idylle, die sich gestresste Großstädter wünschten. Als er in seiner Wohnung war, spürte er, dass er diese Stille, die er in Zellberg so genossen hatte, schon bald vermissen würde. Die leere Wohnung, in der ihn niemand begrüßte, der leere Kühlschrank, der ihn beim Öffnen anstarrte, als wolle er sagen, dass er sehnsüchtig darauf warte, endlich wieder gefüllt zu werden, die paar Blumenstöcke, die längst verdorrt waren, weil niemand sie in Leons Abwesenheit gegossen hatte, all das erregte in Leon nicht den Wunsch, es sich an diesem

Abend hier gemütlich zu machen. Er fasste den Entschluss, den anstehenden Abend damit zu beginnen, im Parkers ein Guinness trinken zu gehen. Leon verspürte den Wunsch, Menschen um sich zu haben und er ertappte sich dabei in dieser Sehnsucht, die wohl alle hatten, die regelmäßig diese Lokalität aufsuchten, der Sehnsucht, mit anderen zusammen die Einsamkeit zu vergessen.

Es war wie immer, wenn er das Parkers betrat. Die Zusammensetzung der Gästeliste hatte sich nicht merklich verändert. Bis auf ein paar Menschen, die wohl eher zufällig hier gelandet waren, sah er die gleichen Leute sitzen und stehen, die regelmäßig ihre Abende hier verbrachten. Rosana sah Leon sofort, kam hinter der Theke hervor und umarmte ihn.

»Schön, dass du wieder hier bist. Es wird ja auch Zeit, dass ich wieder mehr Guinness verkaufe«, sagte sie zu Leon und drückte ihn an sich.

»Ja, ich freue mich auch, dass ich wieder zu Hause bin«, antwortete ihr Leon. Allerdings war er sich in seinem Innern keineswegs so sicher, wie er es Rosana gegenüber ausgedrückt hatte.

Leon blickte auf Rosanas Bauch, der dicker wirkte als vor einer Woche, als er das letzte Mal hier im Parkers war.

»Werde ich Taufpate?« fragte er sie.

»Ja, du wirst dich damit anfreunden müssen, Leon. Ich werde das Kind bekommen. Ich werde es schon schaffen. Irgendwie schafft man doch alles, hast du mir gesagt, oder?«

»Ja Rosana, irgendwie schafft man alles. Ich freue mich.« Leon nahm Rosana in seine Arme und gab ihr einen Kuss auf ihre Wange.

Das Guinness schmeckt so gut wie lange nicht mehr. In diesen Momenten vergaß Leon seine Erinnerungen an Zellberg. Er war wieder mitten drin in seinem neuen Leben. Zellberg schien ganz weit weg, obwohl es nur zweieinhalb Stunden Zugfahrt waren.

Leon stellte fest, dass Rosana so richtig gut aussah. Er hatte sie selten so fröhlich und ausgelassen erlebt. Bernd saß zusammen mit einigen anderen Stammgästen an einem kleinen Tisch und trank wie - sollte es auch anders sein – genüsslich Kölsch. Leon winkte ihm aus der Ferne zu. Er verspürte wenig Lust, sich zu ihm an den Tisch zu gesellen. Später kam dann auch noch Henriette und George, der Schotte. Die Familie Parker war damit fast vollständig wieder versammelt. Es war unausweichlich, dass Leon mit George auf das gemeinsame Wiedersehen trinken musste. Das vollzog sich in der Form, dass George eine Runde seines Lieblingswhiskys ausgab und Leon danach eine weitere Runde spendierte.

Nichts hatte sich hier im Parkers verändert. Das Bier floss in Strömen, die Leute tauschten ihre Neuigkeiten aus und einige saßen versunken vor ihren alkoholischen Getränken und starrten vor sich hin, Gedanken versunken in eine Welt, die Leon nicht versucht war zu verstehen. Später am Abend, als es ruhiger wurde, der Lärmpegel sich gesenkt hatte und die meisten Gäste schon gegangen waren, setzte sich Rosana zu Leon an die Theke.

»Erzähl wie es war«, forderte Rosana Leon auf. »Hast du alles erfahren, was du erfahren wolltest?« fragte sie neugierig.

»Nein, ich habe nicht das erfahren, was ich für meine Geschichte erfahren wollte, aber ich habe mich an meine Kindheit und Jugend erinnert und eine Jugendliebe wieder getroffen. Das war wunderschön, Rosana. Es war zauberhaft.«

»Du machst mich richtig eifersüchtig, Leon. Da gibt es also jetzt eine Frau in deinem Leben?«

»Sagen wir, ich bin so etwas wie verliebt. Ich lasse die Dinge auf mich zukommen. Aber es ist schön, an sie zu denken.«

»Oh je, du bist tatsächlich verliebt, mein lieber Leon. Wie das wohl enden mag?« Rosana schaute Leon etwas nachdenklich an und Leon grinste.

»Ich weiß es nicht. Das Leben ist voller Überraschungen, wie du weißt.«

»Ja, es ist jeden Tag voller Überraschungen«, wiederholte Rosana und schaute nachdenklich ins Leere.

»Wie soll dein Kind heißen? Max, Eugen, Hans?« »Ich weiß doch gar nicht, was es wird. Könnte ja sein, dass es ein Mädchen wird.«

»Da bin ich ja als Taufpate völlig ungeeignet, wenn es ein Mädchen ist«, meinte Leon etwas verdutzt.

»Leon, in welcher Zeit lebst du? Warum sollst du nicht der Taufpate meines Kindes werden, wenn es ein Mädchen wird? Lebst du nicht im einundzwanzigsten Jahrhundert?«

»Ja, natürlich. Ich werde auch der Taufpate deiner Tochter sein, das verspreche ich dir. Wann ist es soweit?« Leon schaute auf Rosanas Bauch und stellte sich vor, wie es wäre, wenn Jonathan noch am Leben wäre. Würde er sich freuen? Ja, Leon glaubte, dass Jonathan sich freuen würde.

»Termin ist am 14. November, das ist genau in sechs Monaten und drei Tagen. Ich habe einen Kalender angelegt, auf dem ich jeden Tag ausradiere, der weniger geworden ist. Und weißt du was, Leon? Ich freue mich jeden Tag schon auf den nächsten, an dem ich einen weiteren Tag ausradieren kann.«

Rosana und Leon sahen sich tief in die Augen und nahmen sich in die Arme. Sie brauchten keinen Hehl aus ihre Freundschaft zu machen, die sich entwickelt hatte. Sie waren froh darüber, wenn auch durch nicht unbedingt fröhlich zu nennende Umstände, dass sich eine innige Freundschaft aufgebaut hatte. Eine Freundschaft, die unbelastet war, die keinerlei Eifersucht kannte, die losgelöst war von den Zwängen üblicher Lieben. Leon tat es gut, einen Menschen wie Rosana kennengelernt zu haben. Er hatte hier in dieser Stadt einen Menschen gefunden, mit dem er sich über alles austauschen konnte und den er zu allen Tages- und Nachtzeiten aufsuchen durfte, wenn er Sehnsucht hatte nach menschlicher Nähe.

Längst hatte Rosana die Kneipe abgeschlossen. Sie hatte noch eine CD von Garry Moore eingelegt und Leon ein Guinness eingeschenkt.

»Du magst doch Garry Moore, stimmt`s?«
Leon war verdutzt.

»Woher weißt du das?«

»Leon, ich habe schließlich eine Nacht neben dir geschlafen. Das genügt, um einige intime Dinge über denjenigen zu erfahren, der da so neben einem liegt.« Rosanas Lächeln war verschmitzt.

»Ach ja, du erinnerst dich an so vieles in dieser Nacht. Das kommt mir irgendwie spanisch vor. Was habe ich dir sonst noch so erzählt? Erzähl mir, ich werde es alles verkraften.«

»Du hast nur immer wieder von deiner Ex-Frau gesprochen. Eine andere Frau wäre auf und davon gelaufen. Mach diesen Fehler bloß nicht bei deiner Jugendliebe. Frauen reagieren da ganz komisch.«

Dann trank Leon noch ein Guinness, brachte Rosana nach Hause und ging zurück in seine Wohnung, dorthin, wo keiner auf ihn wartete.

Am nächsten Morgen schrillte schon früh um neun das Telefon. Fast wie im Tiefschlaf tappte er in sein Arbeitszimmer, wo das Telefon lag und murmelte ein verschlafenes Hallo in den Hörer. Es war Antonia, die ihm mitteilte, dass sie schon am nächsten Tag kommen wolle, wenn er denn Lust darauf habe. Das machte Leon hellwach und er sprach als sei er überhaupt nicht müde. Momente wie diese hatte er sich seit langem wieder gewünscht. Jetzt war er nervös wie ein kleiner Schuljunge, der das erste Mal ein Gedicht aufsagen musste. Leon war glücklich. Er hätte Bäume ausreißen, wildfremde Menschen umarmen und losschreien können vor Glück. Männer werden nie erwachsen. Leon spürte das.

Vor lauter Aufregung konnte Leon die Nacht über nicht schlafen. Zuvor hatte er die Wohnung fein säuberlich aufgeräumt, die Betten frisch überzogen und vorsorglich schon für den nächsten Tag eingekauft. Champagner zur Begrüßung, frischen Lachs, den er in Blätterteig backen wollte, einen guten Rotwein und andere Köstlichkeiten. Er hatte aus den Geschehnissen der vergangenen Monate gelernt, keine großen Pläne mehr zu schmieden. Dies, so Leon, würde seinem erlangtem Zustand nicht gut tun.

Am nächsten Tag klingelte es gegen 14 Uhr an der Tür. Er schaute kurz zum Fenster hinaus und sah Antonia an der Haustür stehen. Rasch wischte er sich noch den Schweiß von seinen Händen ab, denn er war sehr nervös und öffnete dann die Tür. Wenig später stand sie vor ihm. So schön wie er sie aus Zellberg in Erinnerung hatte. Ihre Lippen waren knall rot geschminkt, ihr angenehm weiches Parfüm duftete verführerisch.

»Endlich bist du da«, entfuhr es Leon und strahlend umarmten und küssten sie sich auf dem Gang.

»Du bist leicht zu finden«, meinte sie und schritt leichtfüßig durch den langgezogenen Wohnungsflur in sein Wohnzimmer.

»Das liegt nur an meiner exakten Wegbeschreibung. Was ich tue, tue ich nämlich mit äußerster Sorgfalt«, antwortete Leon, ging in die Küche, holte den gekühlten Champagner aus dem Kühlschrank, öffnete ihn und goss ihn in die Gläser, die er schon zuvor auf die breite Küchentheke gestellt hatte.

»Du willst mich gleich abfüllen, hast du etwa Hintergedanken, mein Lieber?« fragte sie ihn und Leon spürte, dass seine Wangen erröteten.

»Nein, ich freue mich nur«, entgegnete er ihr. Und so tranken sie auf ihr schnelles Wiedersehen, lachten über das zusammen Erlebte und fühlten sich frisch in all ihren Gedanken und zuversichtlich in all dem, was sich ergeben würde.

Während er das Essen zubereitete, saß sie ihm gegenüber und schaute ihm genüsslich dabei zu. Er fragte sie nach ihren Plänen für die Zukunft, nach ihren Ermittlungen in der Mordsache Meier und nach ihren Träumen. Den Mordfall Albert Meier hatte sie vorläufig eingestellt, denn es hatten sich keinerlei Erkenntnisse aus den tatsächlichen und den vielen anonymen Hinweisen ergeben.

»Und was macht deine Geschichte für Plakativ? Hast du sie schon geschrieben?«

»Nein, ich weiß noch immer nicht, wie ich sie beginnen soll. Du musst wissen, dass jeder Anfang einer Geschichte immer besonders schwierig ist. Es kann lange dauern, bis man den richtigen Faden gefunden hat. Und den habe ich noch nicht gefunden. Mir fehlt so etwas wie die göttliche Eingebung.«

Dabei fiel Leon ein, dass er endlich Adam anrufen müsste, um ihn auf seine Geschichte vorzubereiten. Schließlich hatte er Adam weder einen Mörder zu bieten, noch einen bestimmten Grund, warum dieser Meier ausgerechnet vergast worden war.

Es war schon dunkel auf der Straße, als sie zusammensaßen. Im Hintergrund lief Musik, die sie früher als Jugendliche gerne hörten, Bob Dylan und später dann Leonard Cohen. Antonia sah bezaubernd aus. Leon musste sich zurückhalten, um ihr nicht andauernd vorzuschwärmen, wie gut sie aussah. Er spürte, dass auch sie glücklich zu sein schien. Beide waren erfüllt von der beruhigenden Stimmung, die sie umgab. Sie machten sich keine Gedanken über die Zukunft. Sie tranken Wein, lachten und entschlossen sich zu später Stunde dazu, noch ein wenig spazieren zu gehen, den Leon hatte sie neugierig gemacht auf die wundersame Ergründung dieser eigentlich trostlosen Stadt.

Als sie das Haus verließen war es bereits tief in der Nacht. Bis auf zwei streunende Hunde begegnete ihnen niemand auf den langgezogenen Gehsteigen, die planiert waren mit jungen Bäumen. Die großen Laternen entlang der tagsüber viel befahrenen Straßen leuchteten ihnen den Weg. Vom Regen, der tagsüber wieder einmal große Pfützen hinterlassen hatte, war nichts mehr zu spüren. Die Luft roch angenehm nach frischem Grün. Antonia war begeistert von all den Blumen, die an jeder nur möglichen Stelle gepflanzt waren. Und Leon erahnte auf Grund seines Wissens über ihre Liebe zu Blumen, dass sie es sich nicht nehmen ließe, einige der in allen Farben glänzenden Tulpen und Narzissen zu pflücken. Und so war es dann auch. Antonia konnte einfach nicht umhin, die relative Stille der Nacht auszunutzen und unbemerkt von Autos und Bussen in einem rasanten Tempo einen Strauß frischer Blumen zu pflücken und sich dann rasch in die Sicherheit des Gehsteigs zurück zu ziehen. Näherte sich von irgendwo ein Fahrzeug, was entlang der breiten, langgezogenen Straße leicht eingesehen werden konnte, entschwand sie schnell aus dem Blumenbeet, packte die gepflückten Blumen unter ihre Jacke und tat so, als wandle sie wie ganz selbstverständlich zu dieser Nachtzeit durch die Straßenzüge. Sobald das Auto weg war, huschte sie erneut zu den Blumen, die sie regelrecht anzogen und zupfte sich weitere Tulpen und Narzissen heraus. Ein Schauspiel, das sich ein ums andere Male wiederholte und selbst Leon, der eigentlich viel zu viel Gedanken daran verschwendete, bei so einer Aktion erwischt zu werden, ertappte sich immer öfters dabei, wie er ihr dabei half. Vielleicht tat er es auch nur, damit sich dieses Procedere beschleunigte, bevor tatsächlich noch ein umherfahrender Polizist oder ein gelangweilter Taxifahrer auf die Idee gekommen wäre, anzuhalten und auf die Verwerflichkeit dieser Tat hinzuweisen. Man bedenke nur, eine Staatsanwältin, die verbotene Dinge tat. Leon konnte sich die Überschrift in der Zeitung schon vorstellen: »Staatsanwältin findet Gefallen an den Stadttulpen« oder »Staatsanwältin beim Klauen von Blumen erwischt«. Wie sollte das nur enden? Leon spürte, wie sehr er sie begehrte. Er ließ seine Gedanken einfach treiben. War es wirklich Liebe? Er zögerte dabei, sich in Vergleichen zu üben. Ist jede Liebe anders? Nein, er wollte sich nicht Gedanken machen über etwas, was noch so jung war. Er hatte keine Lust darauf, sich auf einen Zustand zu fixieren, der womöglich gar nicht existierte. Antonia war das, was er Leben nannte: ehrlich, fröhlich und wenn es sein musste auch traurig. Sie war wunderschön, zerrieben von Erlebten, hoffnungsvoll von Künftigem, klug, belesen, witzig, gedankenvoll aber keineswegs verärgert über die Vergangenheit, die auch bei ihr im Laufe der Jahre sehr oft vermengt war mit katastrophalen Ereignissen.

Lass die Ereignisse einfach rollen, dachte er sich und beobachte mit ständig wachsender Freude dieses von ihr inszenierte nächtliche Schauspiel. Als der Strauß eine Größe erlangt hatte, die nicht mehr unter dem Schutz ihrer Jacke zu verbergen war, gingen sie zurück in seine Wohnung. Sie griff sich eine Vase, ließ Wasser hinein und ordnete die Tulpen und Narzissen akribisch. Dann stellte sie die Blumenvase auf den großen Tisch im Wohnzimmer und meinte:

»Spürst du, wie sie dem Zimmer Leben einhauchen?«

»Ja«, meinte Leon, »sie sind wunderschön und so billig.«

Antonia lachte. Sie lachte wie immer wunderschön. Sie hatte dieses Lachen einer glücklichen Frau in ihrem Gesicht, das Leon sich in seinen Träumen immer vorgestellt hatte. Wie schön sie nur ist, dachte er sich, während er sie so lachen sah. Er wünschte sich ihre Gegenwart auch in den Tagen, in denen er seine Melancholie ausleben musste.

Er wünschte sich Abende wie diese, an denen sie beide des Nachts durch irgendwelche Straßen in irgendwelchen Städten spazierten und sich dem Unfug preisgeben, den nur kleine Kinder machen. Und wenn Leon Antonia so ansah, kamen ihm ständig diese Gedanken, ob es Liebe sei, was er für sie empfinde. War es damals im Gymnasium auch schon Liebe? Nein, er wollte nicht schon wieder darüber nachdenken.

»Warum schaust du mich so nachdenklich an, Leon?« unterbrach Antonia sein Gedanken.

»Ich überlege gerade, ob ich dich heiraten soll«, antwortete Leon und fing an zu lächeln.

»Oh, der Herr hat noch nicht genug? Er möchte einfach die nächst Beste heiraten, ohne zu wissen, was ihn dabei so alles erwartet«, scherzte Antonia und sie lachten. Dann umarmten sie sich, küssten sich auf alles, was an ihren Körpern war und fanden sich nach nur kurzer Zeit in seinem Bett wieder. Die Liebkosungen, denen sie sich hingaben und die sie austauschten waren voller Hingebung. Ihr Körper war das Faszinierendste, was er je gefühlt hatte. Die Glätte ihrer Haut, die sanften Brüste, rund und fest, ihre schlanken, langen Beine, ihr wunderschön geformter Hintern mit dem kleinen Muttermahl auf der rechten Pobacke. Leon schwamm im See der Glückseligkeit und Antonia schwamm mit. Eng umschlungen schliefen sie ein. Leon spürte, dass man am schönsten einschläft, wenn man alle Gedanken aus seinem Kopf streichen konnte. Er ließ sich einfach in Träume entführen. Träume, die jenseits aller Gegenwart spielten und von all dem Glück erzählten, das ein Mensch haben konnte.

Sie schlief noch, als er frische Brötchen holen ging und wenig später das Frühstück zubereitete. Als er sie mit einem zärtlichen Kuss auf ihre Wangen weckte, zog sie ihn zu sich auf das Bett und verführte ihn. Solche Morgen gab es sonst nur in abendfüllenden Liebesfilmen.

»Wann musst du wieder fahren?« fragte Leon, als sie frühstückten.

»Ich werde deine Gastfreundschaft auch heute noch ausnutzen, ob du willst oder nicht.«

»Es gibt bedeutend Schlimmeres. Ich hatte schon geglaubt, du willst hier einziehen«, gab ihr Leon mit spitzer Zunge zurück.

»Nein danke, ich habe noch immer genug von andauernden Männergesellschaften in meiner direkten Umgebung.«

»Oh, ich vergaß, Madame sind auch geschädigt.«

»Ja, so könnte man das umschreiben.«

»Was wollen wir tun? Soll ich dir die übrigen Grünanlagen der Stadt zeigen? Hast du noch mehr Lust auf Tulpen und Narzissen?«

»Eigentlich habe ich noch mehr Lust auf dich«, überraschte sie ihn, »aber ein bisschen frische Luft könnte ja nicht schaden.«

Dann gingen sie nach draußen und Leon zeigte das Wenige, das es von dieser Stadt außer den vielen neuen Grünanlagen zu sehen gab. Eng umschlungen steuerten sie die wenigen schönen Cafés an, die es gab. Sie amüsierten sich wie kleine Kinder, zupften sich die Nase gegenseitig, neckten und küssten sich. Das waren diese Glücksmomente, die Leon am liebsten einfrieren wollte, um sie dann wieder aufzutauen, wenn er Verlangen danach verspüren sollte.

Auch Antonia schien diese Flucht aus ihrem Alltag zu genießen. Sie unterhielten sich über das, was ihnen Leben bedeutete und unweigerlich kamen sie auf das Thema Liebe. Leon erzählte ihr, dass er noch nie eine definitive Erklärung für diesen Begriff gefunden habe und dass ihn rein bildlich gesprochen der Ausspruch von Kurt Tucholsky »Liebe ist, wenn sie dir die Krümel aus dem Bett holt«, am meisten anspreche. Worauf Antonia meinte, dass dies rein bildlich zu akzeptieren sei, vom Inhalt her aber mehr nach einer aufopfernden Liebe klinge.

»Was ist Liebe für Dich?« fragte er sie und er bemerkte, dass sie etwas erschrocken darüber war. Antonia schaute an die Decke des Cafés, schloss für einige Momente ihre Augen und antwortete dann:

»Liebe ist der chaotische Zustand, wenn sich zwei Menschen zu sehr aneinander gewöhnt haben.«

»Und was beinhaltet dieses Chaos?« wollte Leon wissen.

»Das Chaos beginnt, wenn die beiden nur noch aneinander vorbei leben, wenn sie vergessen, mit einander zu sprechen, wenn selbst ganz einfache, täglich Dinge nicht mehr besprochen werden.«

»Nur der Einkauf, der zu erledigen ist?«

»Ja, nur der Einkauf zum Beispiel.«

Leon nickte.

»Ja, könnte sein. Ich habe so etwas auch durchlebt, aber wohl zu spät bemerkt, dass es da noch Wichtigeres gibt.«

»Siehst du, jetzt habe ich dich wieder ein Stück therapiert. Geht doch ganz einfach mit dir«, meinte Antonia und zwinkerte mit ihrem rechten Auge.

Der Nachmittag verrann. Die Stunden der Uhr schritten im Eiltempo dahin. Zuhause kochte Leon

Spaghetti mit selbstgemachtem Basilikumpesto. Als er den Tisch aufräumte, drehte ihm Antonia eine Zigarette, zog ein paar Mal daran und wiederholte den für sie abenteuerlichen Versuch, noch eine Zigarette zu drehen, um selbst eine zu rauchen. Die Gedanken darüber, was aus ihnen werden würde, beschäftigte beide, nur keiner hatte das Verlangen, sich darüber äußern. An den Blicken, die sie sich gegenseitig zuwarfen, erkannten sie beide diese Gedanken, die ihnen im Kopf herum schwirrten. Als sich diese Gedanken auch durch wilde Küsse nicht vertreiben ließen, fragte Leon sie, wie sie sich die Zeit mit ihm vorstelle.

»Ich weiß es nicht, Leon. Lass mich doch einfach so glücklich sein wie im Moment. Ich möchte nicht darüber nachdenken, jetzt nicht. Lass uns ins Bett gehen, ich will dich spüren.«

Gerne hätte er mehr über ihre Gedanken erfahren, aber er wollte die zärtlichen Augenblicke mit Antonia, die am nächsten Tag schon wieder enden würden, nicht ausarten lassen in komplizierte Diskussionen über Zustände, die an diesem Tag noch keine Rolle spielten.

So vergruben sie sich unter ihre Bettdecken und durchlebten ihre Gefühle, die sie für einander empfanden. Dann, bevor sie einschliefen, eng aneinander gekuschelt wie in der Nacht zuvor, streichelte er ihren Kopf, die wunderschönen langen Haare und küsste sie in den Schlaf.

Nach dem Frühstück am nächsten Morgen musste Antonia wieder nach Zellberg zurückfahren. Sie war zwar gut gelaunt, doch ihre Blicke, die sie zwischenzeitlich ins Leere richtete, ließen andere Gedanken in ihr erahnen.

»Melde dich doch einfach krank, liebeskrank oder so«, versuchte Leon sie auf zu heitern.

»Nein, du musst endlich deine sagenhafte Geschichte über den mysteriösen Tod eines ehemaligen Bürgermeisters schreiben. Darauf wartet ganz Deutschland und wehe, ich komme in deinem Artikel nicht gut weg! Ich werde dich dann anklagen!«

»Schön, dass du von den wahren Problemen ablenkst«, entgegnete ihr Leon.

»Wann sehen wir uns wieder? Übermorgen? Überübermorgen?«

»Wir telefonieren, dann werden wir sehen, ok?«

»Wir telefonieren«, ÿffte Leon ihr nach, »das klingt wie nach einem One-Night-Stand, wenn sich der eine von beiden sicher ist, den anderen nicht wieder sehen zu wollen.«

»Beleidigt?« bohrte Antonia nach.

»Nein, nur unbefriedigt. Können Sie mir nicht einen ungefähren Termin sagen, Frau Staatsanwältin? Ich begehre sie nämlich.«

»Oh, das ging ja gerade noch gut, ich dachte schon der Herr Journalist erklärt mir jetzt seine große Liebe!«

»Willst du das, das kann ich auch, aber wehe du stimmst dem nicht zu!«

»Nein, lassen wir das lieber. Könnte wieder im Bett enden oder so, ich muss aber jetzt fahren.«

»Ja, du musst fahren und ich muss endlich mit Adam telefonieren wegen der Geschichte und ihm sagen, dass kein Mörder zu finden war.«

»Siehst du, da haben wir beide etwas zu tun.«

»Und wann telefonieren wir miteinander?« Leon fühlte sich ungeduldig wie lange nicht mehr.
»Ich glaube, ich bin heute Abend zu Hause Herr Berger. Wir könnten es dann probieren, wenn sie keine Termine haben.«
»Gut, gegen neun. Rufst du an oder ich?«
»Wer zuerst ist, ok?«
Er küsste sie noch einmal auf ihre zärtlichen Lippen, dann packte sie ihre Reisetasche, drückte ihn noch einmal an sich und war entschwunden. Zurück blieb der angenehm frühlingshafte Duft ihres Parfüms.

Als Leon am Abend gegen neun Uhr bei ihr anrief, ging niemand ans Telefon. Er sprach auf ihren Anrufbeantworter und bat sie, ihn, der voller Sehnsucht nach ihrer Stimme sei, sofort zurückzurufen, selbst wenn es spät in der Nacht sei. Antonia rief aber nicht zurück. Leon, der nicht wusste, wie er das zu interpretieren hatte, lag die Nacht über wach und ertappte sich erneut in den Versuchen, den Begriff Liebe in eine realistische Definition zu fassen. Eine ausweglose Situation.
Am frühen Morgen, als schon die ersten Sonnenstrahlen in sein Schlafzimmer eindrangen, schlief er endlich ein, ohne eine für ihn plausible Erklärung gefunden zu haben.

Gegen Mittag schrillte sein Telefon. Leon rannte völlig ungestüm zum Esstisch im Wohnzimmer, stieß dabei beinahe den wunderschönen Strauß mit den Tulpen und Narzissen um. Er hoffte, es wäre Antonia, aber es war Magda, die Frau, die er auf seiner Zugfahrt von Zellberg nach Hensbach kennen gelernt hatte.

»Hallo Leon, ich wollte mich mal melden, nachdem du es ja noch nicht getan hast. Störe ich dich gerade?«

»Oh, hallo Magda, nein, du störst nicht«, entgegnete ihr Leon, der natürlich enttäuscht war, dass nicht Antonia am Telefon war, aber erfreut, dass jemand an ihn gedacht hatte.

»Wie geht es dir, Magda? Alles in Ordnung soweit?«

»Ja, mir geht es ganz gut. Das Lernen macht etwas Stress, aber das ist schon ok. Und du?«

»Ich habe ganz anderen Stress, aber er lässt sich auch noch gerade ertragen.« Er überlegte kurz und dann lud er sie auf einen Milchkaffee bei sich ein.

»Ich könnte jetzt jemanden brauchen, mit dem ich mich unterhalten kann, hast du Lust?«

»Muss ich Händchen halten oder ist es noch nicht so schlimm?« fragte Magda.

»Nein, das Schlimmste, was passieren könnte, ist, dass du mich reanimieren musst, aber soweit müssen wir es ja nicht kommen lassen.«

»Dann bin ich ja beruhigt. Ich komme gerne.«

Leon war für einen Moment abgelenkt von seinen Gedanken an Antonia. Er freute sich auf Magda, er freute sich mit ihr über Belangloseres reden zu können als über die Liebe. Er freute sich, mit ihr über Böll und Musik zu sprechen. Es war gut, dass sie gerade jetzt angerufen hatte.

Magda kam gegen fünf Uhr nachmittags. Er hatte sie so schön gar nicht in Erinnerung. Sie trug einen dunkelblauen, kurzen Rock und darüber einen senfgelben Rolli. Sie strahlte Zufriedenheit aus und das tat Leon gut. Nachdem sie sich umarmt und freundschaftlich geküsst hatten, gingen sie ins Wohnzimmer. Sie sah den herrlichen Strauß Blumen und fragte mit einer Unbekümmertheit, die Leon noch nicht an ihr bemerkt hatte, von welcher Frau er den bekommen habe.

»Sie wurden mir nachts von der Straße gepflückt, aber ich weiß nicht, was sie bedeuten sollen.«

»Hat sie deine Freundin für dich gepflückt?« fragte Magda.

»Ich weiß nicht, was sie ist. Sie war jedenfalls einmal meine Jugendliebe. Ich habe sie zufällig wieder getroffen, als ich zu Hause bei meinem Vater war. Und jetzt hat sie mich besucht, aber sie ruft mich nicht mehr an.«

»Vielleicht ist es ihr zu viel?« meinte Magda.

»Kann sein, aber dazu hat man doch einen Mund, um es einem zu sagen, oder?«
Magda lächelte.

»Du scheinst die Frauen nicht gerade gut zu kennen, Leon. Sie sind anders als ihr Männer.«

»Ja, sicher sind sie anders, aber warum gerade so anders?«

»Du bist also verliebt. Soll ich dich lieber alleine lassen in deinem Unglück?«

»Nein, bloß nicht, das wäre das Schlimmste, wenn du jetzt gleich wieder gehen würdest. Du lenkst mich ab, ich freue mich, dass du dich gemeldet hast.«

»Ja, ich hatte entsetzliche Langeweile. Immer nur auf die Prüfung zu lernen ist schlimm.«

»Kaffee oder Sekt?« fragte Leon.

»Du hast noch Sekt übrig?« meinte Magda etwas entsetzt.

»Nein, ich habe immer Sekt, ich trinke ihn auch, wenn ich alleine bin.«

»Ok, dann Sekt.« Magda lachte verschmitzt.

Während Leon den Sekt aus dem Kühlschrank holte, ging Magda zum langen Bücherregal und sah sich die vielen Bücher an, die dort ruhten. Sie entdeckte die vielen Böll-Bücher, darunter auch die Gesamtedition, die ihm sein Vater als Jugendlicher geschenkt hatte. Als Leon zurückkam aus der Küche, hatten sie das Thema für ihre weitere Unterhaltung gefunden.

»Weißt du, welches mein Lieblingsbuch von Böll ist?« fragte ihn Magda.

»Nein, aber lass mich raten: Ansichten eines Clowns?«

Magda war überrascht.

»Habe ich dir das schon im Zug gesagt?«

»Nein, es ist nur mein Lieblingsbuch, ich dachte, das könnte auch deines sein.«

»Ja, es ist mein Lieblingsbuch. Du rätst gut. Ich fand Verlierer schon immer gut. Deshalb liebe ich dieses Buch wohl so.«

Sie durchstöberten die Bücher, die er von Böll hatte, zitierten Inhalte und lasen sich gegenseitig Passagen aus seinen Hörspielen und Romanen vor. Eine Lesestunde, die bis in die späte Nacht andauerte. Versetzt mit viel Sekt, mit andächtigem Zuhören und mit steter Wachsamkeit vor einem etwa willkürlichem gegenseitigen Annähern.

Wie schön es war, sich mit jemandem über Literatur zu unterhalten, sich gegenseitig aus Büchern seine Lieblingssätze vorzulesen, darüber zu diskutieren, was sich der Schriftsteller wohl dabei gedacht habe. Leon rauchte noch nie so viele Zigaretten wie an diesem Abend und in dieser Nacht. Später dann verfielen sie doch in Gedanken über die Liebe. Vor allem wohl deshalb, weil Leon mit zunehmendem Alkoholgehalt von der eher fiktiven Welt in die reale wechselte.

Magda verspürte diese Veränderung in seinem Verhalten und versuchte, so gut es ging, ihn zum Sprechen über das zu bewegen, was ihn zu bedrücken schien. Und Leon fing an zu erzählen, dass er glaube, die richtige Liebe gebe es nicht. Liebe sei nur ein hohles Wort, das dazu missbraucht werde, Frauen und Männer über eine gewisse Zeit hin zu verbinden, um später zu bemerken, dass es gar keine richtige Liebe gewesen war.

»Du bis ziemlich resigniert, Leon. Ich verstehe, dass du Angst hast vor einer neuen Liebe, aber du hast doch früher selbst daran geglaubt, oder?«

»Erstaunlich, ja, ich dachte es gibt sie wirklich. Aber das ist weit weg Magda, das ist Vergangenheit.«

»Ja, es gehören immer zwei dazu, das meinst du doch oder?«

»Ja, so könnte man auch sagen.«

»Ich bin übrigens verheiratet, Leon.« Leon erschrak.

»Wie, du bist verheiratet? Mit wem, ich meine hier in Hensbach?«

»Nein, mein Mann ist nach wie vor in Albanien. Er wohnt in Tirana und arbeitet an der Universität als Dozent für slawische Sprachen.«

»Und warum ist er nicht hier? Lebt ihr getrennt?«

»Ja, wir haben uns vor zwei Jahren quasi getrennt. Er hat nie so recht verstanden, was ich will. Er wollte, dass ich nicht mehr studiere. Er wünschte sich Kinder, ich wollte damals aber noch keine.«

»Aber du hast ihn doch geliebt, oder?«

»Ich habe ihn wahrscheinlich so geliebt, wie du deine Frau geliebt hast, Leon. Ja, wir waren auch glücklich, aber irgendwann hatte ich keine Kraft mehr dazu, da bin ich nach Ostberlin, wo meine Deutschlehrerin herkam. Aber ich liebe ihn immer noch.«

»Hast du noch Kontakt zu deinem Mann?«

»Jetzt wieder, er war auch mal hier. Wir haben den Versuch unternommen, uns auszusprechen, er will, dass ich mit ihm nach Berlin ziehe, er hat dort eine Dozentenstelle an der Universität in Aussicht.«

»Und wirst Du mit ihm nach Berlin ziehen?«

»Ich glaube schon, er ist es mir noch immer wert. Ich will dir damit nur sagen, dass wahre Liebe wohl nie erlischt, Leon.«

»Was willst du mir damit sagen Magda?«

»Nicht viel, nur dass Liebe erlischt, wenn man den anderen nicht gewähren lässt, dass man aber für seine Liebe auch kämpfen muss, verstehst du?«

Leon versuchte es, erklärte aber, dass es auch viele Gründe dafür gibt, dass Liebe einfach erlischt. Langeweile, das Gefühl, nicht verstanden zu werden, das Gefühl, sich satt gesehen zu haben am anderen.

»Ja, es gibt tausend Gründe dafür, dass jemand sich von einem löst, einen verlässt, aber du darfst nicht verkennen, dass zumindest bei den meisten vorher Liebe vorhanden war.«

»Ich nenne es nicht Liebe, ich nenne es jemandem zugetan sein, Suche nach Nähe, Gier nach Sex, eine gewisse Art des verliebt seins. Aber das ist für mich nicht Liebe Magda, das ist ein bisschen von allem. Liebe ist ein ganz anderer Begriff. Ich bin nicht gläubig, aber da glaube ich mehr an die Erklärung der Liebe, wie sie in der Bibel definiert wird. Liebe ist für mich so etwas wie Vollkommenheit.«

Magda sah Leon eindringlich an, streifte mit ihrer rechten Hand zärtlich über Leons hohe Stirn und sagte: »Du bist ein kleiner Träumer.«

»Nein, ich lebe nur in der Welt des Absurden.«

»Wenn du nicht an die Liebe glaubst Leon, dann wirst du sie nie erfahren.«

Magda sprach wie eine Weiße aus dem Morgenland. Ihre Worte klangen so bedächtig, so als sei sie instinktiv überzeugt von dem, was sie Leon sagte.

»Und du glaubst noch an die Liebe?« wollte er von Magda wissen.

»Ich glaube, es gibt sie. Man muss sie nur finden, oder fest daran glauben. Irgendwo gibt es sie, Leon, auch für dich.«

»Klingt ja toll. Du sprichst wie eine Philosophin. Alles klingt so klar und sogar vorstellbar, aber du kannst mich nicht damit noch immer nicht überzeugen.«

»Ich habe auch lange darüber nachgedacht Leon, und ich habe festgestellt, dass ich meinen Mann noch immer liebe. Wir wollen in Berlin einen Neuanfang wagen.«

»Das freut mich für euch, Magda«, sagte Leon.

Leon erklärte ihr, dass er dafür wäre, das Wort Liebe aus allen Lexika zu verbannen. Zuneigung sei der richtigere Begriff, denn selbst ein langes Zusammenleben sei letztendlich nur noch von Routine geprägt. Gewohnheiten, die sich etabliert hätten, wie Einkaufen, Spazierengehen, den Haushalt in Ordnung bringen, Kinder großziehen, Geburtstage feiern. Alles sterile Mechanismen, die immer wiederkehren würden. Und wenn es dann einem langweilig würde, lege man sich einen Liebhaber oder eine Liebhaberin zu, als Entspannung vom Alltag, als Ausbruchsversuch von der Alltäglichkeit des Wahnsinns, der sich aus dem Zusammenleben ergebe.

»Stell dir vor Magda, ich kann jetzt schon nicht mehr glauben, dass ich Laura wirklich einmal geliebt habe. Jetzt schon nicht mehr, nach acht Monaten! Das kann doch keine Liebe gewesen sein, oder?«

»Du willst es nur nicht wahrhaben Leon. Du weißt auch, dass es Liebe war. Du weißt es ganz sicher, sie hat dir nur weh getan und das kannst du nicht begreifen, weil du zu stolz bist.«

Leon überlegte. Er fand keine Worte, um darauf zu antworten.

»Liebe ist auf jeden Fall existentiell, es gibt sie und du und ich werden sie auch wieder finden.«

»Finden? Du tust so, als suche man die im Heuhaufen oder so.«

Magda lächelte.

»Nein, rein zufällig finden. Du hast eben schlechte Erfahrungen gemacht, ich auch, na und? Willst du deswegen aufgeben? Da draußen läuft garantiert die Frau herum, die zu dir passt, du musst nur daran glauben.«

»Und was meinst du ist das mit Antonia? Ich habe sie nach zwei Jahrzehnten wieder getroffen, ich habe mich in sie verliebt und sie vielleicht auch in mich, aber sie meldet sich nicht, obwohl wir es abgesprochen hatten. Sie ist nicht Zuhause oder sie geht nicht ans Telefon. Wie erklärst du so etwas?«

»Vielleicht ist sie zu schwach dafür, vielleicht fühlt sie sich noch nicht in der Lage dazu, eine Beziehung mit dir einzugehen, oder sie überlegt sich gerade, was aus euch werden könnte. Frauen sind eben anders als Männer, das habe ich dir schon gesagt.«

»Ja, das ist das Problem. Frauen sind anders, ganz anders. Ich komme damit nicht klar. Ich investiere einfach zu viel an Gefühlen.«

»Dann gehe eben sorgfältig damit um.«

»Du sprichst wie mein Psychiater Magda.«

»Ich bin nur ich, ich habe auch schon so einiges erlebt Leon, glaube ja nicht, nur weil du zehn Jahre älter bist als ich kann ich da nicht mitreden.«

Leon erklärte, dass er sich einfach daran störe, wenn zwei Menschen, die zueinander finden, sich die ewige Liebe schwören. Dass sei von Anfang an eine Lüge, diese ewige Liebe als eine geballte Ladung an Gefühlen, glücklichem Sex und Vertrautheit könne es nicht geben. Liebe, so Leon, sei keine auf Kontinuität aufgebaute Zukunft.

»Dann nenne es einfach nur Beziehung. Begriffe lassen sich austauschen, aber das Gefühl jemanden lieb zu haben, das ist doch auf jeden Fall vorhanden, oder zweifelst du das auch an?«

»Nein. Aber du bist für mich auch so etwas wie eine Beziehung. Ich trinke hier mit dir Sekt, rede über Böll, Bücher, wir lesen uns aus Büchern gegenseitig vor, die wir mögen und es ist mitten in der Nacht.«

»Gut, dann haben wir eben eine Beziehung. Nenne es ruhig so. Ich finde nichts Verwerfliches daran.«

»Gut. Das ist gut zu hören. Also haben wir eine Beziehung, eine, die nicht im Bett stattfindet, sondern eine, die rein platonisch ist, habe ich recht?«

»Ja.«

»Aber das funktioniert bei mir nicht. Ich hatte bislang keine rein platonische Beziehung zu einer Frau, mit der ich mitten in der Nacht Sekt trinke. Da fängt mein Dilemma ja schon an.«

»Dann gewöhne dich daran, Leon. Fange damit an, dich an gewisse Dinge zu gewöhnen, zum Beispiel daran, dass Frauen eben anders sind als Männer. Und stell dir vor, ich kann mit dir Sekt in der Nacht trinken, ohne schwach zu werden, kannst du das verstehen?«

»Ja, erstaunlich. Ich merke das.«

Leon bereitete Magda ein Bett auf seiner Couch im Wohnzimmer. Er wollte zumindest spüren, dass noch jemand in seiner Wohnung ist in dieser Nacht. Einfach nur wissen, da ist jemand. Ja, das war wichtig für ihn.

»Und wehe, du besorgst morgen früh keine frische Brötchen«, hatte sie ihm noch zugerufen, als er in sein Schlafzimmer entschwand. Antonia rief zwar nicht an, aber Leon konnte schlafen.

Sie hatten gefrühstückt und dabei Miles Davis gehört. Anschließend war Magda gegangen. Sie hatte sich zwei Böll-Bücher mit seinen Hörspielen, Theaterstücken und Drehbüchern mitgenommen. Magda trug die Bücher wie einen kleinen Schatz ganz fest unter ihrem rechten Arm.

»Ich passe gut drauf, du brauchst dir keine Sorgen um die Bücher zu machen«, hatte sie ihm noch zugerufen, als sie die Wohnungstür hinter sich schloss. Leon hatte noch niemandem Bücher von Böll ausgeliehen, geschweige sich gegenseitig Sätze aus seinen Romanen vorgelesen. Das alles erschien ihm unheimlich, nicht verständlich.

Ob er wollte oder nicht, er musste Adam anrufen. Die Sache mit der Geschichte über den Mord an Meier musste endlich zu Ende geführt werden. Er hatte sich einen Gesprächsleitfaden aufgeschrieben, um Adam davon zu überzeugen, dass dies keine Geschichte über die Aufdeckung von irgendwelchen Nazi-Vergangenheiten werde und dass er auch gar nicht dazu in der Lage und schon gar nicht bereit sei, Prognosen oder Vermutungen darüber aufzustellen, die diesen Meier mit Geschichten während der Nazi-Herrschaft in Verbindung bringen würden. Nein, dazu hatte Leon viel zu wenig über diesen Meier und seine Familie erfahren. Er wollte einfach nur schreiben, was er dort in Zellberg erlebt hatte. Und eines hatte er sich als Journalist von Anfang an geschworen: nur über Wahrheiten zu schreiben, nicht zu interpretieren.

»Hallo Adam, hier spricht dein Gewissen«, begann Leon das Telefongespräch.

»Ich grüße dich. Habe schon sehnsüchtig auf deinen Anruf gewartet, die Menschen warten alle gespannt auf deine Geschichte, wann kommt sie?«
Adam schien etwas ungehalten, sicher hatte er schon bedeutend früher mit Leons Anruf gerechnet.
»Ja, keine Angst, sie kommt. Aber es wird eine andere Geschichte, als du sie vielleicht erwartest, Adam.«
»Was heißt das? Ist der Meier von den Toten wieder auferstanden? Ha, ha.« Leon hasste diese blöden Witze, für die Adam schon damals bei der Regionalzeitung bekannt war.
»Nein, er schlummert sanft, aber es gibt weit und breit keinen Hinweis auf seinen Mörder. Die Staatsanwaltschaft wird den Fall wohl vorübergehend einstellen, wenn sich nichts mehr Überraschendes tut.«
»Wie, es gibt keine Spur von dem Typen, der den Meier vergast hat? Gibt`s doch nicht! Das war bestimmt die alte Haushaltshilfe, die er hatte.« Adam tat so, als sei er wirklich überrascht. Leon sah das als positiven Ausgangspunkt für seine weitere Gesprächsführung.
»Ich kann nur über das schreiben, was ich recherchiert habe, was die Staatsanwältin mir sagte und was ich von den Leuten vor Ort erfahren habe. Die alte Haushaltshilfe war es schon mal nicht, das hat die Polizei bestätigt. Meine Reportage wird mehr ein Bericht über Frankenwein, fränkisches Bier und fränkischen Starrsinn.«
»Keine Leute, die man mit Geld zu irgendwelchen Aussagen ködern könnte?«

Leon wusste, dass diese Frage kam. Es war eine Frage, die zwangsläufig kommen musste, denn um »wahre« Geschichten zu bekommen, lässt man bei größeren Blättern und Magazinen eben mal ein paar Euro fließen, damit man wenigstens etwas schreiben kann.

»Nein Adam, mit Geld kommst du da, wo ich herkomme, überhaupt nicht weit, glaub es mir.«

Das Gespräch mit Adam zog sich noch einige Minuten hin, wobei es hauptsächlich darum ging, ob Leon seine Lethargie schon wieder verloren habe und was die Frauen so machen würden in Hensbach. Leon verzieh Adam seine dreisten Bemerkungen, er kannte ihn schließlich nicht anders. Und mit sehr viel Glück konnte er sogar vermeiden, dass ihn Adam in Hensbach besuchen kam, denn das wäre das Letzte gewesen, was Leon sich noch gewünscht hätte. Sie verabredeten, dass Leon in zwei Tagen das Manuskript zuschicken würde. Er, Adam, werde sich das Ganze dann durchlesen und entscheiden, in welcher Form es platziert werde.

Leon hatte sich ein Guinness verdient. Seine Stimmung war zwar nicht nach Unterhaltung ausgerichtet, aber er wollte Rosana sehen und hören, wie es ihr ging. Keiner freute sich so wie sie, als er herein kam. Strahlend kam sie auf ihn zu, drückte ihn an sich und flüsterte ihm ins Ohr:

»Noch sieben Monate und zwei Tage.«

Darauf trank Leon dann drei Guinness. Die Gesellschaft war illuster wie immer. Alle Dauertrinker waren versammelt, Bernd philosophierte über die für ihn wichtigen Dinge des Lebens, also über Golf und Design, George diskutierte mit Henriette über die Erziehung von Kindern und Paul, dieses Mal mit giftgrünem Rollkragenpullover, verkündete mit Stolz, dass er es am Abend vorher geschafft habe, mehr Guinness zu trinken, als Zigaretten zu rauchen. Und das war es ihm wert, alle, die am Tresen saßen, auf eine Runde Whisky einzuladen, worauf natürlich vor allem George besonders begeistert reagierte.

Leon war wieder einmal der letzte Gast und wartete darauf, dass Rosana mit dem Abrechnen und Saubermachen fertig war und sich zu ihm setzte. Er fühlte sich wie ein Liebhaber, der seine Freundin nachts vom Arbeiten aus der Kneipe abholt. Leon wurde bewusst, dass er die Wesenszüge eines besorgten Liebhabers annahm. In diesem Fall wohl eher die eines Bruders, der um seine Schwester besorgt war. Jedenfalls war es ihm nicht unangenehm. Er zelebrierte es. Er fühlte sich gut dabei.

»Noch ein Bier, Herr Taufpate?« rief Rosana hinter der Theke hervor.

»Wenn du mich dann nach Hause bringst gerne«, gab Leon als Antwort.

Rosana legte eine Platte von Leonhard Cohen auf, kam zu ihm, setzte sich neben Leon an den Tresen und sagte:

»Meldet sie sich nicht mehr bei dir?«

Leon ahnte, dass Rosana etwas von seiner Traurigkeit bemerkt hatte. Seine Blicke schienen nicht fröhlich genug, um daraus zu interpretieren, dass alles in Ordnung war.

»Deswegen hast du also eine Platte von Leonhard Cohen aufgelegt? Damit ich noch mehr in mich hinein krieche?«

»Nein, nicht damit du in dich noch mehr hinein verkriechst, sondern weil es schöne Texte sind, die auch ein bisschen Hoffnung ausdrücken, und die brauchst du ganz schön dringend, lieber Leon.«

»Es kann ganz schön schnell gehen, von einem Tief ins andere, Rosana. Ich dachte nach der Trennung von meiner Frau ginge es nicht mehr tiefer bergab, aber es finden sich immer wieder neue Untiefen, in die ich hineinfalle. Keiner warnt einen davor, die Gier zieht einen einfach hinein. Zack, und schon bist du wieder da, wo du nie wieder hin wolltest. Und wer ist dran schuld? Die Frauen, Rosana, ja die Frauen. Ich glaube, ich werde sie nie verstehen. Kann man sie als Mann überhaupt verstehen?«

»Um Himmels Willen Leon, du bist ja richtig frustriert! Es wird schon irgendwie weiter gehen, was soll ich sagen? Glaubst du, ich mache weniger durch als du?« Rosana schaute Leon vorwurfsvoll an, als wolle sie sagen, ich bin bald zwei und weiß nicht, wie ich es anstellen soll.

»Entschuldige, aber ich lebe mit der Verzweiflung eines Irrsinnigen, der nicht weiß, wo sein Weg entlang führt. Ich weiß, wie es dir geht, aber ich kann meine Stimmung auch nicht zurückhalten.«

»Gut, entschuldigt, Herr Berger. Warum rufst du sie nicht noch mal an, wenn dir so viel an ihr liegt? Angst, dass sie wieder nicht ans Telefon geht, weil sie deine Nummer im Display sieht? Angst, dass sie sagt, sie könne keine Beziehung mit dir haben?«

»Beides. Ich fühle mich nicht in der Lage, zu hinterfragen, warum und weshalb. Wenn sie nicht will, dann will sie eben nicht. Ich werde mich deswegen nicht gleich umbringen, ich soll doch Taufpate werden.«

»Tolle Begründung. Du sagst doch selbst immer, dass Frauen anders sind. Also, dann gewöhne dich daran. Tu was, du Idiot! Ruf bei ihr an, frage, warum sie sich nicht meldet. Und wenn sie sich nicht stark genug dazu fühlt, dann akzeptiere das. Du kannst niemanden dazu zwingen, dich zu lieben, Leon.«

»Welch weise Worte, die habe ich mir gestern schon anhören müssen. Ich spreche ja auch nicht von Liebe, die gibt es für mich wie du weißt gar nicht, ich spreche von Zuneigung, Beziehung, die sich über längere Zeit hinstreckt, ein bisschen Glück eben.«

»Hört sich super an. Ein bisschen Glück eben! Dann hättest du halt aufpassen müssen mit dieser Frau. Warum hast du dich auf sie eingelassen, wenn du die Folgen nicht ertragen kannst, egal wie sie nun mal sein werden?«

»Weil ich an früher dachte und sie die erste Frau war, in die ich verliebt war. Ich dachte, das gibt`s nie wieder.«

»Ach ja, romantisch sind wir aber doch noch, was?«

»Kann sein, wäre ja auch schlimm, wenn`s nicht so wäre, oder?«

»Na dann glaube aber auch an die Zukunft. Irgendwo...«

»...ja, irgendwo gibt es mit Sicherheit die Frau, der ich alles bedeute und die mich für immer in ihr Herz einschließen wird, so wie ich sie in mein Herz einschließen werde, stimmt`s?«

»Du kannst Gedanken lesen!«

»Nein, ich höre das schon zum wiederholten Mal. Und ich fände das ja wunderbar, aber ich kann nicht daran glauben.«

»Dann übe es. Rede es dir ein, sag es jeden Tag zwanzig Mal vor dich hin, du wirst sehen, das hilft dir bestimmt.«

»Ich bin schlecht im auswendig lernen, Rosana. Ich mochte das noch nie. Da muss ich immer an das Pauken der Lateinvokabeln denken. Die habe ich auch immer mit völliger Unlust dauernd aufgesagt.«

»Ich könnte dir etwas zu lesen geben, das du dir verinnerlichen solltest.«

»Eine Ode an die Liebe?«

»So etwas Ähnliches. Etwas für Leute wie dich, die langsam den Glauben an das Leben verlieren.« Rosana war gereizt.

»Betrunken gefällst du mir besser, da weiß ich wenigstens, wie ich dich zu nehmen habe.«

»Danke Rosana, bekomm ich zum Abschluss noch ein kleines Guinness?«

Des anderen Tags setzte sich Leon an seinen Schreibtisch und begann eine Struktur für den Artikel zu entwerfen, den er über den Tod von Meier schreiben musste. Innerlich wehrte er sich dagegen und er war wütend auf sich, diesen Job überhaupt angenommen zu haben. Er hätte ja schließlich auch ohne diesen Auftrag in seine Heimat fahren können. Alles wäre viel einfacher gewesen, vor allem die Geschichte mit Antonia. Und jetzt? Jetzt gab es kein Zurück mehr. Die Geschichte musste geschrieben werden, das war er Adam schuldig. Egal wie, er musste sich dazu überwinden. Ob es gelänge, endlich wieder vernünftige Sätze in den Computer zu tippen? Worte, Sätze, die man verstehen würde?

Leon machte sich per Hand Skizzen, notierte Gedanken, zog Aufzeichnungen aus seiner Tasche, schrieb Notizen nieder, strich sie durch, fing von Neuem an, schrieb per Hand eine Chronologie des Geschehens, versuchte die Ereignisse in einen schematischen Zusammenhang zu bringen, ordnete Sätze, durchstöberte Lexika und Bücher nach Beschreibungen und Geschehnissen in der Hitler-Zeit und versuchte in all das Gehörte und Gesehene eine Ordnung zu bringen, die es ihm ermöglichte, daraus ein Produkt zu fertigen, das man auch lesen konnte.

Nach einer Flasche Rotwein, zahlreichen gedrehten Zigaretten und unzähligen Blicken auf das Telefon neben ihm, das vor sich hin schwieg, war er bereit, den Computer einzuschalten und drauf los zu schreiben. Er schaute auf die Tastatur, die darauf wartete, von ihm mit fliegenden Fingern gedrückt zu werden. Er schrieb die ganze Nacht durch. Er hämmerte auf die Tastatur ein, als ginge es darum, etwas ganz Wichtiges zu schreiben, das keinen Aufschub gewährte, etwas was unbedingt noch geschrieben werden müsste, bevor es zu spät war. Nur wenig von dem, was er schrieb, löschte er wieder. Seine Finger glitten auf der Tastatur umher, als spürten sie eine Gier danach, geschriebene Worte auf dem Monitor auftauchen zu sehen. Zehn Finger, die, so fühlte er, noch nie so schnell geschrieben hatten. Entwöhnung, die sich löste und sich zu kraftvollen Momenten der Sprache verwandelte. Es war für ihn eine Art der Befreiung. Eine Befreiung von der Blockade zu schreiben. Leon schrieb mehr, als Adam ihm aufgetragen hatte. Über zwanzig Seiten beleuchtete er den Fall Meier, beschrieb die Leute, die in Zellberg wohnten und was sie über Meier sagten, versuchte die Mentalität der Menschen zu erklären, die in dieser fränkischen Kleinstadt lebten. Im Prinzip war das, was er da schrieb, mehr eine Reisereportage, als ein Hintergrundbericht über den grausamen Mord an einem alten Nazi. Doch Leon war mit dem Ergebnis zufrieden.

Früh morgens, es war schon längst hell und die Sonne drückte ihre ersten zaghaften Strahlen in das Zimmer, lehnte er sich zurück und drehte sich eine letzte Zigarette. Bevor er den Laptop ausschaltete und sich voller Müdigkeit, aber durchaus glücklich über sein Werk, ins Bett legte und einschlief, schickte er den Artikel per E-Mail an Adam. Er war sich nicht sicher, ob Adam mit der Reportage zufrieden sein würde. Im Grunde genommen war es ihm auch egal. Er war glücklich darüber, dass er überhaupt wieder schreiben konnte. Leon fühlte sich wieder wach, bereit für das Schreiben, egal worüber, egal wo.

Leon schlief lange. Wieder einmal weckte ihn das Telefon. Und weil es wie immer dort stand, wo es nicht greifbar war, quälte er sich ins Arbeitszimmer. Könnte es Antonia sein?

»Ja bitte?«

»Hier ist Magda, habe ich dich etwa geweckt?«

»Sieht so aus, ich habe nachts durch gearbeitet.«

»Sorry, wusste ich ja nicht. Ich wollte nur fragen, ob ich später einmal bei dir vorbeischauen kann?«

»Ja, wenn ich ausgeschlafen bin gerne. Bring Rotwein oder so etwas mit, ich muss dir auch etwas erzählen.«

»Alkohol? Ist das, was du mir zu sagen hast, nur mit Alkohol zu ertragen?«

»Vielleicht. Lass dich überraschen.«

»Gerne, bis dann Leon.«

Leon begab sich wieder ins Bett und legte das Telefon neben sich. Er wollte nicht noch einmal weite Wege für Anrufe gehen müssen, die nicht die Hoffnung erfüllten, die er in sich spürte.

Als Magda kam, schien er froh gelaunt, was Magda sofort erkannte.

»Hast du etwas Schönes erlebt, Leon?« fragte sie ihn.

»Ja, ich habe endlich wieder mit dem Schreiben begonnen.«

»Dann ist deine Welt wieder in Ordnung?«

Leon musste nicht lange überlegen, »ja, für den Augenblick ist sie wieder in Ordnung, Magda.«

Sie setzten sich auf das Sofa im Wohnzimmer. Leon öffnete die Flasche Rotwein, die Magda mitgebracht hatte und fragte sie, was sie ihm so dringend erzählen wolle.

»Stell dir vor, ich ziehe nächste Woche schon nach Berlin, Leon, alles ging viel schneller, als gedacht. Adnan hat schon alles vorbereitet, er kann zu Beginn des neuen Semesters als Dozent anfangen und die Uni hat uns eine Wohnung in Tempelhof vermittelt. Ist das nicht eine gute Nachricht, Leon?«

Leon war sichtlich überrascht über die Neuigkeit. Solche guten Nachrichten hätte er auch gerne erhalten.

»Wahnsinn Magda, ich freue mich und hoffe, dass eure Entscheidung richtig für euch ist.«

»Ja, das hoffe ich auch, Leon. Adnan und ich müssen wieder lernen, miteinander auszukommen, das geht sicher nicht von einem Tag auf den anderen, aber Liebe ist einen Versuch wert.«

»Du magst recht haben, Magda. Ich sehe das mit der Liebe ja etwas komplizierter als du, aber ich wünsche euch nur das Beste.«

»Die Bücher, die du mir ausgeliehen hast, wirst du in Berlin abholen müssen, ich habe gar keine Zeit, die so schnell zu lesen, Leon«, erklärte ihm Magda und fing an zu lachen.

»Kein Problem, Berlin ist nicht aus der Welt, Magda und Böll ist wohl bei niemandem so gut aufgehoben, wie bei Dir.«

Dann tranken sie von dem Wein, aßen die frischen Oliven, die Leon noch im Kühlschrank fand und freuten sich über das, was kommen wird.

»Siehst du Leon, es wird alles gut, man muss nur daran glauben.«

»Ja, Magda, irgendwie scheinst du das zu ahnen.«

Er hatte eins aus den Geschehnissen der vergangenen Monate gelernt, nämlich keine großen Pläne mehr zu schmieden. Dies, so Leon, würde seinem erlangtem Zustand nicht gut tun.

Der freudigen Erwartung auf Antonias Anruf gesellte sich die schleichende, stetig zunehmende

Gewissheit, sie würde es wieder nicht tun. Leon besann sich seiner Träume von einer Beziehung zu einer Frau, die von all dem getragen ist, was es für ihn in diesen Momenten gar nicht gab: tiefe Liebe, Zuneigung, ein Verständnis, das per Wimpernschlag funktioniert, Vertrauen, das blind ist, Sehnsucht, die schäumend und Sex, der fantastisch ist. War alles plötzlich weggewischt, weil es Alltag war? Konnten Gefühle einfach so im Nichts enden? Einfach weg sein, ohne dass es Gründe dafür gibt? Früher, ja früher hätte Leon sich zurückgezogen in seine Arbeit und die Schmerzen der Seele abgetötet mit dem Verfassen von Berichten, der Jagd nach Storys. Und wenn das nicht mehr funktioniert hätte, wäre er in Kneipen eingelaufen und hätte sich sieben, acht Guinness hinuntergespült, eingehüllt in einige Malt-Whiskys. Und heute? Seine Leber sträubte sich mittlerweile gegen Whisky und sogar das Trinken des dunklen Biers bereitete ihm zunehmend Schwierigkeiten.

Er verkroch sich in seinem gemütlichen Sessel, zog die Schuhe aus, legte die Füße auf den kleinen Holztisch, griff nach der Fernbedienung seines CD-Players, schaltete den Verstärker ein und ließ sich unterhalten von einer alten Blue Note-Scheibe. Jazz musste es jetzt sein. Saxophonklänge, die bis in die Seele vordringen. Dexter Gordon. Ja, Musik konnte so heilsam sein.

Irgendwann früh morgens wachte er auf. Im Sessel verharrend war er eingeschlafen, das Telefon lag neben ihm auf dem Tisch. Antonia hatte noch immer nicht angerufen. Niemand hatte angerufen und zumindest den Versuch unternommen, ihn von der Traurigkeit des Augenblicks zu befreien. Schöne Freunde, dachte sich Leon, während er sich langsam aus dem Sessel bewegte und von Kreuzschmerzen geplagt ins Badezimmer schlenderte, um sich die Zähne zu putzen. Und wieder begann so ein Tag, den er am liebsten schon am frühen Morgen einfach ausradiert hätte.

Leon kochte sich Kaffee, um wach zu werden. Als er gerade die Milch für seinen Milchkaffee aufschäumte, klingelte sein Handy.

»Na, du investigativer Journalist, hast du mich schon vermisst? « Es war Antonia. Endlich! Leon pochte das Herz.

»Warum hast du nicht zurückgerufen?« fragte Leon enttäuscht.

»Tut mir leid, ich hatte mein Handy im Auto liegen gelassen und war einfach zu müde, noch mal raus zu gehen,« versuchte Antonia die Situation zu klären.

»Da hast aber auch ein richtiges Telefon, damit kann man auch anrufen.« Leon war irritiert. An ihrer Stelle hätte er sofort angerufen, wenigstens um zu sagen, dass er wieder gut zuhause angekommen sei. Und sie sagte, sie sei zu müde gewesen. Das konnte er nicht nachvollziehen.

»Hast du deine Geschichte schon geschrieben?« fragte sie ihn.

»Ja, nachdem du angerufen hattest, habe ich mich hingesetzt und die Reportage geschrieben. Ich habe die ganze Nacht damit verbracht alles Erlebte niederzuschreiben. Es lief viel besser, als ich mir das gedacht hatte und ich bin sehr froh, endlich wieder schreiben zu können.«

»Das freut mich, Leon. Sei nicht böse, ich war einfach zu kaputt, außerdem schwirrten mir so viele Gedanken durch den Kopf.«

»Und welche?« wollte Leon wissen.

»Gedanken über uns, Leon. Gedanken darüber, was aus uns werden soll, wie sich unsere Zukunft gestalten wird.«

»Und, bist du zu einem Ergebnis gekommen?«

»Ja, ich glaube schon«, sagte Antonia.

»Sag schon, ich werde sonst noch verrückt hier«, erwiderte Leon.

»Ich habe mich in dich verliebt, Leonhard Berger. Ich wollte das nicht, aber es ist einfach passiert.« Leon hielt inne. Er hätte schreien können vor Glück, aber er blieb still. Er wollte es nicht glauben, was er eben gehört hatte. Was Antonia eben sagte, war zu schön, um es zu glauben. Gab es wirklich noch etwas wie Glück für ihn? Würde dieses Glück tatsächlich eine längere Zeit überstehen?

»Hallo? Leon, bis du noch da?« schallte es aus dem Hörer.

»Ja, natürlich bin ich da, für dich werde ich immer da sein, Antonia. Ich liebe dich auch, ich bin glücklich.«

»Ich dachte, du hast irgendwie Angst vor mir, weil du keine neue Liebe in deinem Leben zulassen willst nach all dem, was dir mit Laura geschehen ist.«

»Und ich hatte dich schon gefragt, ob du mich heiraten willst, hast du das vergessen, Antonia?«

»Nein Leon, aber da warst du vielleicht ein bisschen betrunken.«

»So betrunken auch wieder nicht«, scherzte Leon.

Leon fühlte ein wenig Angst. Angst davor, irgendwann wieder verlassen zu werden und das Leben nicht mehr ertragen zu können.

»Ich wollte vorsichtig sein, nicht wieder eine Enttäuschung erleben, verstehst du das, Antonia?«

»Ich verstehe dich gut Leon, ich hatte auch Angst, es dir zu sagen, ich wollte es dir gestern sagen, aber ich wusste nicht, wie du reagieren würdest. Ich habe die ganze Nacht über darüber nachgedacht, aber jetzt musste ich dir das einfach sagen, ich hätte es nicht mehr länger ausgehalten. Romantischer geht es nicht, als am Telefon, stimmt´s?« Sie mussten beide lachen und wünschten sich, dass sie sich in den Armen halten und küssen könnten.

»Verdammt romantisch, Antonia, schöner kann man sich das nicht vorstellen«, bemerkte Leon. Sie redeten nicht mehr lange miteinander. Sie mussten das, was sie sagten, was sie fühlten, erst einmal begreifen, in sich aufsaugen. Leon wäre am liebsten sofort zu ihr gefahren, aber da war ja noch Adam, auf dessen Reaktion er wartete. Aber schon sehr bald wollten sich Leon und Antonia in Zellberg treffen. Länger würden sie das Warten aufeinander auch nicht aushalten.

Leon war glückselig, schwebte auf Wolke sieben, legte sich einer seiner alten Led Zeppelin-Platten auf den Plattenteller und drehte die Musik laut auf. Er tanzte vor Glück, goss sich ein Glas Sekt ein und begann zu hoffen, dass diese Liebe zu Antonia nie ein Ende haben werde. Er verschwendete keine Gedanken darüber, wie das werden sollte mit ihrer Liebe, ob sie zusammenziehen, ob er hier in dieser

Stadt wohnen bleiben oder zurück nach Franken gehen sollte.

Das alles war für ihn zunächst belanglos, völlig unwichtig. Was zählte, das war einzig und allein der Augenblick, diese neue Liebe, dieses Glück, geliebt zu werden. Er wollte das Zurückschauen aufhören, er wollte nur noch die Gegenwart spüren. Und plötzlich glaubte er, dass Liebe wirklich existent ist.

Am späten Nachmittag rief Adam an. Bevor Leon überhaupt nachdenken konnte, wie sehr er seine Reportage verreißen würde, meldete er sich mit »Glückwunsch, mein Lieber, ich wusste, du kannst es noch!«

Leon verschlug es die Sprache. War Adam tatsächlich angetan von seiner Reportage? Meinte er das ehrlich? Er wusste nicht, was er spontan auf das Lob sagen sollte, stammelte nur ein »Danke, Adam« heraus und setzte sich erst einmal in seinen Ledersessel.

»Das nenne ich eine gute Reportage Leon, hätte nicht erwartet, dass du so über einen Mord schreibst, der keinen Mörder kennt!« meinte Adam. »Das Ding ist gekauft.«

Leon versuchte sich zu beruhigen. Eine Last war von ihm gefallen, er konnte es noch nicht begreifen, aber er hatte wieder Fuß gefasst in der Welt des Schreibens. Er hätte schreien können vor Glück, wollte es aber nicht hören lassen.

»Das freut mich, Adam«, stammelte es aus ihm heraus.

»Wir bringen deine Reportage unter der Überschrift "Der Tod des Ex-Nazis Meier - Ein Mann, der immer lächelte"«, erklärte Adam. Auf vier Seiten sei die Geschichte angelegt.

»In drei Tagen kannst du es lesen, Leon.«

Adam schien begeistert. Und dann fragte er Leon, ob er nicht Lust habe, wieder einzusteigen in den Journalismus, er hätte da ein Angebot für ihn.

»Was für ein Angebot, Adam?« Leon war neugierig.

»Wir suchen noch einen Stammhalter für uns in Bayern, ich dachte da sofort an dich, Leon«, meinte Adam, »lass uns doch darüber reden, komm einfach nächste Woche mal vorbei. Das wäre der ideale Job für dich.«

Leon verstummte. Er wusste nicht, was er darauf antworten sollte.

»Das ist lieb von dir Adam, aber ich bin mir nicht sicher, ob ich das annehmen kann«, beschwichtigte Leon.

»Du musst annehmen, willst du denn einfach nichts mehr tun und nur abhängen?«

»Nein, natürlich muss ich wieder etwas tun, aber ich weiß nicht, ob ich wieder als Journalist arbeiten will, ich habe da ja nicht die besten Erinnerungen daran«, sagte Leon.

»Pfeif auf deine Erinnerungen Leon, schreiben ist doch das Einzige, was du gelernt hast«, antwortete ihm Adam.

»Ich denke darüber nach Adam und melde mich spätestens nächste Woche, ok?«

»Ja, mach das, aber spätestens nächste Woche, sonst muss ich die Stelle ausschreiben.«

Leon musste nachdenken. Was sollte er tun? Irgendetwas musste er tun. Und irgendwann brauchte er auch wieder Geld, um leben zu können. Aber sollte er tatsächlich wieder journalistisch arbeiten? Was ihn beruhigte war, dass er für Plakativ gewiss keine Artikel über Sitzungen von Kommunalparlamenten schreiben musste oder über Goldene Hochzeiten. Das Angebot von Adam kam für Leon überraschend. Sollte er Antonia darüber informieren? Sollte er ihr sagen, dass er vielleicht schon bald in ihrer Nähe arbeitet? Würde sie sich darüber überhaupt freuen? Hätte es Sinn, zurück in die Heimat zu ziehen? Leon quälten dieses Fragen, die kurz vorher noch keinerlei Überlegungen wert waren. Er brauchte dringend frische Luft. Leon spazierte durch den kleinen Park in seiner Straße und versuchte klar zu denken. Das gelang ihm wieder einmal nicht besonders gut. Er brauchte wieder einmal Ablenkung und machte sich auf den Weg ins Parkers. Er wollte es mit Rosana besprechen, sie nach ihrer Meinung fragen, denn die war ihm wichtig.

Kaum hatte er den Pub betreten, kam auch schon Rosana freudenstrahlend auf ihn zu, umarmte ihn und teilte ihm mit »Es wird ein Junge!« Noch so eine Überraschung. Leon freute sich mit ihr und sagte, dass er ihm das Fußballspielen beibringen werde. Danach trank er Guinness, wie er es immer tat, wenn er im Parkers war. Und er erzählte Rosana von Adams Angebot.

»Das ist doch toll, Leon«, meinte sie und küsste ihn auf die Stirn. »Du musst die Stelle annehmen, das ist doch wie ein Sechser im Lotto!«

Leon hatte nicht damit gerechnet, dass Rosana so erfreut reagieren würde. Eher hatte er vermutet, dass sie traurig darüber sein würde, wenn er ihr mitteilt, dass er tatsächlich von hier weg geht. Er hatte Rosana schließlich versprochen, ihr zu helfen, wenn sie das Baby bekommt. Aber Rosana freute sich wirklich, das spürte Leon.

»Hast du schon deine Antonia angerufen und ihr davon erzählt?« fragte sie ihn.

»Nein, dazu hatte ich noch keine Zeit, ich weiß ja erst seit zwei Stunden davon.«

»Dann tu es jetzt und denke nicht noch tagelang darüber nach«, forderte ihn Rosana auf.

Leon tat es.

Zuhause griff er gleich nach dem Telefon und rief bei Antonia an. Sie war schon nach dem ersten Läuten am Telefon und freute sich über Leons Stimme.

»Hast du Sehnsucht nach mir, Leon?«

»Ja, Antonia, so viel Sehnsucht, dass ich sogar wieder in die Heimat ziehe«, antwortete er ihr.

Er hatte eine gefühlte Ewigkeit nicht mehr das Gefühl verspürt, dass sich eine Frau darüber freut, ihn bald auf Dauer in ihrer Nähe zu haben.

»Du willst tatsächlich zurück nach Zellberg?« Antonia verschlug es die Sprache.

»Ja, stell dir vor, mich zieht es zurück in die Heimat«, antwortete Leon, »ich muss nur noch das Angebot annehmen, das ich erhalten habe.«

»Etwa wegen einer Frau?«

Leon lachte. Er hatte schon lange nicht mehr so herzhaft lachen müssen. »Ja, stell dir vor, auch wegen einer Frau, die ich nach einer kleinen Ewigkeit wieder getroffen habe.«

»Dann muss das Liebe sein«, betonte Antonia und lachte mit Leon. Sie redeten lange, Leon erzählte von Adams Angebot und dass er sich darauf freue, wieder schreiben zu können. Leon und Antonia planten schon am Telefon die spätere Zeit und berauschten sich an den Gedanken, sich bald ganz nahe zu sein.

Am späteren Abend zog es Leon noch mal ins Parkers. Er wollte Rosana davon berichten, dass Antonia sich darüber freue, dass er den Job annehmen will, den ihm Adam angeboten hatte. Die meisten Gäste im Parkers hatten schon einige Biere und Spirituosen Vorsprung. George prostete ihm schon von weitem mit einem Whisky zu, Henriette und Anna tanzten vergnügt um einen Stehtisch herum und sangen zur Musik, die Rosana aufgelegt hatte. Ein bunter Haufen von Menschen, die sich wieder einmal ihre Probleme mit Alkohol hinunter spülten und darauf hofften, dass sich ihre Wünsche und Sehnsüchte irgendwann einmal erfüllen.
Rosana zapfte Leon ein Guinness und fragte nach dem Stand der Dinge.

»Du wirkst verändert, irgendwie glücklich Leon, hast du mit Antonia gesprochen?«
»Ja, Rosana, ich habe mit ihr gesprochen und ich bin total glücklich. Und stell dir vor, ich werde euch hier wohl bald verlassen und die Stelle als Korrespondent annehmen.«
Rosana rannte hinter dem Tresen nach vorne zu Leon und umarmte ihn.

»Ich freue mich so für dich, Leon«, sagte sie, »darauf müssen wir anstoßen.«

Leon trank einen Single Malt, Rosana einen Orangensaft. Leon beließ es an diesem Abend nicht bei dem einen Whisky. Das Glück wollte begossen werden. Er spürte, dass sich Rosana für ihn freute, aber er merkte ihr auch an, dass sie an diesem Abend nachdenklicher war als sonst. Als er sie fragte, was mit ihr los sei, schaute Rosana ihn verdutzt an.

»Ich gehe auch weg, Leon«, sagte sie und fing an zu lächeln. Leon war völlig überrascht, sein Blick war wie versteinert.

»Du gehst weg? Wohin?«

»Zurück nach Kroatien zu meinem Bruder. Er hat dort Weinberge und ein kleines Hotel und er hat mich gefragt, ob ich das Hotel nicht weiter führen will, weil meine Eltern schon zu alt dafür sind.«

»Das ist ja großartig, Rosana! Ich freu mich so für dich, hast du auch Lust darauf?«

»Ja, ich freue mich darauf. Sehr sogar, Leon. Wieder bei der Familie zu sein, ist einfach wunderbar.«

»Wann wirst du gehen, Rosana?«

»Ende des Monats schon, ich habe schon einen Nachpächter für das Parkers, die Leute hier müssen also nicht verdursten.«

Sie lachten, freuten sich zusammen und stießen auf ihre Zukunft an.

»Darf ich trotzdem Taufpate werden?« fragte Leon.

»Dumme Frage, klar darfst du Taufpate werden, wer sonst? Ich werde ihn übrigens Darko nennen, so hieß schon mein Großvater.«

»Ein schöner Name, fast so schön wie Rosana«, sagte Leon.

»Und ihr kommt mich besuchen, wenn Darko auf der Welt ist, wir werden das alles dann zusammen feiern, ja?«

»Wir werden feiern, Rosana, wir werden unser Leben feiern!«

Leon hatte Adam Bescheid gesagt, dass er mit ihm über die angebotene Korrespondentenstelle sprechen wolle und war nach Hamburg gefahren. Er nahm wieder den Zug, er hatte kein Bedürfnis, die lange Strecke mit dem Auto zu fahren. Leon wollte entspannen. Adam holte ihn am Bahnhof ab. Sie erkannten sich noch, markante Gesichtszüge vergisst man eben nicht. Es war ein herzliches Wiedersehen bei gutem Essen, gutem Wein und guten Gesprächen über all das, was gewesen war und nun kommen sollte. Leon erzählte nichts darüber, dass Adam ihm durch seinen überraschenden Anruf in Dänemark zurück ins Leben geführt hatte. Er wollte nicht, dass Adam, klein von Gestalt, sich auch noch einbildet, er habe Leon das Leben gerettet.

»Wir beide würden immer wieder so handeln, wie wir es getan haben Leon, meinst du nicht auch?« fragte ihn Adam beim Essen als sie über ihre Vergangenheit redeten und ihre gemeinsame Zeit in der Lokalredaktion Revue passieren ließen.

»Ja Adam, ich glaube es hätte auch keinen Sinn gemacht, alles anders zu machen.«

Nachdem sie über Leons Korrespondentenstelle gesprochen hatten, fuhren sie in die Plakativ-Redaktion. Leon lernte seine Kolleginnen und Kollegen kennen und nahm an einer Redaktionskonferenz teil, in der die Themen der nächsten Ausgabe besprochen wurden. Er fühlte sich zurück in dieser Journalistenwelt, der er jahrelang den Rücken gekehrt hatte und von der er eigentlich nichts mehr wissen wollte. Doch Leon hatte Verlangen danach, endlich wieder zu schreiben.

Je mehr er sich damit beschäftigte, je mehr fand er Gefallen daran, wieder zu recherchieren und zu schreiben. Er konnte von zuhause aus arbeiten, egal, wo das in Bayern auch sein werde. Er brauchte kein Büro in einem anonymen Hochhaus, keine Sekretärin, die ihm Kaffee oder Tee bringt und ihn auf Termine hinweist, die anstehen. Leon konnte in seinem neuen Job so arbeiten, wie er das wollte: Allein und voller Ideen für gute Storys.

Mit dem Arbeitsvertrag in der Tasche fuhr er am gleichen Abend noch zurück. Im Zug rief ihn Antonia an und fragte, wie es bei Adam gewesen sei und dass sie Sehnsucht nach ihm verspüre. Und Leon freute sich wie ein kleines Kind, das an Weihnachten darauf wartet, endlich seine Geschenke auspacken zu dürfen. Sie telefonierten über eine Stunde, sprachen Liebkosungen aus, plauderten über ihre gemeinsame Zukunft und näherten sich so dem Augenblick, an dem sie sich endlich wieder in den Armen liegen konnten.

Zwei Tage später lag im Briefkasten die neue Ausgabe von Plakativ mit der Reportage von Leon über den ermordeten Meier. Es machte in stolz, endlich wieder etwas von sich zu lesen. Vier Seiten lang erzählte Leon darin, wie es in Zellberg so ist, was die Leute über Meier denken, wie aussichtslos es sein wird, jemals den Mörder des ehemaligen Bürgermeisters zu finden und über das, was Heimat ausmacht. Antonia hatte sich die Zeitschrift gleich früh am Kiosk auf dem Marktplatz gekauft und rief Leon an, um ihm zu gratulieren.

»Nicht schlecht Leon, aber diese Staatsanwältin kommt mir da etwas arrogant rüber«, frotzelte Antonia.

»Ja, diese Frau ist eigenartig«, konterte Leon, »aber wenn man sie etwas näher kennenlernt, stört es einen gar nicht mehr, außerdem hat sie auch ihre guten Seiten.«

Noch am gleichen Tag setzte er sich in sein Auto und fuhr nach Zellberg. Noch länger zu warten wäre eine Qual gewesen. Er malte sich aus, was ihn dort wegen seines Artikels erwarten würde. Für eine Steinigung würde es nicht reichen, er hatte die Zellberger schließlich weder diffamiert, noch lächerlich gemacht. Die paar braunen Flecken, die sich da schimmernd durch die Reportage zogen, waren real und alles, was er über den ehemaligen Bürgermeister geschrieben hatte, das war nachweisbar richtig.

Antonia erwartete ihn schon. Sie trug eng ansitzende Jeans, die ihre schlanken, langen Beine betonten und ein weißen T-Shirt. Als er vor ihrem Haus am Berg parkte, rannte sie zu ihm, umarmte ihn, küsste ihn. Es war, als träfen sich zwei pubertierende Menschen, die nichts als ihre Liebe im Sinn hatten. Leon und Antonia hatten in diesem Moment nichts anderes im Sinn, als ihre Liebe zueinander.

»Komm rein, lass dich ausziehen«, flüsterte sie ihm ins Ohr und beide rannten lachend ins Haus. Sie rannten wie zwei kleine Kinder, fröhlich, unbeschwert, voller Erwartung. Hand in Hand huschten sie die Treppe hoch ins Schlafzimmer, rissen sich die Kleider vom Leib und liebten sich. Sie waren wie verrückt, ungestüm, voller Lust. Es war eine andere Welt, in die Leon da vorstieß. Spät nachts schliefen sie ein, eng aneinander liegend mit ruhigem Atem und keinerlei Gedanken daran, dass es aufhören könnte mit ihrer Liebe.

Am nächsten Morgen holte Leon Brötchen vom Bäcker an der Hauptstraße. Der Name der Bäckerei hatte sich geändert, die Besitzer hatten schon vor einiger Zeit gewechselt, aber die Brötchen waren immer noch lecker. Im Laden erkannte ihn niemand, zu jung waren die beiden Verkäuferinnen. Nur der Metzger, bei dem er etwas Wurst holte, sprach ihn gleich mit seinem Namen an und freute sich, Leon mal wieder zu sehen.

»Kommst jetzt öfter wieder mal vorbei?« wollte Metzger Herbert wissen. Leon sagte, dass das durchaus möglich sei, er überlege wieder hier her zu ziehen.

»Schön, wenn die Leut erkennen, dass es sich daheim auch leben lässt«, meinte der Metzger, »da wird sich dein Papa sicher freuen.«

Von seinem Artikel, den er für Plakativ über die Vorgänge in Zellberg geschrieben hatte, wussten nur einige, zu Metzger Herbert schien es sich noch nicht herumgesprochen zu haben. Und die, die es wussten, zeigten sich durchaus zufrieden mit dem, was Leon da geschrieben hatte. Die Bürger, vor allem der Bürgermeister, waren froh, dass so langsam wieder Ruhe in das beschauliche Städtchen zurückkehrte. In der örtlichen Zeitung war zu lesen, dass die Hotels und Ferienwohnungen für diesen Sommer völlig ausgebucht seien.

So war die Normalität in das idyllische Städtchen wieder eingekehrt. Kaum jemand sprach noch über das, was geschehen war. Das Thema Meier schien vergessen. Niemanden interessierte dieser Mord noch.

Nach dem Frühstück ging Leon seinen Vater besuchen. Der hatte sich auch bereits das Plakativ-Magazin gekauft und den Artikel gelesen.

»Des hast gut geschrieben, Leon,« beglückwünschte ihn sein Vater. »Steht alles drin, was wichtig ist.«

»Schön, dass es Dir gefällt, Papa«, meinte Leon. Und dann erzählte er, dass er wieder zurück nach Zellberg kommen und mit Antonia zusammenziehen wird. Das freute seinen Vater noch mehr.

»Hast du von Laura noch mal was gehört?« Leon reagierte etwas überrascht.

»Nein, nur dass sie mit ihrem neuen Freund nach Freiburg gezogen ist, mehr will ich auch gar nicht wissen.«

»Hast Recht Bub, mehr musst du auch net wissen, is eh alles vorbei.«

Ja, das alles war vorbei. Erst durch die Nachfrage von seinem Vater dachte Leon kurz an seine Ex-Frau. Er trauerte ihr aber nicht mehr nach. Er hatte auch keinen Grund mehr dazu. Leon war bereit nach vorne zu schauen, die Gegenwart und die Zukunft zu genießen, sich auf die Liebe mit Antonia einzulassen. Alles andere wäre vertane Zeit. Auch Antonia wollte sich mit der fernen Zukunft nicht beschäftigen. Sie und Leon waren der Meinung, dass sie die Gegenwart leben und lieben sollten. Antonia überredete Leon, in ihr Haus zu ziehen, schließlich sei das groß genug und biete Freiräume für beide.

»Das große Zimmer oben neben unserem Schlafzimmer könntest du dir als Büro einrichten, Leon. Da hätte ich dich immer unter Aufsicht«, schäkerte Antonia.

»Durchaus denkbar, wenn du mich ertragen kannst«, antwortete Leon und drückte sie an sich.

Der Neubeginn

Es dauerte nur wenige Wochen bis Leon zu Antonia nach Zellberg zog. Er trauerte seinem Leben in Hensbach nicht nach, höchstens den abendlichen Besuchen im Parkers. Aber alles hat nun mal seine Zeit, dachte er sich. Noch konnte er sich nicht vorstellen, wie es sein wird, wieder in der alten Heimat zu leben, aber er war zuversichtlich. Magda hatte ihm geschrieben, dass sie und ihr Mann sich so langsam eingewöhnten und Berlin sehr schön sei. Besonders freute sich Leon darüber, dass Magda wieder begonnen hatte Cello zu spielen und demnächst in einem großen Orchester vorspielen sollte.

So langsam gewöhnten sich auch die Zellberger wieder an das Gesicht von Leon. Es hatte sich längst herumgesprochen, dass der Bergers Leonhard mit der Staatsanwältin zusammenwohnt, da oben im Haus ihrer Eltern. Und sie wussten, dass Leon als Journalist für Plakativ arbeitet. Viel mehr Neugier hatten sie nicht. Und wenn er mit Antonia im Biergarten saß und ein Weißbier trank, gab es nur freundliche Gesichter, die ihnen zuwinkten.

An einem lauen Sommerabend klingelte es an der Tür von Antonias Haus. Leon öffnete. Es war die alte Christel, mit der er bei seinen Recherchen über Meiers Tod gesprochen hatte.

»Hallo Christel, grüß dich«, freute sich Leon über den überraschenden Besuch.

»Grüß dich Leonhard, entschuldige, ich müsste dich mal kurz sprechen, geht des?«

»Ja logisch, Christel, des geht immer, komm rein.«
Leon setzte sich mit ihr auf die große Terrasse.

»Magst a Bier, Christel?«. Leon freute sich, endlich wieder in seinem fränkischen Dialekt mit jemandem reden zu können.

»Gern, Leonhard, schenk mer eins ein.«
Nachdem die beiden miteinander angestoßen hatten, erzählte Christel, was sie Leon unbedingt sagen musste.

»Wir ham einen neuen Mitbürger, hast du des schon gewusst, Leonhard?«

»Meinst du jetzt einen bestimmten neuen Mitbürger, Christel?«

»Könnt mer so sagen, Leonhard. Er heißt Jakob Goldstein und wohnt in dem großen Haus am Sternsee. Und weißt du, wem das Haus einmal gehört hat? Den Goldsteins. Es müssen seine Eltern gewesen sein, die hier wohnten, bis sie aus der Stadt gejagt wurden.«
Leon musste überlegen, wusste nicht gleich mit dem Namen Goldstein etwas anzufangen.

»Ich hab dir doch von den Goldsteins erzählt, als du mich über den Meiers Albert befragt hast, erinnerst dich?«

»Ja, jetzt erinnere ich mich, Christel. Der Meier soll ja angeblich ein Verhältnis mit der Tochter vom Bankdirektor Goldstein gehabt haben, stimmt`s?«

»Genau, Leonhard, aber keiner hat`s gewusst, außer ich, ich hab die zwei ja öfters beobachtet, weil die an unserem Haus vorbei mussten, wenn die in den Riedwald gelaufen sind.«
Leon wirkte gespannt auf das, was in erwartete.

»Und jetzt hat Zellberg einen neuen Mitbürger, von dem eigentlich keiner mehr weiß, wer er sein könnt, Leon.«

»Und woher weißt du, dass der jetzt hier wohnt?«

»Ich hab da auch so meine Kontakte, Leonhard«, antwortete Christel und man sah ihr an, dass sie stolz darauf war.

»Ich wollt dir des nur sagen, weil ich dir ja von dem angeblichen Kind erzählt hab, dass der Meier der Goldsteins Anni gemacht haben soll. Und ich weiß ja net, ob es ein Zufall is, dass so ein Goldstein ausgerechnet jetzt hier wieder auftaucht, Leonhard.«

Leon war etwas verwirrt. Es war durchaus etwas komisch, dass ausgerechnet ein Mann namens Goldstein kurz nach dem Tod von Meier in die Kleinstadt gezogen war, noch dazu in ein Haus, dass der Familie Goldstein einmal gehört hatte.

»Und du meinst jetzt, dieser Goldstein könnte der Sohn von Anni Goldstein sein?«

»Des hab ich net gsagt Leonhard, aber dem Alter nach könnt´s schon passen, der is jetzt sechzig Jahr alt und die Anni war einundzwanzig als sie schwanger wurde, der Albert Meier war zweiundzwanzig.«

Leon war weiß Gott kein Schnelldenker, aber er konnte sich zusammenreimen, was die alte Christel ihm damit sagen wollte. Sie glaubte, dass zwischen dem Mord an dem Meier und dem Auftauchen eines Jakob Goldstein ein Zusammenhang bestehen könnte. Nur, was könnte das für ein Zusammenhang sein? Leon tappte im Dunkeln. Mit solchen Neuigkeiten hatte er nicht gerechnet, er hatte den

Fall Meier längst abgehakt. Einerseits kam es auch ihm seltsam vor, dass jetzt plötzlich ein Goldstein auftauchte und sich das Haus der Goldsteins zurückkaufte, andererseits könnte das auch reiner Zufall sein.

»Ich geh der Sache mal auf den Grund Christel, danke, dass du mir das gesagt hast. Kannst du die Sache erst mal für dich behalten?«

»Ja was denkst denn, warum ich zu dir komme bin, Leonhard? Natürlich sag ich niemandem was davon, ich hab nur gedacht, du könntest da mal a bisserl nachforschen, bist ja schließlich Journalist.«

»Ja Christel, ich werd mich da mal umhören und sag dir dann Bescheid.«

Die alte Christel ging und Leon musste sich noch ein zweites Bier einschenken, denn mit derartigen Informationen hatte er überhaupt nicht gerechnet. Er musste das, was Christel ihm erzählte, erst einmal sacken lassen.

Antonia war für einige Tag zu einem Kongress nach Hamburg gefahren. Leon hatte genügend Zeit, sich auf die Suche nach jenem Jakob Goldstein zu machen. Er ging in sein Büro, schaltete seinen Computer an und suchte im Internet nach Jakob Goldstein, von dem er nicht wusste, wer er wirklich war, woher er kam und was in bewog, nach Zellberg zu kommen. Es gab über hunderttausend Hinweise auf Menschen, die diesen Namen trugen. Mit welchem Jakob Goldstein sollte er seine Recherche beginnen? Gab es überhaupt irgendwelche Hinweise auf diesen Mann? Leon blätterte die unterschiedlichsten Internetseiten durch, verglich die vorhandenen biografischen Angaben mit dem, was er über die Goldsteins in Zellberg von Christel erfahren hatte, grenzte seine Suche ein und druckte Seiten aus, die in einem Zusammenhang mit jener Familie stehen könnten. Doch nirgendswo war etwas zu lesen über eine Familie Goldstein, die einmal in Zellberg wohnte. Schon in der Chronik des kleinen Städtchens hatte er über diese und andere jüdischen Familien nichts anderes gefunden als eine Auflistung von jüdischen Mitbürgern, die vor der Machtübernahme Hitlers hier gewohnt hatten.

Letztendlich konzentrierte sich Leon auf drei Männer, die diesen Namen trugen und etwa sechzig Jahre alt waren. Der eine war ein Goldschmied aus der Nähe von Hamburg, ein anderer Lektor eines Verlags in Österreich und der dritte Vorstandsvorsitzender eines Investmentunternehmens in Berlin. Über alle drei fand Leon nichts über deren Herkunft, nur von zwei der drei Personen gab es ein Foto, von dem Goldschmied und von dem Investmentunternehmer. Von dessen Unternehmen gab es auch eine Internetseite, auf der ausführlich dargestellt wurde, welche Investitionen das Unternehmen tätigt. Bis auf ein Foto und ein paar Ausführungen über das Unternehmen ergaben sich keine konkreten Hinweise auf jenen Jakob Goldstein. Der Name tauchte nur noch im Impressum der Seite auf. Goldstein wurde darin als Vorstandsvorsitzender geführt. Leon beließ es dabei. Um zu erfahren, ob jener Jakob Goldstein tatsächlich der Sohn von Anni Goldstein war, musste er ihn einfach fragen. Er packte die ausgedruckten

Informationen in seine Umhängetasche und machte sich auf in Richtung Sternsee.

Das Haus, das vor dem Krieg den Goldsteins gehörte und jetzt wohl von Jakob Goldstein zurück gekauft wurde, stand direkt am Sternsee, einem Gewässer, das eingebunden war in einen kleinen Wald, ein paar hundert Meter abseits von Zellberg. Ein wunderschönes, dreistöckiges Sandsteingemäuer mit zwei kleinen Erkern und einem großen Grundstück, das bis direkt an den See reichte. Eine Idylle. Er ging durch das wuchtige Eisentor, das offen stand, vorbei an einem großen Geländewagen und klingelte an der massiven Holztür. Noch wusste er nicht, wie er reagieren sollte, wenn jemand öffnet. Er hatte sich keinen Plan gemacht, wie er vorgehen sollte. Leon war aufgeregt, was würde passieren?

Kurz darauf öffnete ihm jemand die Tür. Ein magerer, etwa einen Meter achtzig großer Mann mit längeren, grauen Haaren und einem Dreitagesbart stand vor ihm.

»Grüß Gott«, sagte Leon und begriff sogleich, dass diese Begrüßung vielleicht nicht so angebracht war, »sind Sie Jakob Goldstein?« Leon erkannte Goldstein anhand der Fotos, die er im Internet gesehen hatte sofort. Es war tatsächlich der Investmentunternehmer aus Berlin.

»Ja, der bin ich. Und Sie, sind Sie Leon Berger?« Leon war verwirrt.

»Ja, woher wissen Sie das?«

»Kommen Sie rein Herr Berger, ich wusste, dass Sie irgendwann zu mir finden werden.«

Leon betrat das Haus mit dem langen Gang, der bis ins Wohnzimmer führte.

»Trinken Sie einen Kaffee mit mir?« fragte Goldstein und bat Leon sich doch auf die Coach zu setzen.

»Ja, gerne.«

Während Goldstein in der Küche den Kaffee holte, sah Leon auf dem Tisch neben dem Sofa das Magazin Plakativ liegen. Goldstein musste seine Geschichte gelesen haben.

»Woher wissen eigentlich, wer ich bin?« fragte Leon.

»Ich habe Ihre Geschichte im Plakativ-Magazin über Zellberg und was hier geschah mit großem Interesse gelesen, Herr Berger. Der Artikel ist gut recherchiert und vor allem sehr sachlich gehalten.«

»Danke für die Blumen, Herr Goldstein. Aus diesem Grund bin ich auch zu Ihnen gekommen.«

»Ich weiß, Sie sind eben Journalist, Sie wollen der Sache immer auf den Grund gehen, stimmt´s?«

»Wenn es geht schon, Herr Goldstein. Ich habe zufällig erfahren, dass Sie das Haus der Goldsteins gekauft haben und jetzt hier wohnen. Gehörte das Haus früher Ihrem Großvater?«

»Ja, es war das Haus meines Großvaters. Das Haus zu kaufen, war mein Ziel, Herr Berger. Ich hatte mir schon vor Jahren vorgenommen, hier her nach Zellberg zu kommen und dieses Haus zurück zu kaufen, wenn ich mit dem Arbeiten aufhöre. Es ist nicht das einzige Haus, das ich besitze, aber für mich das wertvollste.«

Jetzt wusste Leon, dass Jakob Goldstein der Sohn von Albert Meier war.

»Haben Sie die Sache mit dem Mord an Albert Meier verfolgt?« wollte Leon ungeduldig wissen.

»Natürlich, dieser Mann hat schließlich mein Leben mit geprägt, ich bin sein Sohn.«

Die Spekulationen waren den Tatsachen gewichen, die alte Christel hatte den richtigen Riecher.

»Woher wissen Sie eigentlich, dass ich der Sohn von Meier bin? Sie haben es doch gewusst, oder?«

»Gewusst nicht, aber geahnt, Herr Goldstein. Den Tipp gab mir eine alte Zellbergerin, die sich erinnerte, dass es früher Gerüchte darüber gab, dass Anni Goldstein mit diesem Meier ein Verhältnis gehabt habe. Kannten Sie Meier persönlich?«

»Nein, zum Glück nicht. Meine Mutter Anni war schwanger als wir fliehen und alles hinter uns lassen mussten. Ich hätte diesem Menschen auch nicht in die Augen sehen können, er war ein Schwein, Herr Berger.«

»Waren Sie früher schon mal hier in Zellberg?«

Goldstein verneinte. Er habe früher keine Sehnsucht verspürt, in diesen Ort zu kommen, er habe diesem Meier nicht über den Weg laufen wollen. Jetzt, da er tot sei, könne er das ertragen.

»Ich bin der erste Jude, der seit Jahrzehnten hier wieder wohnt«, betonte Goldstein, »ohne diese Meiers lässt es sich glaube ich ganz gut leben hier.«

Leon nickte zustimmend.

»Hatten Sie schon länger vor, das Haus zu kaufen?«

»Ja, seit ich erfahren habe, dass das Ehepaar, das hier wohnte, verstorben ist. Das Haus stand noch ein paar Monate leer, ich habe es dann gekauft, weil es meiner Vergangenheit gut tut. Ich kannte es nur von alten Fotos, die meine Mutter aufbewahrte. Das Haus war von den Nazi enteignet und dann an einen Geschäftsmann aus Bamberg verkauft worden.«

»Und Sie haben solange gewartet mit dem Kauf, bis Meier tot war?«

»Gekauft habe ich es schon früher, ich habe mit dem Umzug nur gewartet, bis der Dreckskerl unter der Erde liegt, aber das ging ja dann schneller als ich es erwartet hatte, Herr Berger.«

»Haben Sie eine Ahnung, wer den Meier umgebracht haben könnte? Ich meine, jemanden zu vergasen ist ja nicht eine normale Tötungsart.«

»Nein, sicher nicht, man hätte ihn auch erschießen oder erstechen können, aber da gab es wohl Leute, die wollten mit dem Mord darauf hinweisen, was die Meiers mit ihren Geschäften im Dritten Reich so alles angerichtet haben.«

»Sie meinen jetzt die Holzlieferungen zum Bau der Baracken?«

»Ja, das auch. Die Meiers haben aber auch die Liste der Juden, die hier noch lebten, einfach an die SS weiter gegeben. Hier in Zellberg wohnten schließlich mal knapp 80 Juden. Die waren dann plötzlich alle weg, wir auch.«

»Und wer hat Ihrer Meinung nach den Meier nun getötet?« wiederholte Leon seine Frage.

»Das zu ermitteln ist nicht meine Aufgabe, ich habe nur die Genugtuung, dass es hier keine Meiers mehr gibt, die mit den Geschichten von früher zu tun haben.«

Goldstein erzählte, dass er erst kurz vor dem Tod seiner Mutter, die mit siebenundsiebzig Jahren an

Krebs gestorben sei, erfahren habe, wer sein Vater war und was für ein Mensch er gewesen sei.

»Das war vor fünf Jahren, bis dahin habe ich nichts über meinen Vater gewusst. Meine Mutter hatte mir immer erzählt, mein Vater sei nach Amerika ausgewandert und dort gestorben.«

»Und wie haben Sie den Krieg überlebt, wohin sind Sie geflohen?« wollte Leon wissen.

»Wir sind nach Holland geflohen, hatten viel Glück. Mein Großvater hatte da Freunde, die keine Juden waren, aber großherzige Menschen.«

Er selbst habe dann in Berlin Architektur studiert und später eine Investmentfirma gegründet, die Häuser in ganz Europa gebaut, finanziert und verkauft habe. Vor einem halben Jahr habe er das Unternehmen verkauft und den Erlös in eine Stiftung übertragen, die sich um die Förderung jüdischer Einrichtungen in Deutschland kümmere.

»Ich habe keine Kinder und keine Geschwister, wem sollte ich mein Vermögen vererben?« fragte Goldstein.

So logisch das, was Goldstein erzählte, auch gewesen war, Leon wollte sich mit diesen Antworten nicht zufrieden geben. Er hakte nach.

»Haben Sie nicht die Befürchtung, dass die Polizei wieder ermitteln wird, wenn sie erfährt, dass Sie jetzt hier wohnen?«

»Glauben Sie, dass ich mich dadurch verdächtig mache, Herr Berger? Ich bin ein unbescholtener Bürger, der sein Leben lang brav seine Steuern gezahlt und viele karikative Einrichtungen unterstützt hat, auch nicht jüdische. Mache ich mich zum Täter, nur weil ich kurz nach dem Tod von Meier hier her gezogen bin? Außerdem weiß offiziell niemand, dass ich der Sohn dieses Meiers bin, Sie auch nicht Berger!«

Leon wollte zurückrudern, aber das war nicht mehr möglich. Er versuchte die Situation zu entschärfen.

»Entschuldigen Sie, ich wollte Ihnen nicht zu nahe treten, ich habe nur wild spekuliert.«

»Selbst wenn ich diesen Meier umgebracht oder hätte umbringen lassen, ich wüsste, wie ich keine Spuren hinterlasse. Außerdem hätte ich bestimmt schon Besuch von der Polizei erhalten, wenn die etwas Verwerfliches daran finden würden, dass hier jetzt wieder ein Goldstein lebt.«

»Sicher, Herr Goldstein, da gebe ich Ihnen recht. Das war auch nur so eine Frage«, erklärte Leon.

»Würden Sie jetzt sofort Ihre Frau Staatsanwältin informieren, wenn ich Ihnen sagen würde, dass ich diesen Meier auf dem Gewissen habe?«

Leon hatte mir dieser Frage nicht gerechnet. Er überlegte, was er sagen sollte, versuchte die richtigen Worte zu finden.

»Ich weiß es nicht, Herr Goldstein, ich kann es Ihnen nicht sagen, wie ich reagieren würde, ich will mir das auch nicht vorstellen«, antwortete ihm Leon. Tatsächlich fiel Leon in diesem Moment keine eindeutige Antwort ein. Er stellte sich die Situation zwar vor, konnte aber nicht entscheiden, was er tun würde.

»Meier wurde mit Ammoniak getötet, ich hätte es wahrscheinlich nicht so kompliziert gemacht, Herr Berger. Ich hätte ihn wahrscheinlich erschossen, tot ist tot.«

»Und Sie haben wirklich keine Ahnung, wer das getan haben könnte?« fragte Leon nach.

»Wenn ich es wüsste, würde ich es Ihnen nicht sagen, aber ich weiß es wirklich nicht. Da muss jemand einen großen Hass auf Meier gehabt haben.«

»Weiß hier jemand, dass Sie der Sohn von Meier sind?«

Goldstein schaute Leon erstaunt an.

»Woher sollte das jemand wissen? In meiner holländischen Geburtsurkunde steht, dass der Vater unbekannt ist. Es gibt keinerlei Hinweise auf einen Meier oder auf Zellberg.«

»Sie wären der einzige Erbe von Meier, Herr Goldstein«, bemerkte Leon.

»Ein solches Erbe würde ich nicht mal antreten, wenn ich mittellos wäre, schon gar nicht, wenn bekannt wäre, dass ich sein Sohn bin.« Goldsteins Antwort war eindeutig.

»Glauben Sie, dass Sie noch lange inkognito hier leben können? Immer mehr Leute werden erfahren, dass das Haus am Sternsee wieder bewohnt ist«, meinte Leon.

Goldstein wirkte gelassen.

»Darüber mache ich mir keine Gedanken, die meisten Leute, die ihre Schlüsse daraus ziehen könnten, die sind schon längst tot. Dass ich Meiers Sohn bin, das wird niemand erfahren, es sei denn, Sie erzählen es weiter, Herr Berger. Und selbst wenn, beweisen können Sie das ja nicht.« Goldstein schaute Leon aufmerksam und erwartungsvoll an. Leon war sich der Tragweite dessen, was er darauf antworten würde, bewusst. Niemand außer er wusste, dass Jakob Goldstein der Sohn von Albert Meier ist, die alte Christel vermutete es nur. Leon sah keinen Grund dafür, den Leuten zu erzählen, wer dieser Goldstein am Sternsee tatsächlich ist. Eine Geschichte darüber ließe sich auch nicht schreiben, sie würde auf Vermutungen und Spekulationen beruhen und als Sensationsreporter eignete sich Leon nicht.

»Ich habe kein Interesse daran, das öffentlich zu machen«, erklärte Leon, »ich glaube auch, dass es keinen Sinn macht, Sie als Sohn von Meier zu outen, das ließe sich ja nur durch eine DNA-Probe feststellen.«

»Dann sind wir uns einig, Herr Berger?« fragte Goldstein.

»Ja, keine Frage«, antwortete Leon. Er verabschiedete sich von Goldstein, wünschte ihm alles Gute in Zellberg und verließ das Haus. Draußen, vor der großen Garage im Hof ging er wieder an dem großen Geländewagen vorbei. Durch die große Kofferraumscheibe sah er zwei größere Behälter, die aussahen wie Gasflaschen und teilweise abgedeckt waren. Nur der vordere Bereich war deutlich zu erkennen. Als Leon genauer hinsah, erschrak er: auf einer der Flaschen war neben chinesischen Schriftzeichen deutlich NH_3 zu lesen, die chemische Formel für Ammoniak. Er blieb stehen, blickte noch einmal durch das Fenster in den Kofferraum und ging rasch weiter zu seinem Auto. Kein Zweifel: das, was er da sah, war ein Behälter mit reinem Ammoniak. Für was benötigte Goldstein das Ammoniak? Als Düngemittel war es völlig ungeeignet, da nicht verdünnt und viel zu giftig. Woher hatte er dieses giftige Gas, mit dem Albert Meier getötet wurde? Hatte Goldstein seinen Vater doch mit Ammoniak getötet?

Leon wusste nicht, was er denken sollte. Goldstein hatte auf ihn nicht den Eindruck erweckt, als sei er für diesen Mord verantwortlich. Er hatte zwar einen Hass auf seinen Vater, aber dieser Hass war nach Leons Ansicht auch völlig verständlich. Hatte ihn Goldstein angelogen? Warum hatte Goldstein die Gasflaschen nicht besser versteckt, wenn er der Mörder war? Warum standen die Flaschen so offensichtlich im Kofferraum seines Geländewagens und waren zudem für jeden sichtbar, der vorüberging?

Leon gingen tausende Gedanken durch den Kopf. Vor allem fragte er sich, was jetzt zu tun sei. Die Polizei benachrichtigen? Antonia Bescheid sagen? Leon eignete sich nicht als Kriminalist. Er wollte endlich abschließen mit dem Thema, hatte keine Lust darauf, alles noch einmal zu vertiefen oder gar einen weiteren Artikel darüber zu schreiben. Schließlich hatte er nicht einmal einen Verdacht gegen Goldstein, der wäre wohl auch nicht so dumm gewesen und hätte die Ammoniakflaschen in seinem Auto stehen lassen, oder doch? Nein, Goldstein war dafür viel zu intelligent.

Leon fuhr zurück und schenkte sich zuhause ein Glas Rotwein ein. Er setzte sich auf die Terrasse, genoss die Abenddämmerung und fasste den Entschluss, dass er niemandem etwas von dem, was er gesehen hatte, zu erzählen. Er wollte die Sache auf sich beruhen lassen. Leon war sich sicher, dass es für das Gas in Goldsteins Auto eine simple Erklärung geben würde. Er sah es nicht als seinen Job an, Goldstein um eine Erklärung zu bitten. Leon wollte sich vor Goldstein nicht blamieren. Was er gesehen hatte, sollte sein Geheimnis bleiben, auch vor Antonia.

Kurz bevor Antonia aus Hamburg wieder zurück war, erhielt Leon eine E-Mail von Rosana. Er konnte seine Freude darüber kaum bändigen. Sie schrieb:
»*Leon, du bist jetzt Patenonkel, in vier Wochen ist die Taufe, plane das ein, Darko wartet darauf, dich und deine liebe Antonia kennen zu lernen. Er wiegt knapp über acht Pfund und hat ganz viele schwarze Haare auf dem Kopf. Das Hotelzimmer für euch steht schon bereit. Alles weitere später, liebe Grüße, Rosana.*«

Als Antonia nach Hause kam, fragte er sie, ob sie schon einmal in Kroatien gewesen sei.

»Warum ausgerechnet Kroatien, Leon?« wollte sie wissen. »Da fahren wir in vier Wochen zusammen hin.«

»Wie, da fahren wir zusammen hin, was willst du denn ausgerechnet in Kroatien?« fragte Antonia etwas verwirrt.

»Ich bin Taufpate«, antwortete Leon, als sei das ganz normal.

»Du bist plötzlich Taufpate? Von wem?« Antonia war verwirrt und schaute Leon etwas fassungslos an.

»Von Darko, über acht Pfund schwer und voller schwarzer Haare auf dem Kopf«, erzählte Leon.

»Ich verstehe nur Bahnhof, Leon. Wie wird man denn so schnell Taufpate?«

»Das geht nicht so schnell Antonia, das ist eine lange Geschichte.«

»Und welche bitte?« hakte Antonia nach.

»Die erzähle ich dir heute bei einem wunderschönen Abendessen.«

»Hast du etwa gekocht für uns, Leon?«

»Nein, ich lasse heute für uns kochen. Ich hatte keine Zeit, ich musste arbeiten.«

Und dann nahm er Antonia in die Arme und flüsterte ihr ins Ohr »ich liebe dich.«

***